作者简介

朱　萍　中国传媒大学文法学部中文系副教授，文学博士。出版专著《明清之际小说作家研究》（中国传媒大学出版社2009年版），在《红楼梦学刊》《中国典籍与文化》《学术研究》等专业期刊发表学术论文四十余篇。

清代小说探论

朱　萍◎著

人民日报学术文库

人民日报出版社

图书在版编目（CIP）数据

清代小说探论／朱萍著. —北京：人民日报出版社，
2017.2
ISBN 978-7-5115-4516-9

Ⅰ.①清… Ⅱ.①朱… Ⅲ.①小说研究—中国—清代
Ⅳ.①I207.41

中国版本图书馆 CIP 数据核字（2017）第 027069 号

书　　　名：清代小说探论
著　　　者：朱　萍

出 版 人：董　伟
责任编辑：翟福军　赵佳木
封面设计：中联学林

出版发行　人民日报出版社

社　　　址：北京金台西路 2 号
邮政编码：100733
发行热线：（010）65369527　65369846　65369509　65369510
邮购热线：（010）65369530　65363527
编辑热线：（010）65369517
网　　　址：www. peopledailypress. com
经　　　销：新华书店
印　　　刷：北京欣睿虹彩印刷有限公司

开　　　本：710mm×1000mm　1/16
字　　　数：251 千字
印　　　张：16.5
印　　　次：2017 年 5 月第 1 版　　2017 年 5 月第 1 次印刷

书　　　号：ISBN 978-7-5115-4516-9
定　　　价：68.00 元

前　言

本书收入我 2000 年以来公开发表过的清代小说研究论文 26 篇，其中有些曾被中国人民大学复印资料《中国古代近代文学研究》全文转载。书中于篇末一一注明发表及转载的园地与时间。在此谨对发表和转载拙作的编辑们表达诚挚的谢意。

自 1998 年师从北京师范大学张俊老师攻读博士学位以来，我用力最多的是清代小说研究。张老师的《清代小说史》不仅深入探寻小说名著的卓越成就，还着意呈现清代小说的整体面貌，以求再现名著产生的时代土壤与文学环境。受张老师研究思路的启发，我在关注《红楼梦》等名著的同时，也力图爬梳清代二三流小说作品的艺术价值及对小说史发展的贡献。

本书分三部分：一为清代章回小说与话本小说研究，重点论述清初白话小说的整体特色，并分析数部具有代表性的作品；二为清中期小说名著《红楼梦》专题研究，重点关注《红楼梦》与清前中期戏曲文化的关系，分析《红楼梦》不同版本对相关意象及人物形象的不同处理，探求《红楼梦》创作时期的时代氛围与艺术构思；三为研究史论，对数部清代小说代表作的研究状况进行回顾与总结，以期促进相关研究进一步深化延展。论述《红楼梦》与戏曲关系的系列文章中有三篇与我的硕士生麻永玲合作，即《〈红楼梦〉中的"听"戏与"看"戏及其异文考辨》《〈红楼梦〉中家乐"新样"演出〈寻梦〉〈下书〉考论》《〈红楼梦〉第九十三回戏曲语词异文与版本优化修订》；《〈西游补〉明清版本叙录》是与我的硕士生胡雅君合作的。

因这些文章写作时间跨度较大，发表时不同刊物也有不同体例要求，故此书出版前做了以下调整工作：借此机会修订原文中一些字词错误之处；重新核对全书引文，将一些引证文献替换为相对权威的版本；注释统一改为脚注。

朱萍 于 2017 年 1 月 18 日

目　录
CONTENTS

上编 01

| 章回小说与话本小说研究 |

"名是无名字无字"

——明清之际小说作家的"无名"现象

明清之际指明崇祯年间至清顺治年间。明清之际是中国古代通俗小说因革时期，此时的作家作品都具独特面貌。作家大多是怀才不遇的生员，常常在小说创作中憧憬理想生活、寄托苍凉感慨，使其作品与以前的通俗小说相比，出现文人化和自我化的趋势。与这一趋势相适应，作家署名和作品名称都具有比较鲜明的时代色彩。

一、多用别号

明清之际通俗小说作家在作品署名时多用别号。在当时创作、刊刻的作品中，除《型世言》作者署名"钱塘陆人龙""钱塘陆君翼"以及《盘古志传》《有商志传》《有夏志传》三部系列作品署名"景陵钟惺伯敬父编辑"外，其他作品大都只署作者别号，或干脆不署撰著者。

小说作者不署真名而只署别号，并不始自明清之际，只是此时更加普遍化了。这种现象似以创作于嘉靖、万历年间的《金瓶梅》为肇始。在《金瓶梅》之前，通俗小说或不题撰人，或直署其名，并无避讳之意。《金瓶梅》因其对现实的暴露性和语涉"艳情"，不便暴露作者身份，故以"兰陵笑笑生"为署名。继之出现的一些艳情小说作者也大多只署别号，如《浪史》题"风月轩又玄子著"，《浓情快史》题"嘉禾餐花主人编次"，《玉妃媚史》和《昭阳趣史》署名"古杭艳艳生"等。但是，除艳情小说之外，其他题材小说的作家名称却都不用别号。这些作品要么不题撰人，要么直署作者其名，如神怪小说系列作品《飞剑记》《咒枣记》《铁树记》的作者邓志谟等。

明清之际小说作家直署其名的现象极为罕见。《型世言》的作者陆人龙直署自己姓名，似是仅有的一个特例。而《盘古志传》等作品中的钟惺署名，学界多认为是书商假托。可以说，通俗小说作家多用别号的风气从万历年间的艳情小说作者开始，在明清之际蔚然成风。风气相仍，清代以后通俗小说作者也多署别号，只有少数作者径自署上自己的真实姓名。

明清之际通俗小说的作者、作序者、评点者，也大多用别号署名以示风雅。流风所及，当时选家、评点家也多喜用别号。陆云龙评选、出版的不少文集、词集，以及创作通俗小说或为小说作序时，都署上各种各样的别号。作为评点家和选家，他在评、选别人的作品时，多署名"峥霄观评定"和"翠娱阁评选"，如《峥霄观评定通俗演义型世言》《翠娱阁评选行笈必携》《翠娱阁评选文韵》《翠娱阁评选文奇》《翠娱阁评选明十四家小品》《翠娱阁评选钟伯敬先生合集》《翠娱阁评选袁小修先生小品》，等等。作为小说作家，他的小说《清夜钟》署名"薇园主人述"，《魏忠贤小说斥奸书》署名"吴越草莽臣戏笔"。他在为别人的小说作序时也多用别号，如《禅真后史》序、《型世言》序、《辽海丹忠录》序都署名"翠娱阁主人"，《型世言》每回均有署名"雨侯""木强人""草莽臣"等写的回末总评、眉批和双行批，这些都是陆云龙的别号。

除陆云龙外，明清之际拥有众多别号的小说作家，还有冯梦龙、方汝浩、袁于令、董说、李渔等人。冯梦龙的别号有"龙子犹""墨憨斋主人""吴下词奴""姑苏词奴""前周柱史""顾曲散人""香月居主人""詹詹外史""茂苑野史""绿天馆主人""无碍居士""可一居士"等十三四个；方汝浩的别号有"清溪道人""清心道人""清淡道人""心心仙侣""笔花居士""西湖渔叟""烟波钓徒""空谷先生""雕龙词客""绣虎文魔""梦觉狂夫"等十一二个；袁于令的别号有"箨庵吉衣主人""吟啸阁主人""幔亭仙史""幔亭歌者""幔亭过客""吉衣道人""剑啸阁主人"等七八个；董说的别号有"鹧鸪生""胡林子""槁木林""高晖生""梦史""梦乡太史""月涵船师""痴如居士"等十多个；李渔的别号有"湖上笠翁""觉世稗官""觉道人""新亭樵客"

"随庵主人"等五六个；丁耀亢的别号有"野鹤""紫阳道人""野航居士""华表人""木鸡道人""湖上鸥吏"等六七个。

一个小说作家可以拥有众多别号，这些别号各自有不同的来源和用途。别号的来源有很多种，主要来源于室名、籍贯、地域等。明清之际通俗小说作家别号中很多与室名有关，如冯梦龙别号"墨憨斋主人""香月居主人""绿天馆主人"，袁于令别号"箨庵吉衣主人""吟啸阁主人""剑啸阁主人"，陆云龙别号"翠娱阁主人""峥霄主人""薇园主人"，李渔别号"随庵主人"等。与籍贯有关的，有方汝浩的别号"荥阳清溪道人"，几个尚不知其真实姓名的作家的别号"圣水艾衲居士""东鲁落落平生""东鲁古狂生""齐东野人"等。而袁于令别号"幔亭仙史""幔亭歌者""幔亭过客"等，均与幔亭峰有关。方汝浩别号"西湖渔叟"，因他曾在杭州居住；他又别号"清溪道人"，则因其曾在南京居住。李渔别号"湖上笠翁"、丁耀亢别号"湖上鸥吏"，以及不知名作家的别号"醉西湖心月主人""西子湖伏雌教主""西湖义士"等，都与西湖有关。杭州、南京是当时文化中心之一，云集众多生员。而当时的通俗小说作家大都是江南生员或游学在江南的生员，所以小说作家的别号多与杭州、南京等地有关。

作家别号的另一个来源，是随文生意、随遇命名。如陈忱在《水浒后传》中所署的别号"古宋遗民"和"雁宕山樵"，与他在小说中表达的思想情绪有关。"古宋遗民"的别号，托言"古宋"，却意在表达他作为明朝"遗民"的心境。"雁宕山樵"则强调国亡之后遁迹山林的隐世心态。这两个别号，恰当地表达了陈忱怀恋故国的隐士情怀。又如董说别号"鹧鸪生""胡林子""槁木林""高晖生"等，则是他在国变之后万念俱灰、遁迹世外的心境的外化。

别号还有表达爱好、志向与情致的功能。冯梦龙别号"吴下词奴""姑苏词奴""顾曲散人"等，是他爱好诗词戏曲、精研音律的自觉或不自觉的流露。丁耀亢别号"野鹤"，则隐约表达了作家的幽隐情怀。方汝浩的又一别号"梦觉狂夫"、李渔别号"觉世稗官""觉道人"，以及陆人龙的别号"平原孤愤生"等，是这些作家自命"众人皆醉我独醒"心态的外化。尤其是李渔，似乎更爱在名称中使用"觉"字：他在其小说集《无声戏》和《十二楼》中都署名"觉世稗官";又被其莫逆之交杜濬在《十二楼序》中称为"觉道人""笠道人";传说著作权属于李渔的艳情小说《肉蒲团》又名《觉后禅》。这些名称,都反映出李渔性格中的某些自命可以警世、救世的孤傲心态。

有一些别号还透露了作者的一份独特情怀。如董说别号"梦史""梦乡太史"等,流露出他的一种爱"梦"情结。董说曾著有《昭阳梦史》《梦乡志》等书,反复赋写"梦"中境遇。他还专门书写《梦社约》一文,阐述他的"梦"之观念:"贫贱宜梦,忧愁宜梦,乱世宜梦。"① 正是"贫贱"、"忧愁"、"乱世"这些令人难以忍受的负面生活境遇,促使他沉迷于虚无缥缈的"梦"之境界,以求获得心灵的解脱。他的小说《西游补》,也是通篇写"梦",通过对奇异荒诞的梦幻世界的描摹,运用象征寓意的手法,讥讽了明季朝纲,批评了八股取士制度,表现出一定的先知先觉性。

有的别号还流露出作者的佛道思想。如董说别号"月涵船师""痴如居士",冯梦龙别号"无碍居士""可一居士",丁耀亢别号"紫阳道人""野航居士""木鸡道人",等等。别号中有"居士""道人"的作家,其实并不都是佛道思想的忠实信徒,大多只是表达一种向往出世的思想情趣而已。但董说、丁耀亢等少数几位作家,则最终出家为僧,皈依宗教。

二、改换姓名

明清之际通俗小说作家除喜用别号之外,还有频繁改换姓名的风尚。此时小说作家改换姓名与江山鼎革的大变故有关,如董说、李渔、金圣叹等人,都是在明朝灭亡之后改换姓名的。

董说于明亡后改姓林,名蹇,字远游,号南村。他一生频繁变换姓名,共改换二十多个名字,并有诗句"名是无名字无字",刻有"余无名"印。明亡之前,他虽有满腹才华但科举不第,已是愤世嫉俗,言行之间往往流露出浓厚的出世情绪。号称"文明昌盛"之国的前明,被关外"夷狄"所取代之后,更

---

① 董说:《丰草庵文集》。

引起他精神上的苦闷和不甘。他选择出世的方式，拒绝接受清朝的统治。正是出于这种考虑，当儿子向他汇报家中财产罄尽的时候，他才会仰面狂笑，庆幸解脱。

董说曾经记录了自己身入空门、改变姓名以求解脱的心路历程，他说：

> 往余病中，痛念生死，变姓名，草衣芒屦，走灵岩，见我师夫山和尚。和尚俯怜愁苦，谓余天资近道，许随众入室，名之曰玄潜，字之曰侯庵。……丙申，复上灵岩，参请之瑕，草则问十余条，披肝露胆，冀拔其膏肓。①

他在此处想必是托言病中，而记录的实是国变之时自己的经历和心迹。若在病中，怎能"草衣芒屦，走灵岩"？若只为病中"痛念生死"，又何必"变姓名"？"痛念生死，变姓名，草衣芒屦，走灵岩"，分明是一幅国难之际奔走逃难的景象。康熙二十五年（1672），董说在吴门夕香寺去世，临终表示："死学吴仲圭，墓石题故明。铭旌写梅花，盖棺三尺布。"② 他此时对光复明朝还是充满信心的，他对儿孙们说："万一太平身死后，好寻骨塔告寒灰"，希望在死后还能听到恢复前明统治的"太平"消息。他还叮咛儿孙和弟子们"勿仕清朝"。③

李渔，原名仙侣，号天徒，明亡后为表达绝意功名的态度，改名谪凡。他在后半生卖文糊口，又改名为渔，号笠翁。他在《李笠翁一家言》卷二《张敬止网鱼图赞》中，说明自号"笠翁"的原因是："鱼我所欲也，故自名笠翁。"在《李笠翁一家言》卷五《卖船行和施愚山宪使》中，又说："嗟我一生喜戴笠，梦魂无日去舟楫。""仙侣"和"天徒"这些名称，透露出他早年自负才高、欲以科举出仕之途施展抱负的神采；而"谪凡""渔""笠翁"这些名称，则表现出他在科考不利、国家沦亡之后逐渐增浓的隐世心态。

金圣叹原名采，明亡后，更名人瑞，字圣叹，取《论语》中"夫子喟然而叹"之意，表达一种白眼看人、玩世不恭的行经。廖燕在《金圣叹先生传》中说：

---

① 董说：《丰草庵文集·自序》。
② 董说：《丰草庵文集·自序》。
③ 见《甲申朝事小纪》、乾隆《乌程县志》。

先生金姓，采名……鼎革后，绝意仕进。更名人瑞，字圣叹。除朋从谈笑外，惟兀坐贯华堂中读书著述为务。或问圣叹二字何义，先生曰："《论语》有两喟然叹曰，在颜渊为叹圣，在与点则为圣叹。予其为点之流亚欤。"①

据此记载，金圣叹改字为"圣叹"，是表示要效法曾点的生活态度。曾点，名晳，是曾参的父亲，父子同为孔门高弟。曾点放浪形骸，为孔子所赞叹。金圣叹以曾点自居，言行狂放不羁。放浪形骸终会招惹祸端。顺治十八年（1661），金圣叹以"哭庙案"被腰斩。

姓名随地而变，在易代之际是有代表性的一种社会现象，是乱离时代的特殊产物。清人卓尔堪选辑的《明遗民诗》中，录有江南丹徒人吴拱宸的两首诗，反映了当时战乱情景和诗人颠沛流离的生活境遇。其一《丰城兵火后荒凉竟无客舍》中说道："触世姓名随地变，傍人眉角小心多。"② 道出了乱世民众的辛酸和无奈。姓名随地变的原因，有时是韬晦避祸，有时是藏羞砺志。有钱财的人怕劫掠，有名气的人怕征召，还有人怕颠沛流离的生活窘境辱没祖宗。乱世之中，无以为信，一切身外之物都会倏忽逝去；连此孑然一身都无立锥之地，时事正如吴拱宸描写的那样："乾坤何处不干戈，四海难容一客过。"③ "行不改名，坐不更姓"的古训，此时似已无恪守的必要。

姓名多变，等于无名。

三、"无名"的原因

至于明清两代通俗小说作者不署真实姓名的原因，有人认为是"顾忌颇深"。④ 也有人认为当时"小说"的地位低下，文人以创作小说为羞，故不愿留

① 廖燕：《二十七松堂文集》卷十四，上海远东出版社1999年版，第341页。
② 卓尔堪编：《明遗民诗》，中华书局1961年版，第608页。
③ 同上注。
④ 孙京荣：《关于明清通俗小说作者别号问题》，《西北师大学报》（社科版），1991年第2期。

下真实姓名。持此论者多以冯梦龙为例。冯梦龙在编选其他体裁作品时，并不隐瞒姓名，但在编著通俗小说时，却只署别号或不署撰人，如《古今小说》《醒世恒言》《喻世明言》《新列国志》等在刊刻时都不署撰人。

但这种说法值得商榷。首先，明代小说作者中也有直接署上真实姓名的，如熊大木、余邵鱼、邓志谟等人，还有上文提到的明清之际《型世言》中陆人龙的署名。清中期之后通俗小说作家中又多在作品中署真名，如李百川、吴敬梓、陆士谔等，他们并不讳言自己创作通俗小说。

其次，以别号来隐瞒作者的真实身份，除了艳情小说作者之外，其他题材小说的作者应无此必要。晚明之前，历史演义、英雄传奇、神怪小说的作者也确实并不隐瞒自己的姓名。如万历年间卧松阁刊本《杨家府世代忠勇演义志传》虽然署名"秦淮墨客校阅，烟波钓叟参订"，但在署名旁边却有"纪振伦"钤印。秦淮墨客即纪振伦，字春华，江苏南京人，编校过通俗小说《续英烈传》、戏曲传奇《葵花记》《三桂记》《七胜记》，以及说唱文学《陶真选梓乐府红珊集》等。他在小说中也是只署别号，但却无意隐瞒自己的真实身份。

因此，在通俗小说中只署别号，在晚明应是一种时代风尚。陆人龙在《型世言》中直署自己的姓名，而在《辽海丹忠录》中却只署"平原孤愤生"，这种现象似乎可以说明小说作家其实并不讳言自己是小说作者，只是在作品中另署别号，表现某种与作品内容相关的心态。在清初受"触世姓名随地变"的时代风气影响，这种多署别号的风气得到进一步加强。

（原载《中国典籍与文化》2004 年第 1 期）

明末清初"木铎醒世"小说观念论

　　木铎，本义指木舌的铃，是古代执行政教传布命令时使用的工具。《周礼·天官·小宰》载："帅治官之属而观治象之法，徇以木铎，曰：'不用法者，国有常刑。'"郑玄注此句云："古者将有新令，必奋木铎以警众，使明听也。木铎，木舌。文事奋木铎，武事奋金铎。"①　"木铎"也用来比喻宣扬教化的人。《论语·八佾》载："天将以夫子为木铎。"②　中国古代小说诞生以来，宣扬教化始终是小说作家标榜和努力的一个方向。但明确提出"木铎醒世"小说观念的是明末清初的小说作家们。"木铎醒世"的小说观念重视小说创作的社会功能，强调小说的教化意义。这种观念在明末清初小说创作中得到空前的加强。这一现象在中国小说发展史上值得注意。

　　明代天启年间兼善堂刊本《警世通言·识语》云："兹刻出自平平阁主人手授，非警世劝俗之语，不敢滥入，庶几木铎老人之遗意，或亦士君子所不弃也。"③　衍庆堂刻本《醒世恒言·识语》中，再次强调冯梦龙编撰"三言"有"木铎醒世"之意：

　　　　本坊重价购求古今通俗演义一百二十种，初刻为《喻世明言》，二刻为《警世通言》，海内均奉为邺架玩奇矣。兹三刻为《醒世恒言》，种种典实，

---

① 郑玄注，贾公彦疏：《周礼注疏》，李学勤主编《十三经注疏》，北京大学出版社1999年版，第63页。
② 《论语》，朱熹注：《四书集注》，岳麓书社1987年版，第95页。
③ 丁锡根编著：《中国历代小说序跋集》，人民文学出版社1996年版，第777页。

事事奇观。总取木铎醒世之意，并前刻共成完璧云。①

可一居士《醒世恒言·叙》中，谈到"三言"的编纂原则和命名缘由：

> 六经国史而外，凡著述皆小说也。而尚理或病于艰深，修词或伤于藻绘，则不足以触里耳而振恒心。此《醒世恒言》四十种所以继《明言》《通言》而刻也。明者，取其可以导愚也。通者，取其可以适俗也。恒则习之而不厌，传之而可久。三刻殊名，其义一也。②

应该说，这段话中透漏出的小说观念，本身就是明代市民意识上升的反映。明代文人开始注意到市民的文化需求以及满足市民文化需求的手段问题。这段话大意是说，以往小说作者不考虑为平民（"里耳"：下里巴人之耳）写小说，说理艰深难懂，为文重于修辞雕饰，不足以触动平民并使其接受小说中的教育意图，"三言"编纂者有感于此，提出"三言"的编纂原则是"导愚""适俗"，并使人"习之而不厌，传之而可久"。"导愚"即引导愚蒙大众使之能够明辨是非，"适俗"即采用通俗易懂的文风使大众易于接受。"导愚"可"明"，"适俗"可"通"。"明""通"之后，还要恒久，"习之""传之"。

"三言"刊刻之后，明末文人拟话本小说得到长足发展，出现小说创作和刊刻的高峰。这一时期的白话小说不仅数量众多，种类和流派也很丰富，比以前的白话小说又多了些许个性特色，在中国古代小说史上独具风姿，值得文学研究者作进一步的探索和研究。此时的小说编纂者及刊刻者也纷纷在序、跋、凡例、识语中阐释他们大略相似的小说观点，反复阐述强调"木铎醒世"的小说观念。综其所述，明末清初小说作家"木铎醒世"的小说观念，主要表现在以下三个方面："存雅道"、"著良规"；"警世劝俗"、"以为世型"；"推因及果，劝人作善"。

---

① 丁锡根编著：《中国历代小说序跋集》，人民文学出版社 1996 年版，第 780 页。
② 丁锡根编著：《中国历代小说序跋集》，人民文学出版社 1996 年版，第 779 页。

一

　　文艺创作的主旨要符合《诗经》以来的"风雅"精神，是中华民族传统文艺观念的基本要素。早在小说萌芽阶段，富含小说因子的《左传》《史记》就充溢着儒家的"诗教"精神。汉代班固《汉书·艺文志》中也说："小说家者流，盖出于稗官，街谈巷语，道听途说者之所造也。孔子曰：'虽小道，必有可观者焉，致远恐泥。是以君子弗为也。'然亦弗灭也。闾里小知者之所及，亦使缀而不忘。如或一言可采，此亦刍荛狂夫之议也。"①

　　中国最早的成熟的白话小说是宋元话本。宋元话本侧重于尚奇求趣以满足听众的市民情趣。正如《快嘴李翠莲·入话》所言："出口成章不可轻，开言作对动人情；虽无子路才能智，单取人前一笑声。"② 以愉悦听众为目的，就使宋元话本大多显得无明确思想主题，而以离奇曲折、扣人心弦的情节取胜。

　　"雅道"在明末清初小说观念中重新得到加强。天启年间金陵兼善堂刻本《警世通言·识语》云："自昔博洽鸿儒，兼采稗官野史，而通俗演义一种，尤便于下里之耳目；奈射利者而取淫词，大伤雅道。本坊耻之。"③《识语》不满于当时一些书坊主在"便于下里之耳目"的小说的创作和刊刻中，"取淫词"而"射利"，特意申明"本坊"立志恢复被书贾"射利者"所"大伤"的"雅道"。

　　崇祯元年，凌濛初也在《拍案惊奇·自序》中批判当时风靡一时的小说流风，他说："近世承平已久，民佚志淫。一二轻薄恶少，初学拈笔，便思污蔑世界，广摭诬造，非荒诞不足信，则亵秽不忍闻，得罪名教，种业来生，莫此为甚！而且纸为之贵，无翼飞，不胫走，有识者为世道忧之，以功令厉禁，宜其然也。"④ 他所提倡的，是冯梦龙在"三言"中所表现的文风意趣。他说："独

① 黄霖，韩同文选注：《中国历代小说论著选》（修订本），江西人民出版社2000年版，第3－4页。
② 洪楩辑，程毅中校注：《清平山堂话本校注》，生活·读书·新知三联书店2012年版，第106页。
③ 丁锡根编著：《中国历代小说序跋集》，人民文学出版社1996年版，第777页。
④ 同上书，第785页。

龙子犹氏所辑《喻言》等诸言，颇存雅道，时著良规，一破今时陋习"。①

"存雅道"，"著良规"，"破今时陋习"，成为冯梦龙和凌濛初秉持的小说观念。凌濛初编撰"二拍"，意在追随冯梦龙"三言"中的文学思想，希望小说的创作能有补益世道人心，起到一定的救世的作用。

二

明末清初小说作家中，最早提出"警世"观念的是冯梦龙。金陵兼善堂刻本《警世通言·识语》中宣称："非警世劝俗之语，不敢滥入。"② 冯梦龙的这一观念被随后的小说作家继承并发扬光大。明末清初小说作品的名称，多用"警世""醒世""型世""醉""醒"等字，如《警世阴阳梦》《觉世名言》（又名《十二楼》）《觉后禅》（又名《肉蒲团》）《觉世棒》（又名《鸳鸯针》）、《型世言》《醉醒石》等等，体现了小说编纂者、出版者警世、醒世、型世的小说观念。

崇祯五年（1632）出版的陆人龙《型世言》的命名缘由，其兄陆云龙在评语中点出。《型世言》第一回《烈士不背君　贞女不辱父》的回末评语中，陆云龙说道："铁氏二女之诗，见之传闻，固宜合纪之，以为世型也。"③《型世言》第三回《悍妇计去孀姑　孝子生还老母》卷首《小引》中，陆云龙又说："运奇谋于独创，何必袭迹古人；完天伦于委蛇，真可树型今世。"④ 他的这两段话，道出了《型世言》的命名由来，即"以为世型""树型今世"，也就是强调作品劝诫教化的功用。

欲以小说教化人心的观念，在当时颇为普遍。崇祯十六年（1643），梦觉道人在《三刻拍案惊奇·序》中说：

　　客有过而责余曰："方今四海多故，非苦旱潦，即罹干戈，何不画一策

---

① 丁锡根编著：《中国历代小说序跋集》，人民文学出版社1996年版，第785页。
② 丁锡根编著：《中国历代小说序跋集》，人民文学出版社1996年版，第777页。
③ 陆人龙：《型世言》，生活·读书·新知三联书店1993年版，第20页。
④ 陆人龙：《型世言》，生活·读书·新知三联书店1993年版，第33页。

以苏沟壑，建一功以全覆军？而徒哓哓于稗官野史，作不急之务耶？"予不觉叹曰："子非特不知余，并不知天下事者也。天下之乱，皆从贪生好利、背君亲、负德义所致。变幻如此，焉有兵不讧于内，而刃不横于外者乎？今人孰不以为师旅当息、凶荒宜拯，究不得一济焉。悲夫！既无所济，又何烦余之饶舌也。余策在以此救之。使人睹之，可以理顺，可以正情，可以悟真；觉君父师友自有定分，富贵利达自有大义。今者叙说古人，虽属影响，以之谕俗，实获我心，孰谓无补于世哉？"①

他认为天下之乱皆因背义好利而起，试图运用生动有趣的小说教人明事理、懂真情、遵守伦常，从而平息战乱、拯救灾荒。这种小说观念未免过于理想化了。梦觉道人可能欲借此提高小说的地位，也可能是他真诚地希望小说能够起到此等作用。

崇祯末年西湖渔隐在《欢喜冤家·叙》中说，他撰写这部小说的目的是"公之世人，唤醒大梦"。② 南明弘光时期陆云龙在《清夜钟·自序》中也说："偶有撰著，盖借谐谈说法，将以明忠孝之铎，唤省奸回；振贤哲之铃，惊回顽薄。"③ 他希望《清夜钟》这部小说能如清夜里震响的钟声，以圣贤先哲的思想，为大众洗耳，惊回顽薄的人心。

南明弘光时期独醒道人在《鸳鸯针·序》中说到本书的命名由来时，也点出作者华阳散人的小说观念：

古德拈一语云：鸳鸯绣出从君看，不把金针度与人。道人不惜和盘托出，痛下顶门毒棒。此针非彼针，其救度一也。使世知千针万针，针针相投；一针两针，针针见血；上拨梯缘，下焚数宅。二童子环而向泣，斯世其有瘳乎？④

他说，华阳散人创作的这部小说，仿佛古语所说"鸳鸯绣出从君看，不把金针度与人"的"金针"，虽然"此针非彼针"，但作者希望"其救度一也"。

① 梦觉道人、西湖浪子辑：《三刻拍案惊奇》，三秦出版社1994年版，第1页。
② 丁锡根编著：《中国历代小说序跋集》，人民文学出版社1996年版，第820页。
③ 丁锡根编著：《中国历代小说序跋集》，人民文学出版社1996年版，第809页。
④ 丁锡根编著：《中国历代小说序跋集》，人民文学出版社1996年版，第807-808页。

《鸳鸯针》的别名《觉世棒》，更明确地凸显出作者"觉世""醒世"的小说观念。

顺治十四年，睡乡祭酒（杜濬）在《连城璧·序》中也谈道："天下之人皆得见其书，而吾友维持世道之心，亦沛然遍于天下。"① 他说李渔创作小说的动机之一是"维持世道"。这些序跋中的有关说法，都透露当时小说作家中普遍存在着一种欲以小说救度世道人心的创作观念。

作为"醒世"观念的延伸，明末清初小说作家谈到"醉""醒"之处也很多。冯梦龙在《醒世恒言·叙》（署名可一居士）中具体阐述了"醒世"的内涵。他认为"惕孺为醒""却呼为醒""剖玉为醒""忠孝为醒""节俭为醒""耳和目章，口顺心贞为醒"，相应地，"下石为醉""食嗟为醉""题石为醉""悖逆为醉""淫荡为醉""即聋从昧，与顽用嚚为醉"，并由此归纳出结论："醒者恒而醉者暂。"所以，小说创作正是"以醒人之权与言"，具体表现为坚决不以"淫谭亵语，取快一时，贻秽百世"。② 倡导"醒"而贬斥"醉"，是冯梦龙编纂"三言"的主要意图之一。

顺治初期无名氏在《醉醒石·叙》中阐释的醉醒观，较冯梦龙更进了一步，说明世人醉者多而醒者少，"独醒"之难而又"不可不醒"，以及"醉""醒"之间相依并存的辩证关系。他说：

> 古今尽醉也，其谁为独醒者！若也独醒，世孰容之！虽然，亦不可不醒也。不醒，则长夜不旦，世间之大事业，安能向醉梦中问之。第人不醉则不醒，不大醉则不大醒。从一醉日富后，忽而得醒机焉，醒乃大矣。不醉而自谓能醒者，惟圣贤豪杰则然。非圣贤豪杰而自谓能醒，非好行小慧，则懵无识知之妄人也。③

作者在此处发出深沉感慨：世道不容独醒者。他还指出醉和醒的辩证法是不醉则不醒，大醉则大醒；并最终将对醉和醒的阐释归入一种对尘世的责任感：惟醒才能做大事业。

---

① 李渔：《连城璧》，上海古籍出版社 1992 年版，第 1 页。

② 丁锡根编著：《中国历代小说序跋集》，人民文学出版社 1996 年版，第 779 - 780 页。

③ 丁锡根编著：《中国历代小说序跋集》，人民文学出版社 1996 年版，第 798 页。

《醉醒石·叙》将小说《醉醒石》视为一块"醒醉之石"，《醉醒石·题辞》则通过《醉醒石》这一小说作品名称的命名由来，进一步点明谈到其作者东鲁古狂生的小说观念："李赞皇之平泉庄，有醉醒石焉，醉甚而倚其上，其醉态立失。是编也，盖亦醒醉之石也。"①《题辞》点明，东鲁古狂生编著话本小说集《醉醒石》，是希望这部作品能够成为"醒醉之石"，起到唤醒沉醉于昏蒙状态的世道人心的作用。

"警世劝俗""以为世型"的小说观念，侧重于小说创作对于宣扬政教的整体的典范意义；"推因及果，劝人作善"的小说观念，则侧重于具体的小说作品对于世俗人心的劝戒意义。

三

明末清初小说作家在表达自己的警世、救世心态时，往往借助于因果报应故事的叙述。有的作家偏重于唤醒人心，有的作家偏重于救度世人，有的作家则偏重于劝人为善。

冯梦龙在点评天然痴叟的话本小说集《石点头》时，撰写《石点头·叙》，将"小说家"与"高僧"相提并论，认为他们劝人为善的心态是相同的。他说：

> 石点头者，生公在虎丘说法故事也。小说家推因及果，劝人作善，开清净方便法门，能使顽夫帐子，积迷顿悟，此与高僧悟石何异？……浪仙氏撰小说十四种，以此名编。若曰生公不可作，吾代为说法。所不点头会意，幡然皈依清净方便法门者，是石之不如者也。②

"石点头"原意取自生公在虎丘说法的故事，生公说法说得很妙，使顽石也感悟点头。浪仙氏所撰的这十四种小说，结集取名为《石点头》，是认为这十四种小说可以起到和生公说法相同的妙用，能感悟人心。

---

① 丁锡根编著：《中国历代小说序跋集》，人民文学出版社 1996 年版，第 798 页。

② 天然痴叟著、张声等校点：《石头记》，《中国话本大系》，江苏古籍出版社 1994 年版，第 324 页。

"推因及果，劝人作善"的小说观念，也是明末清初小说作家的共识。吴山谐野道人在《照世杯·序》中所说："今冬，过西子湖头，与紫阳道人、睡乡祭酒纵谈今古，各出其著述，无非忧悯世道，借三寸管为大千世界说法。"① 酌元亭主人目前尚不知其真实姓名，紫阳道人是撰写《续金瓶梅》的丁耀亢，睡乡祭酒是小说评点家杜濬。"忧悯世道，借三寸管为大千世界说法"是这几位同气相求的小说作家、评点家共同的小说观念。

丁耀亢在《续金瓶梅·凡例》中也说：

> 兹刻以因果为正论，借《金瓶梅》为戏谈。恐正论而不入，就淫说则乐观，故与每回起首先将《感应篇》铺叙评说，方入本传。客多主少，别是一格。②

可见他创作的主旨是宣扬因果思想，而借《金瓶梅》之吸引众人处，欲使人愿读，在"乐观"中导人向善。

顺治十七年（1660），西湖钓史《续金瓶梅·集序》认为丁耀亢在《续金瓶梅》一书中，通过书中人物的命运，宣扬因果报应思想，"其旨一归之劝世"。他还进一步夸大了《续金瓶梅》在劝世方面的功能，认为"此夫为隐言、显言、放言、正言，而以夸以刺，无不备焉者也。以之翼圣也可，以之赞经也可"。③

四

明末清初小说作家格外强调"木铎醒世"的小说观念的原因，首先是将小说经典化、提高小说这一文学形式地位的努力；其次是小说作家（多为生员）发自内心的理想和抱负的反映，是明末清初士人普遍具有的忧患意识、救度意识的反映；再次是书商为了迎合读者（多为生员）的需求而采用的宣传用词，这本身也是明末清初士人普遍具有的忧患意识、救度意识的反映。

---

① 天然痴叟著、张声等校点：《石头记》，《中国话本大系》，江苏古籍出版社 1994 年版，第 836 页。
② 丁耀亢：《续金瓶梅》，《金瓶梅续书三种》，齐鲁书社 1988 年版，第 5 页。
③ 丁耀亢：《续金瓶梅》，《金瓶梅续书三种》，齐鲁书社 1988 年版，第 4 页。

当小说在社会上流传广泛、受人欢迎的时候，也还有一些作者和大多数书商一样，创作和刊刻小说的目的是为谋求物质利益。

实际上，明末清初小说常常有自我标榜警世劝世、实际效果却是"劝百而讽一"的弊病。《隋炀帝艳史》就难脱此嫌疑。野史主人在《隋炀帝艳史·序》中说，齐东野人创作的《隋炀帝艳史》，通过记述隋炀帝一生的作为，让人们看到隋炀帝的"种种淫肆"，"正所谓不戢自焚，多行速毙耳"，从而起到警世的作用。① 委蛇居士在《隋炀帝艳史·题辞》中，也认为作者创作《隋炀帝艳史》不是为"娱悦耳目"，而是要"振励世俗"。②

而笑痴子在《隋炀帝艳史·叙》中，却赤裸裸地表达了书商借《隋炀帝艳史》之"艳"而谋求利润的企图。笑痴子先是围绕"艳"字大做文章。他先感叹一番古代"以艳称"的两个皇帝——汉武帝和唐玄宗的命运，通过论辩如何"问艳于四时""征艳于卉草""乞艳于姿华"，说明可称为"艳"的事情是很多的，"有惊而称艳，喜而称艳，异而称艳，犹有独而称艳者"。然后夸耀隋炀帝"称艳"的奇异之处："种种媚人，种种合趣，种种创万祀之奇，种种无道学气，无措大气，亦无儿女气，并无天子气者，则孰非可惊可喜，而称艳者乎？访问古今来孰有如隋之炀帝者？"最后他就直接怂恿人们来买这部小说了："试问炀帝之何以艳称？请君试读炀帝之艳史。"③

出版小说，书商都是想牟利的。在牟利的同时，小说作家在作品中表现出一定的"木铎醒世"的小说观念，也是常见的。

"木铎醒世"和"发愤著书"，是明末清初并存并都得到大力强化的两种小说观念。当时还有相当一部分作家具有"发愤著书"的小说观念，例如陈忱、董说、周楫、艾衲居士等。他们重视小说创作的主体情感宣泄功能；作者是相对独立的文人小说家，借助小说这一文学形式表达自己对相关社会问题的深入思考，几乎不考虑商业发行因素，不追求快人耳目，不追求阅读率高；小说中融入写作者自己生活、思想的痕迹多。他们以自己的理论和实践丰富发展了李

---

① 丁锡根编著：《中国历代小说序跋集》，人民文学出版社 1996 年版，第 951 页。
② 同上注，第 951 页。
③ 丁耀亢：《续金瓶梅》，《金瓶梅续书三种》，齐鲁书社 1988 年版，第 952 页。

贽、金圣叹的"发愤著书"的小说观念。

持"木铎醒世"小说观念的作者多为书商周围的小说写作者，他们在写作时往往考虑商业发行因素，追求快人耳目，追求阅读率高；小说中融入写作者自己生活、思想的痕迹少。

明末清初小说作家群体对"木铎醒世"小说观念的极力强调，是小说史上前所未有的，他们对小说社会功用的深刻重视和对时事的密切关注，深刻地影响了晚清时期的小说观念和小说创作，在中国古代小说理论史上是值得注意的一个发展阶段。

（原载《首都师范大学学报》2012 年第 4 期）

"悲凉之雾，遍被华林"——明清家庭兴衰题材章回小说的文化意蕴

在中国古代小说发展史中，从关注个人命运和家庭命运的题材角度去审视，大致可以看到这样两种明显的现象：一、宋元明短篇白话小说中大量作品以艳羡的口吻叙述个人发迹变泰的故事，体现了当时大众的普遍心态。二、明代中后期至清代中叶的长篇章回小说多以悲凉的笔调描绘各阶层家庭的兴衰历史，体现了这一时期文人们对时代情绪的敏锐把握和对封建制度的深刻反思。前者已有学者专门论述，后者虽然不断有学者从不同角度进行过精辟的个案分析或阶段性分析，但至今似乎仍未就这一现象做整体性的考察和思索。本文拟对明清小说中家庭兴衰题材的流变及其文化意蕴做出不揣粗浅的分析，有待各位专家指正。

家庭兴衰题材的小说，指从人际关系结构、生活时间与空间结构、生活手段与经济环境结构、文化意识结构和社会关系结构这五大关系结构的角度着手，全面展现一个典型家庭兴衰流变的历史，从而深刻揭示出当时社会风貌的作品。纵观中国古代小说史，按照"真正艺术而完整地从家庭结构、家庭形态、家庭伦理、家庭演变等方面描写家庭环境"这一标准去观照，可以称为家庭兴衰题材的作品，只有六部长篇章回小说：《金瓶梅》《醒世姻缘传》《林兰香》《红楼梦》《歧路灯》《蜃楼志》。这六部作品普遍达到较高的艺术水准，研究成果斐然可观，本文不再对它们进行单篇分析，而只从"史"的角度，分析它们在题材流变史中所具有的共性和个性，以及在这些共性和个性中所体现出的社会文化意蕴。

一

这六部家庭兴衰题材的长篇章回小说呈现出明显的阶段性特征，可以划分为三个创作阶段：第一个阶段是明中后期，作品为《金瓶梅》，特点是前半部详写家庭上升期的盛况，后半部描写家庭衰落时的衰败荒凉，前后对比，发人深省；第二个阶段包括明清之际和清前期，即从明崇祯年间到清雍正年间，作品有《醒世姻缘传》《林兰香》两部，特点是略述发家过程，详写衰亡过程，弥漫着浓厚的悲凉气氛，作者的一部分创作意图是抒发今不如昔的无限感慨；第三个阶段是清中期，即清朝乾隆、嘉庆年间，作品有《红楼梦》《歧路灯》《蜃楼志》三部，特点是详写家庭逐步走向衰亡的过程，在结局处又稍稍复兴，寄寓了作者向往复兴的殷切期望以及改良社会的某种理想。

从作品内容结构上看，这六部作品可分为"永绝盛音型"与"笙歌重奏型"两大类。前两个阶段的作品都属于永绝盛音型，昔日的热闹繁盛已随风而逝，永不再来。《金瓶梅》自不待言，第七十九回以前描写西门庆赫赫扬扬的发家史，第八十回以后描写西门庆家的败亡史。《醒世姻缘传》中晁、狄两家也是先盛后衰。晁家自晁源父子相继去世后，孤儿寡母其实一直处于刁蛮族人和市井小人的窥伺与欺凌之中。虽然在族人哄抢家财和恶邻诈认晁梁为子、昏官糊涂判案这两次重大危机使情势近于不可挽回的时候，晁家都幸运地遇上清官徐大尹的庇护，得以绝处逢生。但这种过度的巧合给人一种极不可信的感觉。作者如此安排的目的有二：一是刻意塑造一个封建社会的女善人——晁夫人的形象，抒发作者心中的理想；二是宣传因果报应思想，在本书为数太多的"恶有恶报"事例之间，安插一个"善有善报"的典型。即便如此，晁家在后半部书中给人的印象也是冷寂凄凉的。孤儿寡母相依为命，几乎足不出户，不再是大家气象。狄家在娶薛素姐前，家资富饶，善名远博，也是地方上数得着的"中等之产"。娶素姐进门，就开始家反宅乱，怪事叠出。及至素姐气死公婆、逼走丈夫、自己管家之后，在邻人欺负、乡官勒索、师婆诈骗的集体围攻之下，"甚有主持不住之意"，"家中渐渐的不能度日"，一败涂地。等到狄希陈致仕归家，重整家业，也不复往日气象。况且狄希陈回家后的状况只是三言两语，淡淡一提，目的似乎只为作者得以发两句因果报应的议论。因此，从整体上来看，晁家、狄家都是由盛到衰、永绝盛音。

《林兰香》的情况比较特殊。从表面上看，耿家继续世袭泗国公，不应当出现衰飒至极的景象。然而作品的后半部却充满了衰飒氛围。前后相距不过几十年，耿家的仆人竟然对耿家当初的热闹倍感陌生与倾慕。第六十一回，一场大火焚毁了收藏耿朗妻妾遗物的小楼，诗文琴剑等物荡然无存。第六十二回仆妇屡屡询问老侍女宿秀："先前的热闹，可还能说么？""听说当日，五房各有景致，不知是何样景致？"① 宿秀就极力夸耀当年的各处景观。说明当年耿家的景致如今也已荡然无存。宿秀一死，耿家旧事无人知晓。当年因事被逐的李婆、红雨将耿家旧事编演成戏文、弹词，才又流传一时。作品的后半部弥漫着浓重的衰飒气氛，当日的繁华热闹一去无踪。从这个意义上来说，《林兰香》也属于由盛到衰、永绝盛音型的作品。

第三个阶段的三部作品在结尾处都被作者赋予浓重的理想色彩，属于笙歌重奏型。《红楼梦》因其前80回文本和后40回文本在创作意图和艺术水准上的明显不同，奇妙地同时具有永绝盛音型和笙歌重奏型两大类型的特征。依曹雪芹原意，此书的结局贾家定是一败涂地、"落了片白茫茫大地真干净"。而高鹗的后40回续书又让贾家起死回生，重沐皇恩，兰桂齐芳，描叙一番盛时重现的前景。《歧路灯》写谭绍闻立志改过之后，重新"用心读书，亲近正人"，还完外债，又用王中在菜园里撅出的银两赎回家产，家道开始复兴起来。《蜃楼志》的结尾处，与苏家作对的恶人一一败落，苏吉士因功居官，两个妹夫科考顺利，做官有望，苏家又呈现一派兴旺的气象。

二

这六部作品的作者具有极为近似的创作意趣和审美兴味，即都对"家庭兴

---

① 《林兰香》，春风文艺出版社1985年版，第477页。

衰现象及其原因"这一创作题材表现出浓厚的兴趣，似乎具有自觉的前后承继的关系。目前虽然没有直接的材料可以证明，但从这些作品的序跋和文本内证来看，相当明显。

这些作者的创作意趣始终关注着家庭的兴衰。《金瓶梅词话序》中有一段话："观其高堂大厦，云窗雾阁，何深沉也；金屏绣褥，何美丽也……佳人才子，嘲风吟月，何绸缪也……既其乐矣，然乐极必悲生。"① 从庭院建筑、室内陈设、夫妻日常生活诸方面描绘家庭在兴盛时期的状况，又指出乐极悲生、盛衰相因的不可避免，通过先盛后衰的今昔对比，营造出浓重的悲叹气氛。这段话可以看作整部《金瓶梅》创作思想的高度概括，同时也无意中确定了家庭兴衰题材作品结构的基本模式。后来几部作品的结构大都不脱其窠臼。《醒世姻缘传》面对社会伦理、古乡淳风由盛德转向敝败的现象，发出了深沉的慨叹，这种慨叹是通过对两个家庭兴衰过程的细致描写而展示的。《林兰香》在总体构思上受《金瓶梅》影响更为明显，同样描写一夫六位妻妾先聚后散的过程。聚时热闹繁华，须臾风流云散。《红楼梦》中流露出作者关注家庭兴衰创作意趣的地方更是比比皆是。《歧路灯》通过书中人物之口，也表达出作者对家庭兴衰的深切关注。第三回谭孝移就说："我在这大街里住，眼见的，耳听的，亲阅历有许多火焰生光人家，霎时便弄的灯消火灭，所以我心中只是一个怕字。"② 在第一○七回，作者直接出面明确表示这部小说是"家政谱"："这些善政，作者要铺张扬厉起来，不仅篇幅难尽，抑且是名臣传，不是家政谱了。"③ 表现了作者对家庭兴衰题材的自觉意识。罗浮居士在《蜃楼志·序》中为"小说"正名时说："其事为家人父子、日用饮食、往来酬酢之细故，是以谓之小；其辞为一方一隅、男女琐碎之闲谈，是以谓之说。然则，最浅显、最明白者，乃小说正宗也。"④ 明言这部小说的题材为"家人父子日用饮食往来酬酢之细故"，即家庭题材。

① 兰陵笑笑生著：《金瓶梅词话》，人民文学出版社1985年版，第2页。
② 《歧路灯》，中州古籍出版社2014年版，第17页。
③ 《歧路灯》，中州古籍出版社2014年版，第765页。
④ 《蜃楼志》，上海古籍出版社1994年版，第1页。

这六部作品都揭示总结了家庭兴衰的原因。首先是家庭外部原因。有以下三种情况：1. 政治原因。家庭衰亡的原因部分地源于政治不清明，具体说来又各有不同。《金瓶梅》揭露了官官相护、买官卖官、以官欺民的黑暗官场。有西门庆以官欺人，就有韩道国、吴典恩在西门庆死后依官势公然欺主，加速了西门家的败亡。《红楼梦》《蜃楼志》中的悲剧很大一部分源于政治环境的严酷与官场的倾轧。2. 社会原因。道德沦落的社会风气、帮闲地痞的引诱与欺诈，也是促使家庭衰落的重要原因。《金瓶梅》中的应伯爵、《歧路灯》中的夏逢若，都如蛀虫一样蚕食着西门庆家、谭绍闻家的财产。《醒世姻缘传》中薛素姐独理家政时遭到乡官勒索、师婆诈骗，更是具体而形象地揭示了促使家庭衰落的社会丑恶现象。3. 婚姻制度原因。《金瓶梅》《醒世姻缘传》《林兰香》《红楼梦》实际上都客观而深刻地揭露了一妻多妾制的罪恶，尽管作者可能对此并不具有自觉的意识。

其次是家族内部原因。有以下五种情况。1. 创业人死亡，家人分其财产。《金瓶梅》中西门庆死后，其妾李娇儿、孙雪娥盗财离家，孟玉楼带着自己丰厚的嫁妆重新嫁人。家中仆人韩道国、汤来保拐盗巨款。2. 创（守）业人死亡，族人分产。《醒世姻缘传》中无耻族人欺凌孤儿寡母、理直气壮哄抢"绝户"家财的场面令人触目惊心。3. 创（守）业人死亡，后代不肖。《林兰香》《红楼梦》《歧路灯》中都重笔描叙这一原因。4. 家庭伦理崩溃。《醒世姻缘传》中晁源纵妾凌妻、薛素姐殴夫逆姑，都是家庭衰亡的重要原因。《红楼梦》第七十五回贾探春一针见血地指出家庭内部争权夺利的丑态："咱们到（倒）是一家子亲骨肉呢，一个个不像乌眼鸡，恨不得你吃了我，我吃了你！"5. 家庭经济崩溃。《金瓶梅》中当家人西门庆死亡，孤儿寡母支撑不住门面，只有进项，没有出项，坐吃山空。《醒世姻缘传》狄家败落也是为此。《红楼梦》中贾家、《歧路灯》中谭家都是由于家中只有挥霍的人、没有守成的人而入不敷出、濒临破产。

这些作者不但喟叹家庭兴衰际遇，而且试图寻找造成这些兴衰际遇的原因，并在此基础上表达自己的人生观，或试图开出自己独特的济世良方。永绝盛音型的作品侧重于表达作者的人生观。《金瓶梅》所体现出的思想观念比较复杂，从总体上看，有否定人间罪恶、提倡归入清净佛门的倾向（以孝哥出家为结局）；西周生在《醒世姻缘传》中抒发了民风渐变、今不如昔的慨叹；随缘下士在《林兰香》中表达了彩云易散、世事如梦的人生观。笙歌重奏型作品的作者则或多或少在作品中开出了济世良方。高鹗在《红楼梦》后40回中找出的复兴之道是科考奏捷和皇恩浩荡；李绿园在《歧路灯》中开出的救世良方是回归儒教："用心读书，亲近正人"；痩岭劳人在《蜃楼志》中归结的度世良方是超脱"酒色财气"。

三

永绝盛音型与笙歌重奏型作品对结局的不同处理，是由作者不同的世界观和创作意图决定的。总的来说，这六部作品的作者都能够直面现实，对现实生活有深刻的认识，在展示人情世故、揭露社会罪恶、鞭挞黑暗势力方面有共同之处。但永绝盛音型作品的作者对时代的悲剧感体味得更为深刻、彻底，面对道德沦丧的社会，认为个人已无回天之力。因此他们按照生活的本身逻辑安排作品的结尾，没有粉饰太平。而笙歌重奏型作品的作者则由于种种原因，在理想的驱使下，给作品拖上了光明的尾巴，违背了他们在作品前半部忠实履行的描摹现实的创作原则。家庭是社会的缩影。这些作者面对着迅速沦落的家庭和社会，思索沦落的原因，试图在作品中开出济世良方，挽狂澜于欲坠。

高鹗在《红楼梦》后40回续书中用科举和皇恩两条道路挽救了贾家的彻底覆灭，这样的安排不足为信。自明末清初到康乾年间，科举弊端遭到众多有识之士批判。《西游补》《三刻拍案惊奇》《鸳鸯针》《聊斋志异》中都有深刻的描写，乾隆年间更是出现了揭露、批判科举弊端的《儒林外史》，说明否定科举制度的思想已经成为优秀文人之间普遍认可的社会思潮。曹雪芹在《红楼梦》前80回书中也对科举制度采取彻底否定的态度。而高鹗试图利用科举途径为贾家设计一条复兴的道路，这在当时的社会生活中不具有普遍意义。高鹗为贾家设计的第二条复兴道路——"皇恩浩荡"，同样也是虚幻的。《红楼梦》前80回书通过元春省亲时对亲人哭诉的描写，通过贾府当家人贾母等时刻关注宫中情况、始终处于担惊受怕状态之中的描写，含蓄而深刻地指出"伴君如伴虎"的封建社会的现实，揭示了"皇恩"的不可依持。这是符合历史现实的。因此，高鹗续书为《红楼梦》安排的结尾，只是表达了他的一种善良的愿望和迂腐的理想。

李绿园创作《歧路灯》的意图是以谭绍闻为例，说明以儒家正统思想教育青年的重要性。在他的世界观和创作意图的指导下，作品前半部描写主人公的失足，及由此而引起家庭生活的艰难坎坷，后半部则描写主人公回头后家庭的重新兴盛。至于这种安排的得失，杜贵晨先生的一段评论当是公论：

> 作者这样一种卫道的创作意图，极大地限制和损害了作品的思想和艺术。一、促使作者虚构了一个"败子回头"的故事，从大的社会环境看，不真实，不典型。归因于个人和家庭、亲友，掩盖了社会根源。二、这样一种创作意图，这样一种对地主阶级前途的强烈希望和信心，也使作者不能专心于生活图画的描绘，不时用抽象说教代替生动的叙述，影响了艺术形象的完整、鲜明与和谐，使作品带有封建修身教科书的气味。[1]

《蜃楼志》的结尾处有一段李匠山的议论：

> 天下的事剥复否泰，那里预定的来？我们前四年不知今日的光景，犹之今日不能预知后四年的光景也。总之，"酒色财气"四字看得破的多，跳得过的少……惟吉士嗜酒而不乱，好色而不淫，多财而不聚，说他不使气，却又能驰骋于干戈荆棘之中，真是少年仅见！不是学问过人，不过天姿醇厚耳！若再充以学问，庶乎可几古人。[2]

这段话总结了作品的主要内容，同时也借李匠山之口，在作品的曲终奏雅之处（中国古代小说往往在此处揭示小说的主题思想或作者的创作意图），明白道出了作者的创作意图。原来痷岭劳人写作《蜃楼志》的意图是通过对四年中与苏家有着种种关系的各色人等命运沉浮的描写，塑造一个接近作者理想的人物——苏吉士的形象，借以表达作者提倡的要"跳得过""酒色财气"的救世方针。为了贯彻这个创作意图，作者当然要为苏吉士安排一个理想的结局。在作品的结尾处，恶官、强盗、匪友、小人等种种与苏家作对的恶势力，无一例

---

① 杜贵晨：《〈歧路灯〉简论》，收入《歧路灯论丛（二）》，中州古籍出版社1984年版。
② 《蜃楼志》，上海古籍出版社1994年版，第168页。

外得到惩处，全都消失不见，苏家竟是生活在理想的真空之中。而促使苏家转运的重要事件是平定妖僧摩刺的叛乱。对于这一事件的描写采用的是二三流的英雄传奇、神魔小说的笔法，与整部作品呈现出的严谨的世情小说的描写笔法极不相称，缺乏说服力。因此这个理想的结尾也是不符合当时现实的，是虚幻的。

从作品的艺术水准上说，笙歌重奏型的作品不如永绝盛音型的作品成就高①，个中原因发人深省。只有忠实描绘所处时代特征的作品，才是能够跨越时空、得以广泛流传的作品，古今中外的文学作品无一例外。明清时期的时代特征是什么？是几千年不变的封建社会君主制度和家庭制度与早已变化发展了的社会现实的严重不协调，以及这种不可调和的矛盾冲突给时代带来的浓重的悲剧氛围。杜贵晨先生指出，在"康乾盛世"，"两千多年停滞僵化的中国封建社会腐朽不堪，临近灭亡。对封建末日的预感，这在中国 18 世纪中叶是一种极普遍的现象。当时的文学正是这样一种忧虑和苦闷的产物。"② 其实这种预感 17 世纪就已经有了。

笙歌重奏型的作品虽然在结尾处粉饰太平，但整部作品的情调仍然难掩悲凉，而且所有的复兴都不是严格意义上的复兴，与沦落前的家庭盛况相比有天渊之别。原因有二：一、这些作者的创作态度毕竟都是严肃的，忠实地描绘了自己深切感受到的悲凉的时代气氛。举例来说，高鹗续书与此后出现的大量玄怪无稽的续红之作就具有根本的不同。二、时代的悲剧气氛如此明显与强烈，使人欲掩饰而不能。《醒世姻缘传》极力塑造晁夫人超凡脱俗的"女善人"形象，实际上力不从心、漏洞百出。笙歌重奏型作品结尾的虚幻与不可信，都出于这两个原因。

从作品传播的角度看，笙歌重奏型作品不如永绝盛音型作品流传广。《歧路灯》创作于乾隆年间，直到清末及民国初年才有印本，而差不多创作于同时的《红楼梦》于乾隆五十六年（1791 年）就已刊印，此前的 80 回抄本也在社会上

---

① 《红楼梦》的情况比较复杂、特殊，前 80 回的艺术水准无疑是处于小说史上的最高峰，其无与伦比的光辉色彩几乎淹没了后 40 回的瑕疵。

② 杜贵晨：《〈歧路灯〉简论》，收入《歧路灯论丛（二）》，中州古籍出版社 1984 年版。

广泛流传。《歧路灯》不如《红楼梦》受欢迎，与作品体现出的迂腐思想有着密切关系。高鹗续书历来号称"狗尾续貂"，被文人学士否定的多，肯定的少，也是为此。《蜃楼志》一直被目为"艳情小说"，它的价值近些年才为学者认识和肯定，流传范围事实上比前五部书要小得多，家庭兴衰题材的作品至此就式微了。《蜃楼志》标志着这一题材作品的终结。自此以后，以家庭兴衰题材描写深广社会生活的世情小说在中国古代小说史上就没有了。

这一题材的作品以辉煌巨著《金瓶梅》为开山之作，催生孕育了《红楼梦》，至《蜃楼志》式微，然后就绝迹了。这一题材在传播过程中体现出的读者的选择，说明在当时已有广泛的人群深切感受到了弥漫在他们身边的悲凉的时代氛围。

鲁迅在阅读《红楼梦》时敏锐地把握到了"悲凉之雾，遍被华林"的时代衰飒氛围。① 其实这种氛围不仅体现在《红楼梦》中，也体现在明清时期出现的所有家庭兴衰题材的作品中；"呼吸而领会之者"，也并不独有贾宝玉一人，还有这些家庭兴衰题材小说的作者，和那个时代的所有敏感人士。这就是中国古代小说家庭兴衰题材作品所体现出来的深刻的文化意蕴。

（原载《学术研究》2000 年第 8 期）

---

① 鲁迅：《中国小说史略》，东方出版社 1996 年版，第 186 页。

"莲梦醒时方见三生觉路"
——清初中篇章回《归莲梦》研究

清初中篇章回小说《归莲梦》，目前学界对其研究并不充分。仅有一篇专门论述，认为作者同情这场"失败的农民起义"是其进步性的表现。① 但《归莲梦》详细描写一场民间宗教起义创教、聚徒、举兵、终被剿灭的整个过程，无论是在中国古代文化史还是中国古代小说史上，《归莲梦》都是一部值得深入研究的小说作品。

一

《归莲梦》，全称《新镌绣像小说苏庵二集归莲梦》，题"苏庵主人新编""白香居士校正"，藏上海图书馆。日本宝历间《舶载书录》著录为康熙、雍正间书。②

《归莲梦》作者"苏庵主人"无考。《归莲梦》题为"苏庵二集"，意为"苏庵主人新编"的第二部小说。苏庵主人编次的第一部小说即《绣屏缘》，正文卷端题"新镌移本评点小说绣屏缘""苏庵主人编次"。首序尾署"康熙庚戌端月望弄香主人题于丛芳小圃之集艳堂"。次有《凡例》七则，末署"苏庵主

---

① 司马师：《异乡残梦归何处？却伴春鹃带血啼——〈归莲梦〉是怎样写白莲教起义的?》，《归莲梦》，春风文艺出版社 1984 年版。本文所引《归莲梦》目录及原文，均出自此版本，下文不再一一赘注。

② 《中国通俗小说总目提要》，中国文联出版公司 1990 年版，第 379 页。

人漫识"。复次有《苏庵杂诗八首》（实只七律五首）。又次《九疑山》南吕曲子五只（藏荷兰汉学院）。①《中国通俗小说书目》另载有坊刊本，四卷十九回，无题署。②

国家图书馆藏有《新镌评点绣屏缘》一种。笔者通读《归莲梦》与《绣屏缘》之后，认为这两部小说不应出自同一作者之手。《绣屏缘》涉笔香艳，情节、命意平平，无作者独特思想；仿说书人口吻，"看官"不断出现，常常有"看官们晓得的"等套语，与布局谨严、文字雅洁、命意独特的《归莲梦》文风颇不一致。

国家图书馆另有《锦香亭》一种，又名《睢阳忠毅录》《第一美女传》《锦香亭绫帕记》，四卷十六回。题"古吴素庵主人编""茂苑种化小史阅"（藏大连图书馆、国家图书馆、首都图书馆）。单句回目，每两回回目成一对句，这是明末清初常见的排列方式，与《归莲梦》相似。据此似可判断《锦香亭》是与《归莲梦》同时代的作品。《锦香亭》内容形式都与《归莲梦》比较相似：写才子佳人并杂糅战争；故事选用历史题材，却与真正史实不符；文从字顺，描写细致，有作者自己的思想贯穿其中。与《归莲梦》，疑为同一作者。"古吴素庵主人"不知是否与"苏庵主人"为同一人而只是"苏""素"写法不同而已。号"素庵"的明末清初人士，还有陈之遴，撰有《素庵诗》。

《中国禁书大观》中《中国历代禁书目录》列："《归莲梦》，清钱谦益撰。"③ 认为《归莲梦》的作者是钱谦益，不知有何根据。钱谦益作为一代文人大宗伯，精通佛法，对白莲教、闻香教这些民间宗教不知有无深入了解。《归莲梦》中关于白莲教的描写与史实不符；关于闻香教的描写真假参半，有荒诞不经的成分，民间文学气息浓厚。《归莲梦》中过于浓重的幻灭感伤情绪、洗练如画的中下层民众世情生活的描写、缠绵悱恻的才子佳人情怀，都与撰写《初学集》《有学集》的钱牧斋文风不同。

《归莲梦》和《锦香亭》都曾被列为禁书。《中国禁毁小说百话》认为：

---

① 李梦生：《中国禁毁小说百话》，上海古籍出版社1994年版，第303页。
② 孙楷第：《中国通俗小说书目》，生活·读书·新知三联书店2012年版，第129页。
③ 安平秋、章培恒主编：《中国禁书大观》，上海文化出版社1990年版，第663页。

"《锦香亭》一书，毫无淫秽内容，故事情节也曲折生动，其被禁似乎有些冤枉。"①《归莲梦》也是如此。应当从"淫秽"之外寻找被禁的原因。《归莲梦》叙述一场民间宗教起义从发端、酝酿到发展、强大直至被歼灭的详细过程，在统治者看来，应当具有比较明显的"海盗"的隐患。因此《归莲梦》的被禁，倒可能是与《水浒传》被禁原因相同。

孙楷第《中国通俗小说书目》把《归莲梦》列入"灵怪"类。②郑振铎《西谛书话》中评价《归莲梦》："较之《平妖传》尤为变幻多姿，不落常套"，为"情境别辟之作"。③张俊《清代小说史》中认为："小说宗旨在于宣扬佛法，而立局命意颇为卓特。"④就《归莲梦》丰富的内涵及独特的命意而言，《清代小说史》将其归入"才子佳人小说杂糅战争"类，正相其宜。

《归莲梦》描写孤苦无依的18岁美貌女子白莲岸，因遇真如老僧入佛，又得白猿所授"天书"而创立了白莲教，于明末开始传教，收徒众多，遂搜罗文臣武将举兵起义，一度势力非常强盛，但因白莲岸沉迷于和一位文弱书生的单相思性质的爱情不能自拔，丧失斗志和战机，迅速被朝廷剿灭。白莲岸肉身被杀，灵魂复活重归泰山，回首前尘，终于抛却入世之心，彻底悟道解脱。

《归莲梦》共12回，相临两回的回目组成一联对句，对偶十分工整。回目如下：

第一回　降莲台空莲说法	第二回　劫柳寨细柳谈兵
第三回　假私情两番寻旧穴	第四回　真美艳一夜做新郎
第五回　无情争似有情痴	第六回　有情偏被无情恼
第七回　续闺吟柳林藏丽质	第八回　惊怕梦桃树作良缘
第九回　妖狐偷镜丧全真	第十回　老猿索书消勇略
第十一回　柳营散处尚留一种痴情	第十二回　莲梦醒时方见三生觉路

这种回目的排列方法与冯梦龙"三言"、李渔小说《无声戏》等相同，体

---

① 李梦生：《中国禁毁小说百话》，上海古籍出版社1994年版，第294页。
② 孙楷第：《中国通俗小说书目》，生活·读书·新知三联书店2012年版，第129页。
③ 郑振铎：《西谛书话》，生活·读书·新知三联书店1983年版，第19页。
④ 张俊：《清代小说史》，浙江古籍出版社1998年版，第163页。

现出明末清初白话小说回目形式方面的独特之处。

《归莲梦》文笔雅洁，刻画世情细腻入微，又处处弥漫着浓重的感伤气息。小说内容写白莲岸悟道的过程，仿佛是有传教之义的佛道类小说，但小说整体显示的挥之不去的忧伤感叹，则很难让人相信是一个彻悟了的作者在写一个彻悟了的教徒的成道史。尤其最后两回的回目："柳营散处尚留一种痴情""莲梦醒时方见三生觉路"，更给人一种迷离惝恍的审美感受。

二

《归莲梦》正面描写一场民间宗教起义的始末，所记白莲教起义事却与史实不符。历史上的白莲教，前身是慧远创建的"白莲社"，唐朝时期与祆教、道教等融合，南宋以后开始走向民间宗教化。白莲教的组织和教义在元代起了变化，并爆发了白莲教大起义。朱元璋借白莲教中明教的力量取得政权之后，在《明律》中明确取缔"左道邪术"，白莲教转向暗地流传。清顺治、康熙、雍正三朝直至乾隆初期，白莲教徒一直秘密进行反清复明活动。白莲教名联"淤泥源自混沌启，白莲一现盛世举"，印于白莲教圣莲令上。《归莲梦》关于闻香教的记载也半真半假：王森创教事真，妖狐之事有所依据（王森托言），但想象成分大，属民间传说。

明清两代描写民间宗教起义的小说，还有《三遂平妖传》《女仙外史》等。国家图书馆善本室藏《新编皇明通俗演义七曜平妖传》六卷七十二回，清隐道士撰，亦叙白莲教起义之事。《三遂平妖传》写历史上一场真实的民间宗教起义，却没有一笔正面描写民间宗教之处。小说中王则只是宋江式有人缘的小吏，官逼民反，借妖术成大乱，并没有传教活动的描写。《三遂平妖传》中圣姑姑行为类似白莲岸：物色才俊，筹备起义；有组织：听到叫"圣姑姑"，就来相救。"圣姑姑"名称成为教徒之间辨认的标志，如《归莲梦》中"左手臂上刺一朵莲花"的标志一般。

《三遂平妖传》着眼于"妖术"，几个主人公之间的联系全由于"妖术"。《归莲梦》中"妖术"气氛极淡，只作为作战时的一种手段。几个主人公之间的联系，或出于英雄事业，或出于儿女情长，与宗教联系不大，与"妖术"更完全无关。

从民间宗教角度来说，《三遂平妖传》记录了教外的形态：以"妖术"相传，以"妖术"作乱。反映了教外人士对民间宗教的浅陋看法。其实，民间宗教往往并不是简单地以显示施展"妖术"的能力震慑人、拉拢人，民间宗教也自有其蛊惑人心之处，有相对复杂的教义和严密的组织性。《归莲梦》则完整记录了民间宗教起义的内部形态：创教原始，教义口号，经济来源，组织形式，头脑人物的苦心经营，以利相结共图大事，起义失败原因的深刻总结，等等。

《归莲梦》前两回叙述白莲岸的出身、经历和其英雄事业的成就步骤。第一回《降莲台空莲说法》，讲述教主创教之前的历史，较为详细地描写了一个民间宗教创立的过程。一般民间宗教教主创教的历史都有一个灵异传说，以便对教徒进行精神控制。《归莲梦》中的灵异传说有自己的特点。首先女教主被老僧引入佛门，是怜其父母双亡的"困苦"："真如道：'好个孩子，只是秀美太过。你既到我涌莲庵来，正如落水的人爬到岸上一般。'"因此取名莲岸。所以白莲岸的秉性和创教的初衷，就与其他小说中女教主不同，不像《三遂平妖传》中的圣姑姑和《女仙外史》中鲍道姑那般诡诈、居心叵测。也为全书不同于一般民间宗教小说的基调和主旨埋下了伏笔。

白莲岸入教后学些佛法，然后机缘凑迫得白猿所授"天书"。这些情节在《水浒传》《三遂平妖传》《女仙外史》中都有相似描写。而小说写白莲岸创教的经济基础，是无意中得到强盗的大量银两，其实其中掩盖了历史上民间宗教传教教主分级收取教徒分子钱而发家的史实。白莲岸有了强大的经济基础，又常以幻术行善事，渐得众人归心，就起了正式创教之意。第二回《劫柳寨细柳谈兵》写创教之初的情状，白莲岸教徒许诺本教的宗旨：使教徒个个衣食饱暖。在当时对于广大普通百姓来说，这具有很强大的吸引力。"左手臂上刺一朵莲花"，就是本教标志。白莲岸说："若不刺的，我也无银资助了。"这句话显示了民间宗教聚众目的与正统宗教救世情怀的根本区别。她招纳人才，特选一批"强壮多力、识字明理"的人"待之上等"，并且"于众人中选择强勇的，分别器械，教习起来"，颇显不端之心。然后主动占据山头。附近有个"深山险要之处叫作柳林",寨主"番大王"生性多勇少谋,白莲岸设计夺为自己的根据地。最后招取异人,计赚程景道,如《水浒》中梁山人的行经。程景道进说三事,显示出他的不凡抱负:"第一,是扶助天下文人,使他做官。第二,是交结天下豪杰,为我援救。第三,是赈济天下穷民,使之归附。又要着有才干的人在各省开个大店铺,以便取用。"白莲岸听了大喜道:"我之得景道,犹汉高之得韩信,先主之得孔明也。"历史上民间宗教有主动起义的,也有被动起义的。有些以敛财为目的,本无意起义,只愿与统治者搞好关系,如清茶门教王家。但统治者几乎都不会允许民间宗教的存在,称之为"异端""邪教"。小说写白莲岸创教之初就意在起义,为她的被擒杀埋下了伏笔。

之后小说按才子佳人和战争两条线索展开。第三回《假私情两番寻旧穴》写白莲岸英雄心意逐步实现之后,却起了儿女情肠,小说笔墨转写河南开封府世袭百户崔世勋家世情故事。世勋的女儿崔香雪与表兄王昌年儿女情长,却屡受继母之子焦顺的骚扰。香雪在父亲领兵出战和昌年被逼出门之时,运用计谋自保清白。第四回《真美艳一夜做新郎》写到白莲岸运用"妖术"作战。先与官军交战,后与闻香教主王森交战。后白莲岸女扮男装化名白从李,一路寻访"才貌十足的文人",见王昌年而倾心,假娶香雪以成就崔、王姻缘。才子佳人一线的结局是坏人一律洗心革面,回心向善。焦顺含羞忍耻,与杨氏并爱儿寻一僻静所在,耕种为活,改了姓名,叫作顺翁,隐避终身。第十一回《柳营散处尚留一种痴情》写白莲岸为救纯学、昌年出狱,决意归顺,接受招安,"率领所属将校到京投降"。圣旨着宋纯学革职为民,王昌年放归另行调用,"其女寇莲岸,着刑部即时枭斩。士卒分拨各官安置",目的是"独斩元凶,以儆叛逆,余皆赦宥,以全好生"。

聚众则杀,是历代政权奉行的政策。教主被处死,教众可饶恕,这种描写符合历史事实。最后白莲岸肉身被杀,真身"假尸遁避"再回涌莲庵修行。王昌年等人进泰山谒见复活后的白莲岸,发现她已经摒弃世间诸种诱惑,进入无欲无待的修行境界,获得真正的解脱。小说以度脱主题结束。

三

中国古代小说史上，"灵怪"类及"佛道"类小说大多主旨单一，或者记奇录异，或者宣扬修行。《归莲梦》则命意独特，主旨复杂，不适合归入"灵怪"类，也不适合归入"佛道"修行类。

度脱主题似乎是小说立意所在。小说名称即明显凸出其度脱主题："归莲梦"，女主人公经历执着追求建功立业、儿女情长的一桢大梦，一一幻灭之后，回归涌莲庵，超越诱惑，获得解脱。但全书过于浓重的幻灭感伤气息、缠绵悱恻的才子佳人情怀、严肃认真总结起义失败原因的意图、洗练如画的中下层民众世情生活的描写，等等，实际上又都冲淡了小说的宗教度脱主题。

小说主人公白莲岸同时具有两种秉性：英雄浩志，儿女情长。白莲岸的儿女心是诚挚、深沉的。她对王昌年爱得深沉，付出很多。所求却很简单，甚至愿意与王昌年深爱的崔香雪一起分享爱情："只愿与妹妹共伴公子在一处生活，于愿足矣。"但此心愿却与她所追求的英雄事业构成不可调和的矛盾，终于导致无法挽回的毁灭性的后果。小说描写起义失败原因是"景道逃亡，宝镜遗失"，天书也被白猿取回。根本原因是白莲岸的"兴兵构怨""情欲日深"，导致"道性日减"。

小说中有两处刻意否定白莲岸的儿女之情。第九回《妖狐偷镜丧全真》中，当初传一卷天书给白莲岸的老人，向程景道表达了对白莲岸的不满："我曾传他一卷天书，要他救世安民。不想他出山兴兵构怨，这还算是天数。近闻他思恋一个书生，情欲日深，道性日减，上帝遣小游神察其善恶，见他多情好色，反责老夫付托非人。老夫故特来与他讨取天书，并唤他入山，全性修真，参承大道。"老人否定了以"兴兵构怨"为手段的英雄事业，更否定了女大师的"多情好色"。白莲岸后来欲归附朝廷，自取灭亡，就是被爱情（救爱人心切）冲昏了头脑。第十一回《柳营散处尚留一种痴情》中，老人又一次表达了对"情"的否定："莲岸，你只为恋着那个书生，致有今日，我劝你把这念头息了。自古英雄，往往为了这'情'字丧身亡家，你道这'情'字是好惹的么。"莲岸极力为自己辩解："老师，天若无情，不育交颈比目；地若无情，不生连理并头。昔日兰香下嫁于张硕，云英巧合于裴生，那在为莲岸一个。"老人只得道："直等你在'情'字里磨炼一番，死生得失备尝苦况，方能黑海回头。"

由此可见，《归莲梦》主旨非常复杂。在描写民间宗教起义的外形下，同时叙写英雄大志和儿女情长。又因儿女情长误了英雄大志而否定了儿女情长。儿女情是多情，英雄心也是多情。多情就多累，在人间承受无限轮回之苦。小说最后给出的解脱之道是两心皆灰，回归虚无。

清初以后出现立意将历史演义、英雄传奇、神怪小说、世情小说四者糅合并试图超乎其上的创作潮流，如《林兰香》《绿野仙踪》《歧路灯》《野叟曝言》等。《归莲梦》应属于这种创作潮流中的一种。《归莲梦》艺术成就值得肯定。写英雄之意类似英雄传奇小说，在描写民间宗教起义的小说中有自己独特的风格；写儿女之情类似才子佳人笔墨，在才子佳人小说中也有自己独特的风貌。小说写王昌年与崔香雪、李光祖与胡空翠、宋纯学与潘琼姿等几对情人，故事婉转动人。仅崔家事情就用去大量笔墨，是世情小说的写法。作为才子佳人小说，故事情节也大致符合其一般结构：一见钟情——波折磨难——终成眷属（或悲剧收场）。也有一点作者传诗之意，譬如第五回《无情争似有情痴》中作《秋闺吟》四首。但作为才子佳人小说，《归莲梦》又杂糅战争与民间宗教题材。并且其中男女主人公的位置是倒置的，即发意选"美"并苦苦追求、势力财力都占优势地位的是"佳人"白莲岸，而被选择、被追求的是"才子"王昌年。才子佳人小说主人公一般都文才出众，白莲岸却善于使用谋士、将才，决心成就一番"武功"。她的择偶标准是"才貌十足的文人"，目的是免受其制，这些符合她的教主身份。以上种种都符合明末清初小说中普遍存在的社会反论、逆向思维等潮流。李渔小说《无声戏》《十二楼》中不少故事也都有这样的特征。

总之，《归莲梦》虽是小说，但在中国古代民间宗教史上具有一定的民间宗教教案的标本意义；在中国古代小说发展史上属于才子佳人小说类中的杂糅战争类，并且体现出历史演义、英雄传奇、神魔小说与世情小说相互融合的趋势；作为篇幅不算太长的中篇章回小说，布局谨严，文字雅洁，命意独特，属于文人小说范畴；通篇弥漫着浓重的幻灭伤感气息，属于清初感伤文学潮流中的一部；在中国古代民间宗教研究和中国古代小说研究领域，都是一部值得注意的小说作品。

（本文收入《语言文学前沿》（第五辑），知识产权出版社 2015 年版）

《西游补》明清版本叙录

《西游记》续书《西游补》寓意深刻，运笔灵奇，独具审美特色，一向引人关注。《西游补》辛巳序本、空青室本和申报馆本，均为学界熟知。另两种清代版本——小说进步社刊《新西游记》和海左书局石印本《改良新西游记》则稀见。这五种版本反映了民国之前《西游补》的出版流传情况。

《西游补》辛巳序本、空青室本和申报馆本，虽为常见版本，但著录颇有参差，故一并叙录如下。

一、辛巳序本

辛巳序本为《西游补》现存最早刊本。"辛巳"为嶷如居士《序》后所署时间。1933 年孙楷第《中国通俗小说目录》中将之著录为"明崇祯间刊本"。①但"辛巳"具体指崇祯辛巳年（1641）还是康熙辛巳年（1701），学界尚有争议，故称"辛巳序本"应较为严谨。

辛巳序本藏于国家图书馆，四册刻本。第一至四册封面上依次标有"元""贞""利""亨"四字及"一""二""三""四"四字。第一册自"嶷如居士序"至第一回止，之后三册每册均含五回内容。嶷如居士《序》一段半页五行，行十字。自《西游补答问》以下内容均为半页八行，行二十字。白口，四周单边，单鱼尾。正文第一回首页题"静啸斋主人著"。

---

① 孙楷第：《中国通俗小说目录》，人民文学出版社 1982 年版，第 193 页。

辛巳序本内容依次是:《序》(嶷如居士)、插图 16 幅、《西游补答问》《西游补目次》(十五回)、正文(十六回)。正文中有眉批、回中评和回末评,评点者不详。

二、空青室本

空青室本在国家图书馆、上海图书馆、复旦大学图书馆、天津图书馆均有藏本。刊刻时间在咸丰三、四年(1853 - 1854)间。天目山樵《序》末尾所署的时间为"癸丑孟冬"。天目山樵即清末学者张文虎(1808 - 1885),以评点《儒林外史》著称。

天津图书馆藏空青室本,为周绍良旧藏。刻本,一函二册。半页十行,行二十字,小字双行同。白口,上下单边,左右双边,单鱼尾。扉页题"三一道人评阅""西游补""空青室藏板",正文第一回首页题"静啸斋主人著"。内容依次是:《天目山樵序》《西游补答问》《西游补目次》、正文、《读西游补杂记》。正文有回中评和回末评。

天津图书馆藏空青室本第一册"西游补目次"首页右下角自下而上分别钤有"周绍良"朱文方印和"蠹斋藏"朱文方印。第二册末页左下角钤有"至德周绍良所珍爱书"朱文方印。"蠹斋"为周绍良常用笔名之一。上海图书馆、复旦大学图书馆藏本版式内容与天津图书馆藏本同。

国家图书馆藏本为郑振铎旧藏。刻本,一函一册。正文第一回首页右下角,自下而上钤有三枚朱文印章,分别是"郑振铎印"、"西谛所藏弹词小说""北京图书馆藏"。全书最后一页左下角自下而上钤有两枚朱文印章,为"郑振铎印",还有"北京图书馆藏"。左上角贴一长条,上写"西游补　拾捌元",应为本书购买时的价格。书中还有朱笔圈点,当为郑振铎所加。

国家图书馆藏本与天津图书馆藏本册数不同。国家图书馆藏本一函一册,天津图书馆藏本一函二册。正文、版式并无差别,二者同为孙楷第书中所言

"空青室刊大字本"。①

另据《古代小说文献丛考》介绍，近代藏书家周越然《言言斋藏书目》中著录有《西游补》"空清室本"的信息，与现今已知的空青室本有所不同："《西游补》十六回，静啸斋主人著，空清室刊本，半叶十行，行二十字，前有目录，'答问'，后有'杂记'，'总释'。"② 这一"空清室本"附录有"总释"（即《西游补总释》）。若其著录无误，则《西游补总释》并非最早出现在《西游补》申报馆本。③ 周越然藏本目前未见，尚无从查证。

空青室本中首次出现"天目山樵序"和《读西游补杂记》。"天目山樵序"中提到空青室本的底本："予游鸳湖，得旧抄本《西游补》于延州来氏。"这一"旧抄本"可能已失传。

空青室本扉页题"三一道人评阅"。天目山樵《序》云："原本略有评语。以示我友武陵山人。山人曰：'未尽也。'间疏证一二。以示三一道人。道人曰：'嘻，犹未尽。'乃覆加评阅考论，删存其原评之中綮者，犹以为未尽。"说明空青室本评语来源于原本及武陵山人的"间疏证一二"和三一道人的"覆加评阅考论"。

空青室本评语数量远远多于辛巳序本。其中保留了极少部分辛巳序本原有评语，题"原评"。又有少部分评语题"武陵山人云"。多数评语均未署名。

三、申报馆本

国家图书馆古籍馆藏申报馆本为郑振铎旧藏，铅印本，一函二册。半页十五行，行二十七字。白口，上下双边，左右单边，单鱼尾。扉页题"西游补"，版权页"光绪元年仲冬申报馆印"，正文第一回首页题"静啸斋主人著"。第一册末页左下角有"白云流水是心期"不规则长椭圆形朱文印章。第二册末页钤印与第一册末页同。此版本的内容依次是：天目山樵《序》《西游补目录》

---

① 孙楷第：《中国通俗小说目录》，人民文学出版社1982年版，第193页。
② 潘建国：《古代小说文献丛考》，中华书局2006年版，第334页。
③ 赵红娟：《明遗民董说研究》，上海古籍出版社2006年版，第299页。

《西游补答问》、正文、《读西游补杂记》《西游补总释》。正文有回中评和回末评。

申报馆本为光绪元年（1875）上海申报馆印，是《申报馆丛书》之一。申报馆本比空青室本多出《西游补总释》一文。

《西游补总释》开头云：

> 三一道人刊《西游补》既成，读者辄茫然曰："平平耳，其趣安在？"道人嘱真空居士曰："子盍一言。"居士曰："子既为之评，为之记矣，而我又云云，不其赘乎？"道人曰："姑妄言之。"居士不得已作总释。①

《总释》中说三一道人刊《西游补》，又"为之评，为之记"，可知空青室本中的《读西游补杂记》作者应为三一道人。②《总释》作者为"真空居士"。也有人认为"真空居士"可能是"三一道人"假托之名。③

申报馆本除增加《西游补总释》外，正文和评语也有不少改动。如第十三回中的一段话，空青室本为："这里叫作'仿古晚郊图'【图耶？梦耶？真境耶？读者猜。〇与第二回画中人、图中景无心暎合】。"申报馆本则为："这里叫作'仿古晚郊园（应为"图"之误）'【此已离古人世界矣，然晚郊、太昆犹泥迹象，高唐梦之所以未醒也】。"

四、其他清代本

除上述常见《西游补》版本外，《西游补》尚有两种稀见的清代版本。

（一）宣统元年小说进步社刊《新西游记》残本

宣统元年（1909）小说进步社刊《新西游记》前人虽有著录，但著录不一、

---

① 《西游补》，上海申报馆光绪元年（1875）刊。

② 高玉海：《一则长期被误用的材料——〈西游补〉所附"杂记"考辨》，《文献》2004年第3期。李前程：《〈西游补〉的作者及明清版本》，《传统中国研究集刊》（第七辑），上海人民出版社2009年版。韩洪举：《董说〈西游补〉的版本、序跋考辨》，《浙江师范大学学报》（社会科学版）2014年第5期。

③ 李前程：《〈西游补〉的作者及明清版本》，《传统中国研究集刊》（第七辑），上海人民出版社2009年版。

正误并行。蒋瑞藻《小说考证》"西游补"条引《缺名笔记》:"近时刊行之《新西游记》即董说之《西游补》也。"① 未著录具体信息。阿英《晚清小说史》将小说进步社刊《新西游记》归为晚清"拟旧小说"的一种。② 阿英《晚清戏曲小说目》中著录:"《新西游记》,静啸斋主人著。八回。宣统元年(一九〇九)小说进步社刊。二册。"③ 阿英的著录并不准确,但影响很大,后来很多小说总目对此本的著录都受阿英影响误录。《晚清稀见小说经眼录》《游戏·狂欢·挣扎:晚清拟旧小说研究》等均指出此本《新西游记》应为《西游补》,而非晚清小说。④

《新西游记》为小说进步社印行的《说部丛书》之一,国家图书馆藏。铅印,存一册,为上编。半页十二行,行二十九字。白口,四周双边,单鱼尾。封面正中题"新西游记",书名右侧下方题"(上编)",书名左侧下方题"小说进步社印行",封面文字的背景为一页画有两枝梅花的卷起的书页。正文第一回首页题"静啸斋主人著"。

此本现存上编的内容依次是:《新西游记序》(天目山樵序)、《新西游记杂记》《新西游记答问》《新西游记上编目次》(第一至八回)、《新西游记》上编正文。下编不知存否,下编目次与正文应为第九至十六回。

此本与其他版本的明显区别有三点:一是书名的改动;二是全书分为上下两编,且每编单独编目,每编八回;三是比空青室本、申报馆本多出两个有署名的评点者——"病禅"和"明心子"。出版者将书名改为《新西游记》,应受当时出版翻新小说潮流驱使。1909 年是晚清翻新小说出版的高峰。除《新西游记》外,还有《新三国》《新三国志》《新石头记》《新水浒》等。同年同名为《新西游记》的小说有四部之多。除小说进步社刊本外,另外三部均为晚清翻新小说,均叙述唐僧师徒四人来到晚清新世界后所发生的故事。

---

① 蒋瑞藻:《小说考证》,商务印书馆 1935 年版,第 49 页。
② 阿英:《晚清小说史》,江苏文艺出版社 2009 年版,第 180 页。
③ 阿英:《晚清戏曲小说目》,上海文艺联合出版社 1954 年版,第 98 页。
④ 习斌:《晚清稀见小说经眼录》,上海远东出版社 2012 年版,第 74 页。杨蕙瑜:《游戏·狂欢·挣扎:晚清拟旧小说研究》,台湾师范大学 2010 年博士论文,第 11 页。

（二）宣统元年海左书局石印本《改良新西游记》

宣统元年（1909）海左书局石印本《改良新西游记》前人已有著录，但著录较为混乱，《西游补》研究领域似尚未注意到这一版本。

《〈中国通俗小说书目〉版本辑补》第 23 条："孙目卷五明清小说部乙灵怪类，《西游补》条。首都图书馆入藏一部宣统元年海左书局石印本，十六回。书题'改良新西游记'。单边，白口。首目录，次图，次正文。"[1] 这是目前所见此本最早著录，漏著正文之后的《西游补杂记》。《中国长篇小说辞典》等均误著为晚清小说。[2]

海左书局版《改良新西游记》，国家图书馆、首都图书馆均有藏。石印，一函二册。不著撰人。半页十六行，三十四字，小字双行同。白口，四周单边，单鱼尾。封面四周单边，单边外饰以花边，正中为孙悟空画像，封面上方题"改良新西游记"，封面左侧题"芭蕉扇"。扉页题"改良新西游记"，扉页左下方题"茂苑朱斗南题"。版权页题"宣统元年冬月海左书局石印"。第二册封底左下角钤有一枚长方形朱文印章，分三行，内容分别是"北京东安市场旧书店"、"册数 2"、"定价 080"。内容依次是：《改良新西游记目录》、插图（6幅）、正文、《西游补杂记》。正文有回中评和回末评。

与小说进步社刊本相同，此本也是晚清翻新小说高潮时期的产物。海左书局将《西游补》改名为《改良新西游记》，且删去了"静啸斋主人"的作者署名。此本的目次、插图、序跋、正文及评语等均与其他版本有较大区别。6 幅插图依次是"唐太宗""唐三藏""孙悟空""猪八戒""沙和尚""鲭鱼精"，而其他带有插图的《西游补》版本则多选用《西游补》辛巳序本中的插图。

序跋、正文及评语均改动颇多，把空青室本的《读西游补杂记》改为《西游补杂记》，内容上也有删节，至"请读者下转语"即止。正文如第十六回一段文字，申报馆本做："方才大圣爷爷被情魔摄入天外，小神力量有限，那能走到

---

① 吴敢，邓瑞琼：《〈中国通俗小说书目〉版本辑补》，《重庆师范学院学报》（哲学社会科学版）1985 年第 2 期。

② 中国社科院文学研究所编：《中国长篇小说辞典》，敦煌文艺出版社 1991 年版，第 524 页。

天外来磕头？愿大圣将功折罪！"而此本则改为："'不敢不来，因爷被情魔摄去天外，小神力量有先，那能到天外？'土地磕头，'愿大圣将功折罪！'"

　　综上，此五种版本反映了《西游补》在明清时期的出版流传情况。可以看出《西游补》在晚清流传愈广，影响愈大。《西游补》在晚清翻新小说潮流中被更名为《新西游记》和《改良新西游记》，常被误著，研究者应多加留意。

　　（原载《淮海工学院学报》（社科版"《西游记》研究"栏目）2016年第4期）

《西游补》辛巳序本评语研究

《西游补》辛巳序本（藏国家图书馆）中存有为数不少的眉批、行间评和回末评，是目前所见最早的《西游补》评点文字。但评语没有署名和系年。不知何人何时加以评点。

《西游补》辛巳序本中的评语共有164条，其中回末评16条，回前评1条，眉批139条，行间评8条。评语内容涉及小说的思想意旨、结构布局、审美风格、艺术手法及典章制度的考证等诸多方面。

一

《西游补》辛巳序本目录有15回回目，但正文中有16回，每回之后都有回末评。回末评以总括性的文字评点本回内容。列表如下：①

《西游补》辛巳序本正文目次	回末评
第一回　牡丹红鲭鱼吐气 送冤文大圣留连	行者打破男女城，是斩绝情根手段。惜哉！一念悲怜，惹起许多妄想。
第二回　西方路幻出新唐 绿玉殿风华天子	此文须作三段读：前一段，结风流天子一案；中间珠雨楼台一段，是托出一部大旨；后骊山一段，伏大圣入镜一案。

---

① 《西游补》辛巳序本，藏国家图书馆。回末评语的标点，依据《西游补》，上海古籍出版社1983年版。

续表

《西游补》辛巳序本正文目次	回末评
第三回　桃花钺诏颁玄奘 凿天釜惊动心猿	此书奇处，在一头结案，一头埋伏。如此回本结第二回一案，却提出小月王青青世界，又是伏案。
第四回　一窦开时迷万镜 物形现处本形亡	行者入新唐，是第一层；入青青世界，是第二层；入镜，是第三层。一层进一层，一层险一层。
第五回　镂青镜心猿入古 绿珠楼行者攒眉	嘲笑处——如画，隽不伤肥，恰似梅花清瘦。
第六回　半面泪痕真美死 一句萍香楚将愁	孙行者不是真虞美人，虞美人亦不是真虞美人。虽曰以假虞美人，杀假虞美人可也。
第七回　秦楚之际四声鼓 真假美人一镜中	竟是一篇《项羽本纪》。
第八回　一人未来楚六贼 半日阎罗决正邪	写行者扮威仪处，——绝倒。
第九回　秦桧百身难自赎 大圣一心皈穆王	问秦桧，是孙行者一时极畅快之事，是《西游补》一部极畅快之文。
第十回　万镜台行者重归 葛藟宫悟空自救	救心之心，心外心也。心外有心，正是妄心，如何救得真心？盖行者迷惑情魔，心已妄矣。真心却自明白，救妄心者，正是真心。
第十一回　节卦宫门看账目 愁峰顶上抖毫毛	收、放心一部大主意，却露在此处。
第十二回　关雎殿唐僧堕泪 拨琵琶季女弹词	项羽讲平话，是平话中之平话，此又是平话中之弹词。
第十三回　绿竹洞相逢古老 芦花畔细访秦皇	秦始皇一案，到此才是结穴，文章呼吸奇幻至此。
第十四回　唐相公应诏出兵 翠绳娘池边碎玉	大奇大奇，到此才见新唐。作者眼界极阔。
第十五回　三更月玄奘点将 五色旗大圣神摇	五色旗乱是心猿出魔根本，乃《西游补》一部大关目处，描写入神，真乃化工之笔。
第十六回　虚空尊者呼猿梦 大圣归来半日山	一部《西游补》，总是鲭鱼世界，结处才见，是大作手。

回末评中涉及最多的是意旨和结构。还有评点艺术风格和技法的。整部书中只有一条回前评，即第二回回前评"不知不觉走入情魔"，对第二回的内容有提示作用，同时也点明第二回在小说整体结构上的重要位置——统摄后文直至小说结尾。

《西游补》辛巳序本评语中，数量最多、情况最为复杂的是147条回中评。其中139条眉批，8条行间评。行间评字数都很少，多说明典故及来源。如第一回行间评"旧诗"，点明正文中此处所用诗句为旧诗。

139条眉批大致可分六类：涉及小说意旨的有49条，涉及结构的有33条，有关艺术和技法的42条，有关典章制度的2条，评者随机生发的点评9条，另外还有揭示《西游补》与《西游记》关系的4条。

二

《西游补》辛巳序本中的评语，内容主要涉及以下几个方面：

（一）阐明小说主旨

《西游补》主旨极其幽微复杂，辛巳序本评语中涉及小说主旨的情况也相应比较复杂，大致归类如下。

第六回回末评"孙行者不是真虞美人"，第十回回末评"救心之心，心外心也"，都暗含佛禅心性之论。第十一回回末评"收放心一部大主意"，揭示小说主旨与时代的文化背景即佛禅和阳明心学密切相关。

在涉及意旨的回末评中，对应"破情根"意旨的有多条，譬如第一回回末评"斩断情根手段"、第十五回回末评"心猿出魔"、第十六回回末评"鲭鱼世界"（情欲的点破）都与"意主于点破情魔"有关（天目山樵《西游补序》）。

与小说"情魔"主题相关的眉批共20多条。比较典型的有第三回第5条眉批："小月王见凿天人便大喜请人参来。""小月王"三字可合为"情"字，暗指迷惑行者之情魔。正如《西游补答问》所说："大圣不遇凿天人，决不走入情魔"。第五回第1条"只为秦始皇弄得心猿颠倒"，心猿颠倒正是为情魔所迷，有学者认为寻觅秦始皇，即行者觅"情"（秦）。第十回第 8 条"请问天下那个不被红线缠住"，"红线"暗指"情"，被红线缠住正是被"情魔"缠住。第十一回第 2 条"此是叙青青世界无穷处"，"青青世界"即"情之世界"，"情界"无穷，谓"情魔"迷惑之深。第十四回第 4 条"离八戒何也？曰情魔之动，困于欲想，八戒正是欲根"。八戒是《西游》中食色情欲最为严重的形象，《西游补》借离八戒寓离欲望、破情根，评语正是指出此意。第十六回第 5 条"今人恍然有悟"，针对"也无春男女乃是鲭鱼根"，鲭鱼（情欲）根即情根，点破情根，破除"情魔"使人了悟。第十六回第 6 条"末句更醒"，点出迷惑"情魔"皆出自行者自心，行者最终出境、破情、彻悟、归本心。第十六回第 7 条"提清"，主要是评"空青（情）能净"，照应"破情根，立道根"，再次点出佛家认为消除欲望，消除困扰，杀灭情根，才可清净、解脱。

涉及儒、释、道"三教合一"论的回中评有 1 条，即第九回第 10 条眉批："行者问秦桧不奇，拜岳武穆作师父，大奇！大奇！着眼。"正如鲁迅在《中国小说史略》中指出的："谓行者有三个师父，一是祖师，二是唐僧，三是穆王（岳飞）：'凑成三教全身'"。①

第三回第 3 条眉批"假天真天句微"，是针对行者"问天"情节所评，隐含作者对于明朝"无力回天"之无奈的情感抒发。第九回第 3 条"是"，针对秦桧所说"殿上百官都是蚂蚁儿"，评者对此的肯定显示了明末朝廷百官的无能，吏治的腐朽。第九回第 6 条"唤醒一世"，针对文中"后边做秦桧的也多，现今做秦桧的也不少，只管叫秦桧独独受苦怎的"而评，揭示出奸臣误国现象的普遍性与在明末的现实性。第九回回末评"问秦桧是孙行者一时极畅快之事，是《西游补》一部极畅快之文"。对应的是讽世反奸的意旨。之所以畅快，是因为文中对奸臣的严惩是民心所向，这是作者和评点者的共感畅快之处，对奸臣的深恶痛绝和对忠臣的向往饱含着作者的期待。

继《鸳鸯针》之后，《西游补》是在小说领域批判科举制度的早期作品之一。辛巳序本评语中有多条批判科举的回中评。第四回第 4 条眉批"描写至此，

---

① 鲁迅：《中国小说史略》，人民文学出版社 2008 年版，第 179 页。

何翅一幅下第图！唐柳真生不足道也"，针对小说中所写"天字第一号"镜中所见的"下第图"，表达了对八股科举制的讽刺和批判。第四回第 6 条眉批"此段骂杀天下文士"，讽刺热衷八股之人，表现科举对文人的毒害之深。第四回第 8 条眉批"如今文章别号山水文"，揭示八股取士的科举制度对于文章和文化的深重毒害。第七回第 7 条眉批"又骂文士了"，针对小说中"文章之士，难以决狱"之语，讽刺科举取士造成的官吏无能。

（二）点评小说结构

《西游补》的结构严谨周密，傅世怡在《西游补初探》中总结道："若雨补《西游》，结构缜密，布局完整。故似织锦，间杂成文。又似网罟，疏而不漏，为一独立之有机体，血脉相通，不容割裂。简言之，《西游补》为一篇文章也。"① 小说中不同事件之伏、结，前后情节之照应，可谓浑然一体。辛巳序本评语中有 6 条回末评和 31 条回中评均点评小说结构，其中又可分为整体结构、伏线结案、前后照应三种情况。

在涉及结构布局的回末评中，针对整部小说大结构的有 4 条，针对某一回内容结构设置有 2 条。诸如第二回回末评"此文须作三段读：前一段结风流天子一案；中间珠雨楼台一段是托出一部大旨；后骊山一段伏大圣入镜一案"，指出了小说第二回的结构分层及与前后回的结构关系。

第十三回回末评"秦始皇一案到此才是结穴，文章呼吸奇幻至此"，是对小说整体结构特色的揭示。第十六回回末评"一部《西游补》，总是鲭鱼世界。结处才见，是大作手"，点出小说末尾才明确点出贯彻小说始终的"鲭鱼世界"的独特结构。

与小说的整体结构相关的回中评语也有许多条，如第一回第 1 条眉批"提出结构"，针对小说原文"此一回书，鲭鱼扰乱迷惑心猿，总见世界情缘，多是浮云梦幻"，有总括性质，点出小说的大结构从此展开。

第二回第 15 条眉批"借驱山铎是一部张本，此伏案"，点出借"驱山铎"是小说中一条明显的线索，于此处"伏案"。第二回第 7 条眉批"此一句是下面

---

① 傅世怡：《西游补初探》，台湾学生书局出版社 1986 年版，第 145 页。

纲领"，针对原文"行者道：'我只是认真而去，看他如何罢了'"，点出其对下文情节有总括和展开的作用。第十三回第 2 条眉批"算命一段，是结上半截，伏下半截，《西游补》一关目处"，将"算命"一段的承上启下的重要作用点明。

第三回回末评指出："此书奇处，在一头结案，一头埋伏。如此回本结第二回一案，却提出小月王青青世界，又是伏案。"评语"结案"和"伏案"字面不断出现，准确点出小说结构的突出特点。第十四回回末评"大奇大奇，到此才见新唐。作者眼界极阔"，点出小说第二回提到"新唐"，第十四回才见新唐，结构大开大阖。

第八回第 5 条眉批"好照顾"，点出此处是照应前文第一回行者打杀牡丹花下一干男女事。第九回第 12 条"好照顾"，点出此处是照应小说前文行者上天找玉帝但见天门紧闭事。第十回第 3 条"照应"，点出此处是照应小说前文第七回"秦楚之际四声鼓，真假美人一镜中"所提到的新居士事。第十六回第 10 条"照应"，点出此处是照应小说第一回行者将入魔时戏弄八戒，将"一根草花，卷做一团，塞在猪八戒耳朵里"事。

（三）点评小说艺术风格

鲁迅对《西游补》的艺术特色非常推崇："惟其造事遣辞，则丰赡多姿，恍忽善幻，奇突之处，时足惊人，间以俳谐，亦常俊绝，殊非同时作手所敢望也"。[1]《西游补》辛巳序本评语也对小说的艺术风格和艺术技法多加点评。

涉及小说艺术风格的回末评有 3 条。第五回回末评"嘲笑处——如画，隽不伤肥，恰似梅花清瘦"，点出小说谑而不虐的讽刺艺术特色。第八回回末评"写行者扮威仪处，——绝倒"，揭示小说的艺术特色，"绝倒"正是行者扮虞美人带给读者的审美反应，这与谑而不虐的艺术风格一致。

有多条回中评都点出《西游补》的艺术风格。比较典型的如第二回第 2 条"惊人"，评"大唐新天子太宗三十八代孙中兴皇帝"所形成的艺术效果。第二回第 10 条"句句在宫人口中形容，此绘神家妙手"，点出小说对限制视角的运

---

① 鲁迅：《中国小说史略》，人民文学出版社 2008 年版，第 180 页。

用，由宫人去听、去看，描写更为真切、具体。第二回第 11 条"曲尽"，点出小说此处对文势的把握使得文气玩转自如的特点。

有多条评语揭示了小说运用的艺术技法。如第六回第 8 条眉批"此文章家血脉。黄子岸所谓文字须晓提丝法也。'萍香'二字不见此处，后便说来无味"，点出小说此处所用技法——"提丝法"。第七回第 8 条眉批"子婴降汉祖原不是老项，然自老项夸口，不妨假借，况在妻子之前乎"，点出小说为了刻画项羽形象而将历史人物事件"张冠李戴"的"假借"手法。

第六回第 1 条眉批"使人喷饭"，揭示小说此处诙谐幽默风格造成的艺术效果。第八回第 11 条眉批"几个擂鼓一通使读者神情震动"，点出小说采用重复描写手法造成"使读者神情震动"的艺术效果。

（四）解释说明与随机生发

还有一些评语对小说中所提到的名物做解释，也有一些评语属于作者的即兴之评。譬如第一回第 4 条眉批"洗子钱本秦制"，对行者送冤文中所提到的"洗钱未赐"做解释，说明是秦朝的一种典制。

评点者因为文中某一情节的触发会产生一些即兴之评。第九回第 5 条眉批"做奸臣原是极忙事"，评者对"秦桧道：'秦桧那得工夫'"作评，其讽刺意味明显可见。第九回第 8 条眉批"胸中积愤到此稍雪其半"，点出了作者乃至评者对秦桧受审的畅快之感。第十回第 2 条眉批"快绝奇绝，只是赤心鬼不知托生在那一世"，"快绝奇绝"是对作者对情节构思奇幻的点评，"只是赤心鬼不知托生在那一世"则是评者由此生发的戏谑讽刺之语。

（五）揭示《西游补》与《西游记》关系

评语中揭示《西游补》与《西游记》联系有 5 条，其中直接提到的有 3 条，在情节上间接照应的有 2 条。

第一回第 6 条眉批"映带古本《西游》有法"，点出"真真、爱爱、怜怜"照应了《西游记》第二十三回中黎山老母、南海菩萨、普贤菩萨及文殊菩萨考验唐僧师徒四人事。第九回第 15 条眉批"照应古本《西游》处，好，又提"，点出此处照应《西游记》第七十五回中行者被吸入宝瓶后将毫毛变做金刚钻将瓶底钻透而出之事。第十二回第 5 条眉批"半部《西游》和盘托出，真是炼石补天手"，点出琵琶女弹词中巧妙隐含《西游记》中情节的精致构思。

有两条批语未直接提到《西游记》，但以情节上的关联而将二者联系在一起。第十五回第 6 条眉批"六耳猕猴假冒行者至于二心搅乱乾坤，行者又变他，何也？请人参来"，点出此处情节对应《西游记》中第五十六回到五十八回所描述的"真假猴王"事。第十五回第 9 条眉批"方是火焰山后《西游补》，看他照应详密处"，点出《西游补》情节开始于《西游记》"火焰山"故事之后。

三

综上所述，《西游补》辛巳序本评语内容丰富，涉及对小说思想主旨、结构布局、艺术风格、典章制度等方方面面的点评，对于读者深入理解《西游补》的艺术成就具有重要的理论价值。

《西游补》辛巳序本评语论及小说主旨，主要点出小说中的佛禅心性之论、"破情根"主题、"三教合一"思想、讽刺时事及批判科举制度等思想内涵；点评小说结构，强调小说独特的整体结构、精巧的伏线结案、细致的前后照应等情况；点评小说艺术风格、艺术技法，突出小说"奇"、"大奇"、"惊人"等艺术效果的营造；其他还有对小说中典章制度的解释说明以及随机生发的即兴之评；并且直接提示或间接昭示了《西游补》与《西游记》主题与情节诸方面的承继关系。

《西游补》辛巳序本评语是目前见到的最早的《西游补》评点文字，深入研究辛巳序本评语，可以帮助读者更为深入地理解含蕴丰厚的寓意小说《西游补》。本文仅勾勒出《西游补》辛巳序本评语的大致面貌，其多方面的价值有待进一步做更为深入的研究。

（原载《淮海工学院学报》（社科版"《西游记》研究"栏目）2014 年第 9 期）

《西游补》意蕴与风格初探

在中国古代小说史上，续书是一种独特的文化现象。一般来说，续书与原书的主题思想、艺术风格往往一脉相承。对续书主旨和艺术的研究，往往能够有效地促进对所续原书的研究。《西游记》在明末清初的三部续书《西游补》《后西游记》《续西游记》中，《西游补》的主题思想与艺术风格最接近《西游记》，也最复杂隐晦，众说纷纭。对《西游补》主题思想的探讨把握，会促进对《西游记》主题思想的把握。《西游记》《西游补》都是典型的文人小说。

一

"文人小说"区别于一般小说的艺术特质，很早就被人意识到。明末清初出现的"奇书"、"才子书"等概念，就是意识到了《三国志演义》《水浒传》《西游记》《金瓶梅》这些具有深刻意蕴和哲理高度的小说与面向大众传播、注重讲述故事的坊间通俗小说的明显区别。

"文人小说"概念的提出则迟至20世纪后半叶。如鲁迅称《野叟曝言》"以小说为庋学问之具"，称《蟫史》为以小说见才藻之美者；① 《明清小说论纲》中称"上层文人士大夫的文学"；② 《士人文学的高峰：从小说类型特征看

---

① 鲁迅：《中国小说史略》，东方出版社1996年版，第195页，第207页。
② 孙逊：《明清小说论稿》，上海古籍出版社1986年版，第28页。

〈儒林外史〉的成就》文中称《儒林外史》为"士人小说";① 《从小说文体演变看〈儒林外史〉与〈红楼梦〉的类型品位》文中称《儒林外史》和《红楼梦》为"作家小说"和"学者型小说",② 与一般小说相区别。

最早提出"文人小说"概念的是美国汉学家。夏志清《文人小说家和中国文化:〈镜花缘〉研究》文中的"文人小说"特指展示作者才学的小说。③ 浦安迪在《逐出乐园之后:〈醒世姻缘传〉与十七世纪中国小说》文中说:"我把这四部作品(十六世纪的完整形式)看作我愿称为'文人小说'的例子(以'文人画','文人剧'类推)——这是一种与流行观点相反的见解。"④ 此后一些学者沿着这一思路探讨中国古典小说中的文人小说,使之成为深入理解古典小说的一种略带普遍意义的研究角度。

"文人小说"的内涵究竟是什么,学者有不同的理解。何谷理《明清文人小说中的非因果模式及其意义》文中认为:"一部文人小说的创作,通常要花数年乃至数十年的时间。许多作家极为关注国事政局,并在自己的作品中表达个人的看法;另有一些作家则留意于当时的道德和哲学问题。文人小说的一个主要特征就是时时可见严肃的理性思考和艺术追求。"⑤ "时时可见严肃的理性思考和艺术追求",正是文人小说与一般通俗小说的根本区别所在。

《西游补》与《西游记》不同,没有跨越几百年时空的漫长的成书过程,篇幅也短小精悍,便于表达作者独特的创作主旨。《西游补》是一部优秀的文人小说,其文学价值应当得到恰如其分的认识。就文学内部来看,文人小说是对诗文传统的借鉴和继承。从文学史的纵向发展上看,北宋苏轼开始创作注重写意的"文人画";元代叙事文学兴盛时期,就出现《梧桐雨》《汉宫秋》等主要

---

① 王进驹:《士人文学的高峰:从小说类型特征看〈儒林外史〉的成就》,《广西师范学院学报》(哲学社会科学版)1993 年第 1 期。

② 宁宗一:《从小说文体演变看〈儒林外史〉与〈红楼梦〉的类型品位》,《社会科学战线》1994 年第 1 期。

③ 夏志清:《文人小说家和中国文化:〈镜花缘〉研究》,《中华月报》,1974 年第 710 期。

④ 浦安迪:《逐出乐园之后:〈醒世姻缘传〉与十七世纪中国小说》,《北美中国古典文学研究名家十年文选》,江苏人民出版社 1992 年版,第 312 页。

⑤ 何谷理:《明清文人小说中的非因果模式及其意义》,《北美中国古典文学研究名家十年文选》,江苏人民出版社 1992 年版,第 478 页。

抒写心灵世界的"文人剧",与注重讲述故事与演出效果的舞台剧并立。横向上就艺术类别来看,文人小说与"文人画"、"文人剧"等一样体现了一种艺术潮流。文人小说在小说领域,与文人画在绘画领域、文人剧在戏曲领域一样,是具有独特色彩的品类。

从文人小说的角度观照《西游补》,可知其一向为人诟病的赘笔其实并非赘笔,而是逸笔;瑕疵也非瑕疵,而是作者个性色彩与"以文为戏"的创作思想在作品中的闪现。当然《西游补》并不是毫无缺陷、十全十美的作品,但领略其文人小说的实质,将有助于我们深入理解和赏析这部特色独具的作品,省察作者凝聚在小说中的深邃复杂的思想和灵魂。

二

《西游补》是一部引人注目的风格特异的小说。《西游补》作者的创作原意也即小说主旨,一百年来也是聚讼纷纭。鲁迅《中国小说史略》对《西游补》思想内容的评价平平,认为"未入释家之奥,主眼所在,仅如时流,谓行者有三个师父,一是祖师,二是唐僧,三是穆王(岳飞):凑成三教全身,(第九回)而已。"但对《西游补》艺术成就评价很高:"惟其造事遣辞,则丰赡多姿,恍忽善幻,奇突之处,时足惊人,间以俳谐,亦常俊绝,殊非同时作手所敢望也。"恰如其分地道出了《西游补》的独特品质。考辨《西游补》写作时间时说:"然全书实于讥弹明季世风之意多,于宗社之痛之迹少,因疑成书之日,尚当在明亡以前,故但有边事之忧。"① 后来论者多由此认为《西游补》是一部"讥弹明季世风"的讽刺小说。曾永义概括《西游补》的主题为"通过佛家情缘梦幻的思想以寓现世讽刺之义",应当是接近董说原意的。② 但仅有"佛家情缘梦幻的思想"和"现世讽刺之义"两项,尚不足以囊括《西游补》作者的创作原意。

---

① 鲁迅:《中国小说史略》,东方出版社 1996 年版,第 139 页。
② 曾永义:《董说的"鲭鱼世界"——略论〈西游补〉的结构、主题和技巧》,《中国古代小说研究台湾香港论文选辑》,上海古籍出版社 1993 年版。

　　体察作者原意，应当从作者本身所处的时代、作者的思想与生活入手，不宜做出脱离作者本身的论断，也即我们平常所说的"知人论世"。本文尝试论述董说创作《西游补》的原意，不敢说一定领略到了董说原意，只希望尽量接近其心而已。本文认为《西游补》的主题，可从三个层面理解。

　　第一个层面是小说的表层层面，即如曾永义论述《西游补》结构时所说："以'心猿'的堕入梦幻为始，以'悟空'的重返本然为结，中间则肆意铺叙'鲭鱼世界'，而以'驱山铎'为芭蕉扇之影，以之为梭，勾勒编织全文。"①"鲭鱼世界"即嶷如居士序中所说"三界""六梦"，也即"心猿"的经历，作者在修行过程中的心路历程。

　　第二个层面是小说的中间层面，通过行者在青青世界、古人世界、未来世界等诸世界的自由穿梭、所作所为、所思所想，勾连起古今人事，表达作者对历史与现实、社会与人生的种种模糊而深刻的反思与评判。只不过《西游补》中这些深刻的反思与评判的表达方式是抽象的、模糊化了的。

　　第三个层面是小说的深层层面，也可以说是潜意识层面。作者连属为文之时，无意中透露出深埋心中的幽隐剧痛，并且透露出欲以游笔戏墨解脱心中苦痛的努力。

　　简言之，《西游补》的主题可以概括为：在表达破情根、立道根的修行观念、描述作者心路历程并顺带评判反思历史、社会、人生的同时，作者还有一种欲在以文为戏的游戏笔墨中解脱苦痛心境的遣玩心态。

　　推究董说本心，应当是读《西游》而触发创作欲望，遂采用自己一向迷恋的梦的形式，叙说自己对于情、道、色、空等观念的理解；行文过程中，因文生事，于凿天、补天、天问、审秦、时文世界诸文字中，表现出对于历史、时政的严肃思考；并在潜心构建精巧严谨的艺术世界的同时，于笔墨之间流露出呈才遣玩的意兴。

　　历来论者或着意于第一层面所表达的修行观念，或强调第二层面所展示的

---

① 曾永义：《董说的"鲭鱼世界"——略论〈西游补〉的结构、主题和技巧》，《中国古代小说研究台湾香港论文选辑》，上海古籍出版社1983年版。

现实意义，很少论及《西游补》作者潜意识的流露。本文认为《西游补》是将作者的潜意识艺术化了的优秀作品，具备海外汉学家们所称的文人小说的本质。

《西游补》内容的三个层面正符合文人小说"时时可见严肃的理性思考和艺术追求"的本质。谈禅论佛，是文人常态，《西游补》记录了文人精神生活的一个方面；反思历史，评判时政，是文人不从流俗、独立思考的质疑精神的体现；以文为戏，也是古代文人历史悠久的心灵解脱途径之一。

三

对宗法政治的思考是文人小说的特征之一。一般坊间小说往往不能上升到此高度。明清之际之前的文人小说（即浦安迪所命名的明代四大"奇书"），都体现出作者对传统思想文化的深入反思。四大"奇书"对宗法政治、伦理道德、人的本质都有严肃的理性的思考。其中《三国志演义》思考政权归属问题；《水浒传》着眼政权与行政职能的矛盾；此二书又都对"忠义"思想隐隐提出质疑和反讽；《西游记》《水浒传》《金瓶梅》都比较尖锐地思考个人与社会的矛盾、人的价值究竟何在等问题①。明清之际文人小说是这些思考的延续。《西游补》中的理性思考，学者多有注意并有较高评价。《西游补》虽不见得在此方面超越以往任何小说，但的确全面深刻地对中国社会进行了整体性的透视。

贯穿《西游补》第二层面的主线即为亡国引发的对政体的严肃、理性、深刻的思考。在中国古代社会，"天"不但与自然相关联，还往往与宗法政治有密切联系。宗法政治的代表人物、极权人物——帝王就号称"天子"。而《西游补》一开始就把关注焦点集中在"天"被破坏、欲"补天"而无望、郁闷问"天"、追究"天"破原因的象征高度上。

在这个意义上，第二回《西方路幻出新唐　绿玉殿风华天子》最值得注意。第一回《牡丹红鯖鱼吐气　送冤文大圣留连》其实是一篇小说的缘起，通过花

---

① 详见浦安迪：《明代四大奇书》，中国和平出版社 1993 年版；夏志清：《中国古典小说史论》，江西人民出版社 2001 年版；王齐洲：《传统思想文化的深入反思——明代小说发展的一条线索》，《文学遗产》1998 年第 5 期。

红心红的迷境点出行者入梦的缘由，第二回才是一部小说正文的真正开始。作者在第二回一开始就把关注的焦点指向"簇簇新新的天下"、"新皇帝"和被偷了的"灵霄殿"，写到"一月一个皇帝，不消四年，三十八个都换到了"。① 应为关联清廷初立、南明频繁更换皇帝的写作背景。作为一介文人，作者无力回天，只有在笔底倾泻郁闷而已。第五回行者被冤枉是偷天贼，自思"闻得女娲久惯补天，我今日竟央女娲替我补好，方才哭上灵霄，洗个明白。"及至"走近门边细细观看，只见两扇黑漆门紧闭，门上贴一纸头，写着：二十日到轩辕家闲话，十日乃归。有慢尊客，先此布罪"。② 连"久惯补天"的女娲都"不在其位不谋其政"了，天地改换的境况真正是无可挽回。"吾家灵霄殿已被人偷去"，"无天可上"当非虚笔。

第二回写一个手拿一柄青竹帚的宫人的自言自语："到如今，宫殿去了，美人去了，皇帝去了！"往日"见者无不目艳，闻者无不心动"的珠雨楼台也破败了：

> 昨日正宫娘娘叫我往东花园扫地。我在短墙望望，只见一座珠雨楼台，一望荒草，再望云烟；鸳鸯瓦三千片，如今弄成千千片，走龙梁，飞虫栋，十字样架起。更有一件好笑：日头儿还有半天，井里头，松树边，更移出几灯鬼火；仔细观看，到底不见一个歌童，到底不见一个舞女，只有三两只杜鹃儿在那里一声高，一声低，不绝的啼春雨。这等看将起来，天子庶人，同归无有；皇妃村女，共化青尘！③

此段文字与脍炙人口的清初传奇《桃花扇》最后一出《余韵》中《哀江南》意境极为相似。辛巳本该回评语云："中间珠雨楼一段，是托出一部大旨。"④ "一部大旨"是什么？将此一段与《哀江南》同看，可以清楚得见遗民的相同心迹——感叹兴废。只是《哀江南》感叹的是五十年的兴亡，珠雨楼的兴亡因《骊山图》而与"那用驱山铎的秦始皇帝坟墓"联系起来，逆推至二千

---

① 董说：《西游补》，上海古籍出版社 1983 年版，第 6－7 页。
② 董说：《西游补》，上海古籍出版社 1983 年版，第 23 页。
③ 董说：《西游补》，上海古籍出版社 1983 年版，第 9 页。
④ 董说：《西游补》，上海古籍出版社 1983 年版，第 10 页。

年的历史,从而具有超越明清兴废的普遍意义。这也是《西游补》高出《桃花扇》之处。《桃花扇》止于感叹明清之际的易代兴亡,《西游补》则对几千年的中国历史有着更为深刻的思考。尽管他的思考带有强烈的感性色彩,与同时代的启蒙主义思想家黄宗羲等人的理性论述不能同日而语,但毕竟拓展了小说内涵的深度和广度。

在对政体的反思方面,最醒目是第三回中的一篇"问天"文字。行者"见四五百人持斧操斤,轮刀振臂,都在那里凿天",生疑自思:"他又不是值日功曹,面貌又不是恶曜凶星,明明是下界平人,如何却在这要干这样勾当?若是妖精变化惑人,看他面上又无恶气。"接下来就是《西游补》中著名的向天发出的十几个问题:

> 思想起来,又不知是天生痒疥,要人搔背呢?不知是天生多骨,请个外科先生在此刮洗哩?不知是嫌天旧了,凿去旧天,要换新天;还是天生帷障,凿去假天,要见真天?不知是天河壅涨,在此下泻呢?不知是重修灵霄殿,今日是黄道吉日,在此动工哩?不知还是天喜风流,教人千雕万刻,凿成锦绣画图?不知是玉帝思凡,凿成一条御路,要常常下来?不知天血是红的,是白的?不知天皮是一层的,两层的?不知凿开天胸,见天有心,天无心呢?不知天心是偏的,是正的呢?不知是嫩天,是老天呢?不知是雄天,是雌天呢?不知是要凿成倒挂天山,赛过地山哩?不知是凿开天口,吞尽阎浮世界哩?①

这篇文字直是一部《天问》。已有学者注意到董说"问天"与屈原"天问"的关系,认为董说与屈原"问天"的原因相同——报国无门,回天无力,只有去"问天";含义相近——屈原"天问"是"诗人在历经磨难、国家复兴无望的情况下,对君主制提出的疑问","董说是从历史的角度对中国社会进行了整体的透视,答案是无药可救";只有"问天"后的归宿不同:一个自杀,一个禅隐。"忧国忧民的屈原死得悲壮激烈,同样忧国忧民的董说走得恬静安详"。②

---

① 董说:《西游补》,上海古籍出版社1983年版,第12页。
② 丁国强:《董说"问天"与屈原〈天问〉》,《安徽大学学报》(哲学社会科学版)2002年第5期。

其实不然。自杀是痛苦彻底的了结；禅隐则是难忘世间苦痛的不彻底的禅隐。屈原在《离骚》中的第三次飞天其实是可以成功的，却因回顾故乡关怀故土而无法自求解脱："陟升皇之赫戏兮，忽临睨夫旧乡。仆夫悲余马怀兮，蜷局顾而不行。"① 后世的苏轼等文人都难以舍弃现世关怀而入佛入道自求解脱，自幼儒家文化"修齐治平"的熏陶使他们无法在苦难的现实中作一个身心无碍的"自了汉"。董说也是如此一个文人，《西游补》中体现的也是如此一颗文心。

正是立足于政体关注的角度，《西游补》开篇直写易代之变，此后又一一总结易代之变的原因。上文提到的珠雨楼一段文字，是愤于天子耽于逸乐。

凿天一段文字扼腕叹息清谈文士热心而无能以至误国。第三回凿天人回答行者问话说："我们一干人，叫做'踏空儿'，住在金鲤村中。二十年前有个游方道士，传下'踏空'法儿，村中男女俱会书符说咒，驾斗翔云，因此就改金鲤村叫作'踏空村'，养的男女都叫'踏空儿'，弄做无一处不踏空了。"② 踏空儿应是不务实之意。又说："人言道：'会家不忙，忙家不会。'我们别样事倒做过，凿天的斧头却不曾用惯。今日承小月王这等相待，只得磨快刀斧，强学凿天。仰面多时颈痛，踏空多时脚酸。午时光景，我们大家用力一凿，凿得天缝开。那里晓得又凿差了，刚刚凿开灵霄殿底，把一个灵霄殿光油油骨碌碌从天缝中滚下来。"③ 似是将明亡原因一部分归于无能之人非有意地误国。清谈误国是清初遗民总结明亡原因时的普遍话题之一。

讽刺科举一段文字是愤慨国家选士途径荒诞以至国运不久。第四回详写"天字第一号"的放榜情状。"放榜图"是一部文化的悲剧。故写来与前文诗意、俳谐的情感基调不同，冷峻幽默中充满沉痛与愤懑。在这段著名的讽刺科举的文字之后，作者进一步借行者之口从理论上批判现行的科考制度对文章和文化的荼毒。这段文字正是《西游补》作为文人小说的理性深度所在。不但与自己生活和感受结合，寓有不第秀才的激愤心态，还有着对当世科举制度的理性批判，对文化命运的深切忧虑。

---

① 《钦定四库全书·楚辞章句》卷一，第 24 页。
② 董说：《西游补》，上海古籍出版社 1983 年版，第 13 页。
③ 董说：《西游补》，上海古籍出版社 1983 年版，第 14 页。

审秦一段文字痛斥重臣无耻卖国。《西游补》第八、九、十回都痛贬"偷宋贼"秦桧。第八回是审秦文字的开头，第十回是审秦文字的结尾。第九回中行者呵斥："秦桧，你一个身子也够了。宋家那得一百个天下！"① 这句话可以说道出了审秦文字的实质：痛恨导致国亡的奸贼，表达作者的亡国之痛。

（原载《淮海工学院学报》（社科版"《西游记》研究"栏目）2009 年第 6
期）

---

① 董说：《西游补》，上海古籍出版社 1983 年版，第 42 页。

《西游补》意蕴与风格再探

　　《西游补》是一部充满诗意的小说。从作品的精神上讲，《西游补》以生动具体的形象体现深刻的抽象思想，具有诗意的精神。从结构上讲，花红心红 1回，是包含禅理的抒情诗；项羽 2 回，是婉约多变的叙事诗；审秦 3 回、弹词 1回，是慷慨激昂的史诗。从技法上讲，《西游补》不但像其他小说一样广泛引入诗词韵语，还在叙述文字中运用诗化了的文字，叙述文字类似四六句和文赋。这些都使《西游补》成为一部诗意小说——文人小说的最重要的特征之一。

一

　　注重布局完整、首尾呼应，也是文人小说的特征之一。前人曾说过："（在《西游》《水浒》中）选文的人，很容易选一篇自有起讫的文章；至于《红楼梦》则不然，如果选了一段精彩的文字，往往令人莫名其妙，因为它的起，已在前数回中伏下，他的落，到后数回中还有余波。"① 其实《红楼梦》长篇巨制，并非不可选出一篇或多篇"自有起讫的文章"，只是选后需要加众多的注释说明。倒是《西游补》真正不可选。《西游补》不是很长，全篇血脉相通，筋骨相连。如果选出其中一段，譬如花红心红，或者项羽平话，或者行者审秦，故事倒也完整，却不见精彩。16 回片段连在一起，呼吸相通，构建一个迷离恍

---

　　① 转引自吕启祥：《红楼梦稀见资料汇编·前言》，人民文学出版社 2001 年版，第 17 页。

惚、意深味永的艺术杰作。

《西游补》的独特之处，在于结构严谨、布局统一的同时，还时时流露出作者以文为戏的创作意趣。以文为戏本是诗文传统。"以文为戏"的"文"最早专指散文，后来可泛指所有文学样式。

"以文为戏"是中唐裴度提出的，本来是对韩愈《毛颖传》等作品中一种倾向的否定性批评。柳宗元随后在《读韩愈所著〈毛颖传〉后题》中，肯定韩愈的"以文为戏"是一种艺术创新，是有益于世的，是作者"发其积郁"的"发愤"之作，寄托着作者的深刻思想和艺术情趣。中国古代文学史上，《庄子》可以说是"以文为戏"的艺术源头，王褒《童约》、扬雄的《逐贫赋》、柳宗元的《乞巧文》，韩愈《送穷文》、辛弃疾词《沁园春》（将止酒，戒酒杯使勿近）等，都可称为"以文为戏"之作。拟人、象征、自嘲、梦境、怪异等是其基本表现手法。"以文为戏"与宋元以后文人画中的"墨戏"以及中国古典美学中"逸"的品格相似，都是文人以一种游戏式的创作态度即兴写意，超越法度，出人意表，富于变化，而又能体现出创作主体胸襟之高格逸调、远轶俗辈。①

小说中采用"以文为戏"笔法的，《西游记》可以说是先祖，接下来就是明清之际的文人小说了。这些作品的作者，往往是才子型、文人气很浓、个性非常突出的文人，如李渔、董说、艾衲居士等。我们不否认《西游补》具有完整严密的构思、贯穿始终的思想、和谐统一的风格。只是在这些之外，《西游补》还具有自己独特的品格：跳出窠臼，以意运笔；腾挪变幻，不受羁绊。尤其结尾，戛然而止，结得俏丽利落。这些都符合"以文为戏"的创作特征。

《西游补》中的讽刺文字时时出现，但有些未必刻意，妙在若有若无之间。第五回行者假装虞美人时的举止言行，读之令人喷饭。妩媚快意的文字中加枪带棒，顺便讽刺世情人事。第六回项羽在美人面前低头伏小的情态，令人发出会心的微笑。项羽请来的黄衣道士得知行者真实身份之后，非常害怕又不得不

---

① 参见周明：《论"以文为戏"》，《江海学刊》1997 年第 6 期；张晶：《论"墨戏"的美学品格》，《吉林大学社会科学学报》1995 年第 2 期；张晶：《墨戏：中国绘画美学的重要范畴》，《美苑》1994 年第 3 期。

继续作法："道士手脚麻木，只得又执剑上前，软软的拂一拂，轻喷半口法水，低念一声：'太上老君急急如律令勅！'——'勅'字又不响。"行者"暗暗可怜那道士，便又活着两眼"，假装被道士的法术救醒。① 作者调侃、幽默的文笔中还有隐隐的恻隐之心。现实情趣、生活气息、平常心，对人充满世间情怀，是明清之际世情小说和其他小说的世情化的一个主流倾向，也是文人小说一大特征。

第七回《秦楚之际四声鼓　真假美人一镜中》写："行者便要走动，又转一念道：'若是秃秃光光，失美人的风韵。'轻轻推开绿纱窗两扇，摘一瓣石榴花叶，手里弄来弄去，仍旧丢在花砌之上。"② 正是所谓"闲笔"处，最见生动。接下来的行者晓妆情景细腻如见，水磨长书桌上各色妆奁俱全：香粉、油梳、百香蜜水、润指甲的酒浆、金钳子、洁面刀、清烈蔷薇露、洗手菉米粉、绿玉香油、青铜古镜。这段在荒诞奇幻的笔墨中插入的极精细纪实的笔墨，在文化史上是极珍贵难得的明清之际女子梳妆的资料。

《西游补》有意无意间记载了当时生活、文化的方方面面。第四回"青青世界"中的琉璃楼阁通透明丽，四壁由"团团有一百万面""大小异形，方圆别制"的宝镜砌成。这段文字于优美意象和禅理意蕴之外，本身也是不可多得的文化史料。第八回《一入未来除六贼　半日阎罗决正邪》中，行者叫曹判使："你去取一部小说来与我消闲。"判使禀："爷，这里极忙，没得工夫看小说。"然后呈上一册黄面历，说："爷，前任的爷都是看历本的。"行者翻开看看，"只见打头就是十二月，却把正月住脚。每月中打头就是三十日，或二十九日，又把初一做住脚"。吃了一惊道："奇怪！未来世界中历日都是逆的，到底想来不通。"③ 此处多被认为作者影射清代入主中原，乾坤颠倒以至历日为逆。作者可能有这样的考虑。但更大的可能是忙中偷闲、呈才使意的幽默之笔。试想我们站在自己的时代，回顾历史时采用由远及近的顺序，是从一到十。如果展望未来时也采用由远及近的顺序，岂不是从十到一、历日为逆？作者展现了卓越的

---

① 董说：《西游补》，上海古籍出版社1983年版，第26页。
② 董说：《西游补》，上海古籍出版社1983年版，第32页。
③ 董说：《西游补》，上海古籍出版社1983年版，第35页。

想象力和逆向思维的能力。

鲁迅先生谓"以小说为庋学问文章之具，与寓惩劝同意而异用者，在清盖莫先于《野叟曝言》。"① 早于《野叟曝言》百多年前，小说《西游补》就可当鲁迅此评语。《续〈西游补〉杂记》云：《西游补》"帙不盈寸，而诗、歌、文、辞、时文、尺牍、平话、盲词、佛偈、戏曲，无不具体。亦可谓能文者矣。"②道出作者于有意无意之间呈才学的一面。董说写作《西游补》之时，写修行思想是一方面，借梦痛贬时事是一方面，笔头炫耀才学也是一方面。唐传奇融合史才、诗笔、议论为一体，《西游补》也有此追求，并有此成就。

鲁迅在《中国小说史略》中已经敏锐地感觉到《西游补》以文为戏的特点，谓其"间以俳谐，亦常俊绝"。③ 但不少学者将其作为《西游补》的瑕疵看待。其实，这些地方正见作者个人风格。

二

将作者的个人生活融入作品之中，也是文人小说的一个特征。董说的文，精美绝伦，惊世骇俗。董说的人，性格奇异，不同流俗，以至于被刘复戏称为"神经病"。④《西游补》思维的变动不居、艺术手法的跳宕多姿，都与作者生动多彩的个性有关：不耐俗规，不愿蹈矩，与乡愿绝缘。

董说的个性中充满诗意的因素。他的嗜好很多，有钟声、雨声、舟居、记梦、制香等等。花中最爱是梅，自称处士梅花道人。他爱雨、爱梦最为人知，尝谓"道人嗜雨，天下称雨道人；又嗜梦，则又称梦道人。"⑤ 曾作《昭阳梦史》《梦乡志》《梦社约》《梦本草》等文，《梦乡词》等涉及梦境的诗词篇章就更多了。《西游补》也是他寄寓遥深的一桢大梦。

---

① 鲁迅：《中国小说史略》，东方出版社 1996 年版，第 195 页。
② 《续〈西游补〉杂记》，董说：《西游补》，上海古籍出版社 1983 年版。
③ 鲁迅：《中国小说史略》，东方出版社 1996 年版，第 195 页。
④ 刘复：《〈西游补〉作者董若雨传》，董说：《西游补》，上海古籍出版社 1983 年版，第105 页。
⑤ 董说：《丰草庵文集》卷一《雨道人家语》。

董说有创新的癖好。《西游补》描写人物动作的文字最具独特品格，是作者创新癖好的一个反映。第一回形容行者装秀才："扯了一个'秀才袖式'。"第二回行者变作粉蝶儿："飞一个'美人舞'，再飞一个'背琵琶'，顷刻之间，早到五花楼下。"第三回写行者"飞一个'梅花落'，出了城门"。第七回项羽讲平话："行者又做一个'花落空阶声'，叫：'大王辛苦了，吃些绿豆粥儿，稍停再讲。'"① 扯个"秀才袖式"，做个"花落空阶声"，这种句式极为罕见。简洁处似戏曲"科"词的语风，新异处似杜诗、韩孟诗派、江西诗派的拗峭文法。简峭新鲜，尽扫俗笔。

董说与李渔一样"好奇"，对新的事物非常敏感。明清之际西方传教士带来迥异于中土的异域文明，敏感的小说作家在自己的作品中及时捕捉到西学东渐的痕迹。李渔《十二楼》中的《夏宜楼》以不少篇幅介绍了望远镜、显微镜、放大镜等光学仪器的有关科学知识，并对其传入中国的经过情形，尤其是国内仿制的情况作一小结。《西游补》中则有"周天"之说。第二回写行者蓦然见了"大唐"两字，吓得一身冷汗，思量道："我闻得周天之说，天是团团转的。莫非我们把西天走尽，如今又转到东来？若是这等，也不怕他，只消再转一转，便是西天——或者是真的？"② 中土一向认为天圆地方，"天是团团转的"是当时传入中土的西方天文学知识。

三

最后，《西游补》是与西方小说创作方法联系最多的中国古典小说作品。学人早已注意到它在中国古典小说史上品质独特，却很容易在西方象征主义小说和意识流小说中找到同侪。周策纵《〈红楼梦〉与〈西游补〉》文中誉其为"中国最早的以超现实主义手法写成的小说"。③ 林佩芬《董若雨的〈西游补〉》文

① 董说：《西游补》，上海古籍出版社1983年版，第4页，8页，12页，30页。
② 林佩芬：《董若雨的〈西游补〉》，《幼狮文艺》四五卷六期。
③ 周策纵：《〈红楼梦〉与〈西游补〉》，《红楼梦研究集刊》（第5辑），上海古籍出版社1990年版，第137页。

也把《西游补》看成是探讨无名的压抑与焦虑先于西方的现代主义风格的文学作品。夏志清认为"除非我们以西方小说的尺度来考察，我们将无法给予中国小说以完全公正的评价。"① 某种意义上说，这种说法是正确的，尤其是对《西游补》这种品质独特的小说。

《西游补》以心系事、以心系人、淡化情节，都异于传统小说而暗合欧美小说模式中的内意识模式的小说。《西游补》中采用神话原形（补天神话等），其假设的秩序、古今对比的手法、心灵史诗的规模、个体意识的内省，无不深得意识流小说的精髓。行者困于"鲭鱼"（谐音"情欲"）腹中的梦里历程是动态、无逻辑和非理性的。行者瞬息万变地穿梭在"青青世界"、"古人世界"、"未来世界"、"时文世界"等独失自身的"万镜楼"中，令读者目不暇接。内意识小说的人物都有精神创伤，现实生活中的失败、痛苦形成他们内心深处郁结的情结。《西游补》中的孙行者是作者董行者的化身，董说的科考失利和亡国之痛，都凝结在《西游补》中，弥之不散。

20世纪西方意识流小说产生的背景是叔本华唯意志论、尼采超人哲学、弗洛伊德精神分析学说、柏格森直觉主义、萨特存在主义等非理性主义学说，反映了当时西方社会的危机意识，在文学自身则表现了对传统文学的反叛意识。《西游补》具有一切与此类似的天时地利。明末思想界盛行的心学左派和狂禅思想，文学界的李贽童心说、袁宏道性灵说、汤显祖主情说和冯梦龙情教观，都具有非理性主义的色彩。天翻地覆的易代之变，使一代士人背负着沉重的危机意识。明末清初小说比较普遍地具有对传统小说的反叛意识。这些都是诞生内意识模式小说《西游补》的内在和外在的原因。内意识模式是文人色彩最为浓厚的小说模式。《西游补》与20世纪初西方意识流小说极为相似的创作模式，是中外古今文人小说作家文心偶合的一个例证。

综上所述，一向被视为讽刺小说和宗教寓意小说的《西游补》，主旨其实非常复杂，其归属问题也值得重新观照。《西游补》不单单是在宗教的背景下讥刺现实，将其归为讽刺类小说也不全面。也不单单是以历史及心灵史喻佛论道，

---

① 夏志清：《中国古典小说史论》，江西人民出版社2001年版，第5页。

归为佛道类小说同样也不全面。《西游补》的题材归属，不像《韩湘子全传》等归入佛道类作品那样单纯明晰。本文认为《西游补》应归入文人小说一类。形似宗教小说而实为文人小说的作品，在明清小说中并非孤例，《归莲梦》《绿野仙踪》等，都是在宗教小说的外衣里，蕴涵着深刻的文人情怀。

（原载《淮海工学院学报》（社科版"《西游记》研究"栏目）2010 年第 1 期）

向中篇发展的话本小说集《照世杯》

20世纪初，董康去日本寻书，见到一部白话小说集《照世杯》，是日本明和间刊本，本土已佚。遂将此书带回国内。① 1928年，海宁陈氏据董康带回的《照世杯》用活字排印，列为《古佚小说丛刊》之一。

《照世杯》目前可知的版本有四种：

一、康熙间酌元亭刊本。首有吴山谐野道人序。图四叶。半叶八行，行二十字。藏日本佐伯文库。

二、抄本，半叶九行，行二十字。藏大连图书馆。

三、1928年海宁陈氏《古佚小说丛刊》本。藏南京图书馆。以上这三种版本卷后均有谐道人评。文中避"玄"作"元"。②

四、1955年古典文学出版社据陈本重印，略有删节。③

《照世杯》的书名富有寓意，取自明末朱国桢《涌幢小品》卷一《照世杯》条："撒马儿罕在西边，其国有照世杯，光明洞达，照之可知世事。"作者将自己的小说比作"光明洞达"的域外奇珍"照世杯"，希望读者阅读之后"可知世事"。

《照世杯》共讲述四个故事。第一卷《七松园弄假成真》，讲苏州秀才阮宦（字江兰）和扬州名妓畹娘的故事。阮江兰不肯轻易择赔，听从友人张少伯的劝告，来到扬州寻访佳丽，住在平山堂下七松园，遇应公子携名妓畹娘来住。阮

---

① 胡士莹：《话本小说概论》，中华书局1980年版，第634页。
② 《中国通俗小说总目提要》中《照世杯》条，中国文联出版公司1990年版，第340页。
③ 同注1。

江兰窥见畹娘，一见倾心，不料被应公子看破心事，瞒着畹娘，伪造情书，骗阮江兰夜间入室，捆绑毒打。畹娘知晓，放走江兰。畹娘对江兰也一见倾心，寄封情书约会江兰。江兰却误以为又是应公子的诡计，持书质问应公子。应公子怒而将畹娘逐回妓院。江兰懊悔，赶至妓院与畹娘相会。因无银钱，被老鸨逐出，流落街头。张少伯闻讯，赶到扬州，假娶畹娘，实则养在家中，礼敬如宾。阮江兰不知其故，怨恨少伯，发愤读书，考中解元。少伯送畹娘归江兰，说明其激励江兰之苦心。江兰与畹娘成百年之好，与少伯为异姓兄弟。

第二卷《白和坊将无作有》，讲老童生欧醉一贯品行恶劣，一心想"得妻财"做财主女婿而未成婚。一时假冒名士秀才，来到在北直隶真定县做县官的同乡姜天淳处打抽丰，得七百余金。一天他看见一伙"有钱人"搬进一处大宅，听说是"淮阳做官的已故屠老爷的小姜"——年轻"富有"的寡妇缪奶奶及其小叔子三老爷，即起"财"、"色"之心。正巧三老爷上门请"欧名士"为屠老爷写墓志铭，欧醉假装是屠老爷的生前故交，由此出入"屠家"，渐与缪奶奶谈婚论嫁，自荐入赘。缪奶奶拿到欧醉作为诱饵交给她保管的钱财之后，就设计摆脱了他。欧醉找到屠老爷在河间府的老家，才发现"缪奶奶"的身份子虚乌有，他遇到的是一伙拐子。

第三卷《走安南玉马换猩绒》的故事背景为广西与安南（今越南）交界处所开集市。胡安抚的养子胡衙内好女色，欲调戏临街客楼商人杜景山之妻白凤姑，用汗巾裹一玉马掷给凤姑。杜景山怒而逐之。胡安抚被妻子所逼，陷害杜景山，限期令其献上三十丈猩猩红小姑绒。猩猩绒乃安南所产，用猩猩血染成，因获得方法残忍，朝廷明令禁止买卖。杜景山无奈只得前往安南，途中财物失窃，又遇狒狒，逃到河边，遇术术丞相府眷属，被带回府中。术术丞相已故，其子袭职，但尚年幼，见到杜景山所配玉马，执意要和自己的玉马配成一对。杜景山要求用玉马换三十丈猩猩绒，丞相府给了他四十丈。杜景山不但按期完成任务，而且从安南带回沉香等物，发财致富。原来玉马本是一对，属安南国王所有，国王将其一赠术术丞相，又将其一赠胡安抚，不想却阴差阳错，成就杜景山发家。

第四卷《掘新坑悭鬼成财主》，讲湖州乌程县义乡村穆太公一贯悭吝成性，不得人心。他想众人之所未想，建造一处精致考究的厕所，吸引众人如厕，卖粪致富。为附庸风雅，请人题写"齿爵堂"三字于厕所之上。齿爵堂原是当地乡绅徐尚书府牌坊上的题匾。穆太公的妻弟、恶秀才金有方为谋夺穆太公的财产，串通徐公子状告穆太公"欺悖圣旨，污秽先考"，太公入狱。太公之子穆文光变卖家产，送钱给徐、金等人，救得父亲出狱，又靠赌博等手段赢回家财。后来文光考上秀才，其子也进学，穆家遂成书香门第。

《照世杯》所记故事亦庄亦邪，嬉笑怒骂，风格颇类似同时期的白话短篇小说集《豆棚闲话》。这四个故事反映了当时的风俗时尚以及士人、商人的生活片断，歌颂真义士，鞭笞假名士，描摹市井风情、人情冷暖。尤其是后两个故事，分别记录了商人生活的酸甜苦辣，是明末清初新的社会生活的及时反映，新人耳目。

《照世杯》体制也颇为独特，全书共四卷，每卷为一篇，每篇又另列子目，子目以偶句形式两两相对，如同章回小说的体制。正文比一般话本长，但又并未分段。这种形式在话本小说集中并不常见，似乎只有顺治、康熙年间刊刻的《十二楼》十二卷（李渔撰）、《人中画》十六卷（不题撰人）、《都是幻》二集十二回（潇湘迷津渡者辑）、《纸上春台》（残）等寥寥几种。① 胡士莹认为这是短篇话本向中篇小说发展的一种形式，值得注意②。

《照世杯》作者署名"酌元亭主人编次"。书前有序，全录如下：

> 客有语酌元亭主人者曰："古人立德立言慎矣哉，胡为而不著藏名山、待后世之书，乃为此游戏神通也？"今曰："唯唯，否否。东方朔善诙谐，庄子所言皆怪诞，夫亦托物见志也。与尝见先生长者，正襟敛容而谈，往往有目之为学究、病其迂腐、相率而去者。即或受教，亦不终日听之。且听之而欲卧，所谓正言不足悦耳，喻言之可也。"今冬，过西子湖头，与紫阳道人、睡乡祭酒纵谈今古，各出其著述，无非忧悯世道，借三寸管为大千世界说法。昔有人听姑姑夜语，遂归而悟奕，岂通言微俗不足当午夜之

① 《中国通俗小说总目提要》中《照世杯》条，中国文联出版公司1990年版，第330页，第341页，第343页，第345页。
② 胡士莹：《话本小说概论》，中华书局1980年版，第634页。

钟、高僧之棒、屋漏之电光耶！且小说者，史之余也。采闾巷之故事，绘一时之人情，妍媸不爽其报，善恶直剖其隐。使天下败行越检之子，惴惴然侧目而视，曰："海内尚有若辈，存好恶之公，操是非之笔，盍其改志变虑，以无贻身后辱。"是则酌元亭主人之素心也哉！抑即紫阳道人、睡乡祭酒之素心焉耳！

吴山谐道人载题于西湖之狎鸥亭中①

序采用文赋中的主客问答形式，先云"客有语酌元亭主人者曰"，后有"吴山谐道人"以主人身份对答，可知酌元亭主人又号吴山谐野道人。从序文中看，酌元亭主人曾在杭州与《续金瓶梅》的作者丁耀亢（紫阳道人）和为李渔《无声戏》作序的杜濬（睡乡祭酒）交往密切，志趣相投。他编纂《照世杯》的动机，是"为大千世界说法"，"采闾巷之故事，绘一时之人情，妍媸不爽其极，善恶直剖其隐"。用以警醒世人弃恶从善。书当在杭州编纂而成。

《照世杯》又题"谐道人批评第二种快书"。作者还编辑一部章回小说《闪电窗》，题"谐道人批评第一种快书"。②《闪电窗》题"酌玄亭主人编辑"，避"玄"作"元"。《照世杯》编纂在《闪电窗》之后，编纂者题名避"玄"作"元"，应是避康熙皇帝玄烨的名讳，书当编成于清顺治至康熙年间。

（本文收入《中国小说戏曲的发现》，人民文学出版社 2009 年版）

---

① 据海宁陈氏《古佚小说丛刊》1928 年本，转引自丁锡根编著：《中国历代小说序跋集》，人民文学出版社 1996 年版，第 835 页。

② 《中国通俗小说总目提要》中《照世杯》条，中国文联出版公司 1990 年版，第 340 页。

张缙彦与《无声戏》版本的关系之我见

在中国禁书史上，因作者而禁、因内容而禁的书籍较多，因书而祸及资助者、又因受资助者牵连而禁书的事例，倒不多见。李渔《无声戏》的被禁，在禁书史上是一则独特的例子。《无声戏》被禁之后，李渔将它改头换面重新出版，造成比较复杂的《无声戏》《连城璧》《十二楼》版本系统。日本藏经阁藏本《无声戏》的发现与研究，对于梳理李渔白话短篇小说集的版本流变过程，具有重要意义。

一、张缙彦与《无声戏》的编刊

清初顺治年间，满清王朝入主中原未久，南明反抗势力犹存，人心不稳，天下大局仍然漂泊未定，清朝官员之间的满汉之争、南北党争异常激烈。在这样的大背景下，文学活动也在劫难逃地被卷入到政治斗争之中。李渔早期白话短篇小说集《无声戏》的刊行问世，就曾经引起很大的政治风波，成为清初南北党之争中刘正宗张缙彦一案的一条重要罪证。

顺治十七年（1660）八月，湖广道监察御史萧震弹劾前浙江左布政使张缙彦，其中一条罪证是：

> 缙彦仕明为尚书……及闯贼至京，开门纳款。犹曰事在前朝，已邀上恩赦宥。乃自归诚后，仍不知洗心涤虑。官浙江时，编刊无声戏二集，自称"不死英雄"，有"吊死在朝房、为隔壁人救活"云云。冀以假死涂饰其献城之罪，又以不死神奇其未死之身。臣未闻有身为大臣拥戴逆贼、盗

73

鬻宗社之英雄。且当日抗贼殉难者有人，阖门俱死者有人，岂以未有隔壁人救活逊彼英雄？虽病狂丧心，亦不敢出此等语。缙彦乃笔之于书，欲使乱臣贼子相慕效乎？[1]

据萧震所说，张缙彦在明朝官至尚书，却于李自成入京时开门投降，已是气节丧尽，只因明朝已亡，清朝皇帝才施恩宽恕他的重罪；而侧身清廷的张缙彦仍不知洗心革面，官至浙江左布政使时，竟"编刊无声戏二集"，在作品中宣称自己曾于李自成入都之时自杀殉国（为隔壁人救活），可以说是保全节义、忠于明朝的"不死英雄"。萧震认为张缙彦此举一方面假称"殉节"，粉饰自己开城迎贼之罪，已属"病狂丧心"，厚颜无耻之极；另一方面，当时清朝定鼎未久，前明遗臣入清为官或散落人间者尚多，若对张缙彦此举不加重裁，则不足以平定人心，甚至会引起"乱臣贼子相慕效"的严重恶果。在政局动荡的清初，萧震的这项指责具有很大杀伤力，导致了张缙彦集团的迅速倒台。张被褫职，流徙宁古塔，死于徙地。在张缙彦被弹劾并被免职的第二年（顺治十八年，1661），李渔也离开杭州，移家金陵，开始了乔居金陵二十年的漫长生涯。

萧震的这段话，为后世研究者留下了重重谜团。"吊死朝房、为隔壁人救活"这些情节并不见于现存的《无声戏》诸版本。说张缙彦借小说"冀以假死涂饰其献城之罪，又以不死神奇其未死之身"，不知所指为何故事。

笔者在阅读《十二楼》时，发现《奉先楼》一篇颇耐人寻味。小说写明末南京舒秀才中年得子，又是世代单传，故在遭遇流民义军的兵火之时，商议让其妻子舒娘子"失节""存孤"。小说将舒娘子决定"失节"的过程写得异常郑重。首先夫妻之间商议，舒秀才说贞操节义"是处常的道理，如今遇了变局，又当别论"；然后"谋之通族"，合族人都"苦劝"舒娘子为"存孤"而"失节"；最后谋之于祖宗"神主"。连祖宗都示意她应当"失节"，舒娘子只好屈从，但立意在"存孤"之后将儿子还给丈夫自己自杀明志。战乱过后，舒秀才在将军船上找到了舒娘子和他们的孩子。舒娘子把孩子还给舒秀才，自己践约自杀，被将军救活：

---

[1] 《清史列传·贰臣传》乙《张缙彦传》，中华书局1987年版，第6621页。

将军道:"你如今死过一次,也可谓不食前言了。少刻前夫到了,我自然替你表白。"此时见舒秀才走到,就把他妻子忍辱抚孤、事终死节的话,细细述了一遍。又道:"今日从你回去,是我的好意,并不是他的初心。你如今回去,倒是说前妻已死,重娶了一位佳人,好替他起个节妇牌坊,留名后世罢了。"①

小说的字里行间,真替"失节"的舒娘子留足了面子。并且因她曾自裁过,还要为她"起个节妇牌坊,留名后世"。可见这篇小说的主旨确实不以"失节"为辱,而以"曾死"为荣。"失节"与"死节",在明清易代之际是一个异常敏感的话题。李渔选取这一敏感题材,又大力宣扬如此特异的见解,除了出于他一以贯之的好"奇"作风之外,是否真有以此作品"阿腴"自称"不死英雄"的张缙彦之意?

《奉先楼》出自《十二楼》,《十二楼》与《无声戏》有流和源的关系。谭正璧认为"《无声戏》二集或续集或后集,就是现在还很流传的《十二楼》"。理由有二:(1)《十二楼》卷六《萃雅楼》篇后杜浚评语中有"初集之尤瑞郎"之句,而《无声戏》中有尤瑞郎的故事(第六回《男孟母教合三迁》),故"初集"当指《无声戏》。二、《十二楼》第七篇《拂云楼》第四回的结末有"各洗尊眸,看演这出《无声戏》"之句。说明《十二楼》源出于《无声戏》。②

第二个论据不很可靠。《拂云楼》第四回结末这句话,并不就能说明《十二楼》源出于《无声戏》。若标点为"各洗尊眸,看演这出无声戏",则涉及李渔的小说概念,有将小说比喻为"不出声的戏曲"之意。目前一般研究者都取此意。但谭先生的第一个论据值得重视。既有"初集之尤瑞郎"之说,则《萃雅楼》故事应出于"《无声戏》二集或续集或后集"。不管"《无声戏》二集或续集或后集"是否就是《十二楼》,但其中的故事尚且保存在《十二楼》中则无可置疑。

既然《萃雅楼》是"《无声戏》二集或续集或后集"中的一篇,《奉先楼》

---

① 李渔:《十二楼》,上海古籍出版社1992年版,第155页。
② 谭正璧:《〈无声戏〉与〈十二楼〉》,收入谭正璧:《话本与古剧》,上海古籍出版社1985年版。

会不会也是其中改头换面得以保存的一篇呢？抑或就是被萧震夸大曲解为"缙彦乃笔之于书"的那一篇？未敢妄断。

针对萧震的指控，我们还可以找到一个反证。尊经阁本《无声戏》第十二回《妻妾抱琵琶梅香守节》篇后有杜濬评语：

> 碧莲守节，虽是梅香的奇事，尤可敬者，是在丈夫面前，以淫污自处，而以贞洁让人。罗、莫再醮，也是妇人的常事，最可恨者，是在丈夫面前，以贞洁自处，而以淫污料人。迹此推之，但凡无事之时，哓哓然自号于人曰"我忠臣孝子义夫节妇"，其人者，皆有事之时之乱臣贼子奸夫淫妇之流也。①

这段话与萧震的指控是矛盾的。如果张缙彦真的自称"不死英雄"，这段话正是对张缙彦的辛辣讽刺，而且针对性很强。尊经阁藏本《无声戏》即《无声戏》初集，如果是张缙彦出资编刊，李渔选如此篇目、杜濬下如此评语就很不合情理。那么可以有两种推断：一是张缙彦只出资编刊《无声戏》第二集，并且第一集他也没有读过。这种情况可能性较小，但也不是绝对没有。二是萧震的这条指控，与张缙彦为刘正宗诗集所作序中的"将明之才"一语一样，是政敌罗织的莫须有罪名。②

《奉先楼》中李渔的意旨，与《妻妾抱琵琶梅香守节》篇后杜濬的评语，如果都与张缙彦事件联系起来，正是针锋相对，不知孰是。

刘正宗张缙彦案之后，《无声戏》很有可能牵连被禁。李渔则有可能删去涉嫌惹祸的篇章，将《无声戏》中的其他篇目与另外一些故事重新组合，改名《连城璧》行世（并进而有《十二楼》），可以在看不出违禁的情况下继续鬻书求利。这样就造成了比较复杂的《无声戏》《连城璧》《十二楼》的版本嬗变过程。

---

① 李渔：《无声戏》，浙江古籍出版社 2012 年版，第 164 页。
② 《清世宗实录》："缙彦序正宗诗曰'将明之才'，其诡谲尤不可解。"《诗经·大雅·生民》："肃肃王命，仲山甫将之。邦国若否，仲山甫明之。""将明之才"恭维诗主有执行王命、辨明法制的才干。清廷理解为扶持故明王朝，曲解文意，罗织罪名。参见丁锡根：《校点后记》，《中国小说史料丛书·无声戏》，人民文学出版社 1989 年版。

终清一代，古典小说的研究尚未学术化，《无声戏》版本的嬗变尚未引人注目。20世纪初，尤其是"五四"前后，学术界开始重视对中国古代通俗小说的研究，鲁迅、胡适、郑振铎、孙楷第等人是此领域的第一批拓荒者。孙楷第先生是国内最早对李渔进行系统研究的。他在1935年为亚东图书馆重印《十二楼》所作的代序《李笠翁与十二楼》中，全面系统地梳理了李渔的生平事迹、社会交游、思想品格和创作生涯，虽然比较简略，但可谓是现代中国研究李渔的奠基之作。

孙楷第也是最早注意到《无声戏》版本复杂性的学者。1931年秋天，孙楷第前往日本东京及大连等地访书。在日本他见到尊经阁藏伪斋主人序本《无声戏》，感到此版本意义重大，是李渔白话短篇小说集版本嬗变的重要链环。第二年，他出版了《日本东京、大连图书馆所见中国小说书目提要》，同时写了《李笠翁著〈无声戏〉即〈连城璧〉解题》，对尊经阁本《无声戏》作了公开介绍。①

孙楷第拉开了《无声戏》版本研究的序幕，此后却由于时代、战争等等诸多原因后继乏人，整个李渔研究处于零落状态。直到70年代末，在新的思想解放浪潮的推动下，李渔研究才重新受到学人的重视，对《无声戏》版本的研究也旧话重提，逐渐热闹起来。

二、尊经阁藏本与"伪斋主人"

《无声戏》全书12回，题"觉世稗官编次"，"睡乡祭酒批评"。卷首有伪斋主人序。序末有两个印章，分别是"伪斋主人"和"掌华阳兵"。插图精美，丁锡根认为此版本"插图精致典雅，人物造型夸张，笔触清奇，衣纹细圆劲硬，勾勒有气势，与陈洪绶的人物插图《水浒叶子》比较，风格非常接近。这些都是尊经阁本的重要价值，也是以此为底本的根据。"② 孙楷第认为这些插图"大

---

① 孙楷第：《日本东京所见小说书目·无声戏》，《中国通俗小说书目（外二种）》，中华书局2012年版，第229－231页。
② 丁锡根：《校点后记》，《中国小说史料丛书·无声戏》，人民文学出版社1989年版。

似陈老莲笔意"。①

《无声戏》的目次排列很有特点。将相临两回的回目组成一联对句，每两回的回目为一组，上下对偶十分工整。与冯梦龙"三言"回目的排列方法相似。回目如下：

第一回《丑郎君怕娇偏得艳》；第二回《美男子避惑反生疑》

第三回《改八字苦尽甜来》；第四回《失千金祸因福生》

第五回《女陈平计生七出》；第六回《男孟母教合三迁》

第七回《人宿妓穷鬼诉嫖冤》；第八回《鬼输钱活人还赌债》

第九回《变女为儿菩萨巧》；第十回《移妻换妾鬼神奇》

第十一回《儿孙弃骸骨童仆奔丧》；第十二回《妻妾抱琵琶梅香守节》

整本书12回的回目，明显有一个整体上的考虑。目次的排列，其实也就是内容的排列。书中讲述的12个故事各自独立成篇，内容上没有前后联系。但仿佛分成6个小组，每一组两个故事，这两个故事的主题颇有关联，意思或者相反相成，或者相辅相成。比如第一回和第二回，"丑郎君"和"美男子"是美丑相对，"怕艳偏得福"和"避惑反生疑"，都富于辩证机趣。这两个回目字面对仗工整，内容也相辅相成。第三回和第四回、第五回和第六回、第七回和第八回、第九回和第十回，第十一回和第十二回之间，都是如此。

《无声戏》多宣扬当时推崇的忠孝节义思想，讲述天道神明因果报应历历不爽的事迹。但《无声戏》中所歌颂赞扬、鞭笞嘲笑的，往往超越了单纯宣扬忠孝节义一类故事的呆板凝滞和薄情寡欲，故事新奇有趣，人物血肉丰满。《无声戏》的内容，除表彰个人品德、彰显市井伦理如《梅香守节》《童仆奔丧》等篇外，有的篇章在客观上揭示了官场的黑暗虚伪如《美男子》《改八字》等；也有一些篇章借助神鬼天命劝善诫恶如《失千金》《移妻换妾》《变女为儿》等；还有一些篇章在客观上反映了女性不能自主的社会地位如《丑郎君》；《女陈平》则彰显了女性的智慧和品德。

① 孙楷第：《日本东京所见小说书目·无声戏》，《中国通俗小说书目（外二种）》，中华书局2012年版，第229页。

尊经阁本《无声戏》卷首有伪斋主人序，这个伪斋主人究竟是谁？最初的研究者孙楷第不置可否，只是提出有关作序者与杜濬之间关系的疑问。他说："杜濬与笠翁之关系至深，今之《无声戏合集》及《十二楼》均经其评论，兼为作序。据《合集》杜序，则《无声戏》前后二集亦曾经其评次。如此本为单行之《前集》或《后集》，似亦应有杜序，今乃为伪斋主人序，此不能无疑。似亦不题撰人及评论人姓名。"①

后来的研究者明确提出两种意见。一种意见认为伪斋主人就是李渔的老友杜濬。黄强在《李渔〈无声戏〉研究中的几个问题》一文中，明确提出这一看法，根据是李渔其他小说集均由杜濬序评的惯例，杜濬也提到自己评次《无声戏》"前后二集"，尊经阁本《无声戏》每篇小说标题下均题"觉世稗官编次，睡乡祭酒批评"，而睡乡祭酒是杜濬的别号。所以作序者也应当就是杜濬。②

另一种意见认为是张缙彦。丁锡根认为"伪斋主人"和"掌华阳兵"大约都是张缙彦的别号。理由有二：（一）张缙彦降清是迫于无奈，故自号"伪斋主人"，以作揶揄之词。（二）"掌华阳兵"是指华阳山抗清之事。安徽南部的华阳山地势显要，清兵南下之际，丘祖德率兵在华阳山抗清，金声等人在附近山寨抗清。当时张缙彦正任南明兵部尚书，按职务应当参与华阳山抗清之事。在明亡之前，张缙彦任职兵部尚书时，丘祖德是山东巡抚，金声则是张缙彦挚友刘正宗的同科进士，即"同年"，是当时士人的一种重要的社会关系。顺治二年，叛明降清的洪承畴大肆镇压江南义军，华阳等山寨的首领们先后兵败惨死。当时张缙彦逃往安徽西部商麻山中继续抗清，至顺治三年才在江宁投降清廷。张缙彦应熟谙华阳山抗清的悲壮情景，十年之后思念故人故事，自号"掌华阳兵"，当在情理之中。③

萧欣桥则否定了这一说法。他认为张缙彦被贬之时，正是众人落井下石之

---

① 孙楷第：《日本东京所见小说书目·无声戏》，《中国通俗小说书目（外二种）》，中华书局2012年版，第230页。

② 黄强：《李渔〈无声戏〉研究中的几个问题》，收入黄强：《李渔研究》，浙江古籍出版社1996年版。

③ 丁锡根：《校点后记》，《中国小说史料丛书·无声戏》，人民文学出版社1989年版。

际，而萧震在弹劾张缙彦时，只说张"守藩浙江，刻有《无声戏二集》一书"，并未言及其他（如一集和作序等）。若张缙彦确实还编刊了《无声戏》一集并为之作序，萧震岂肯轻易放过？①

笔者认为丁文意见较有道理。联系萧震弹劾文中所说张缙彦夸口自己是前明"不死英雄"的行径，张自号"掌华阳兵"，公然纪念南明抗清之事，未必是子虚乌有。只是当时清廷已经一统天下，正是需要统一天下人心的时候，张缙彦公然表达思念故明的心绪，他之获罪，罪在难逃。若说尊经阁本《无声戏》就是张缙彦所编次的"无声戏二集"中的一集，他在内容上自诩"不死英雄"，在印章上又自题"掌华阳兵"，相辅相成。若事实如此，则"掌华阳兵"的印章，也是尊经阁本《无声戏》是《无声戏》最初刊本的又一重要根据。张缙彦获罪之后，李渔再刊《无声戏》时，不但将《无声戏》改名《连城壁》，打乱原来统一整齐的回目安排，删去有关"不死英雄"的内容，而且连"掌华阳兵"以及"伪斋主人"的印章也一并不用（正因其都是张缙彦的别号）。这样梳理当时的情景，似无破绽。若说"伪斋主人"是杜濬的别号，为什么不见杜濬在其他地方继续使用（他应当没有"避祸"的理由）？"掌华阳兵"又是谁？和杜濬有什么联系？都是疑问。

萧文意见有一个前提，就是萧震弹劾状中提到的"无声戏二集"应标点为"《无声戏二集》"，特指第二集。如果标点为"《无声戏》二集"，意思是编刊了前后两集，则张缙彦作序就理所当然。这样就又牵连到另外一个问题，就是萧震弹劾状中的"无声戏二集"应当如何标点？这也是学界争论未休的问题之一。

三、"无声戏二集"的标点和含义

《无声戏》原有前后二集（或一集、二集，或初集、续集）。杜濬在《连城壁》序中说："故予于前后二集皆为评次，兹复合两者而一之。"但与张缙彦有关联的是前后二集还是第二集？萧震弹劾张缙彦"官浙江时，编刊无声戏二

---

① 萧欣桥：《李渔〈无声戏〉、〈连城壁〉版本嬗变考索》，《文献》1997 年第 1 期。

集"，《清实录》卷一三九也记载张缙彦"守藩浙江，刻有无声戏二集一书"。这两条记载中的"无声戏二集"该怎样标点？是"两个集子"还是"第二个集子"？学界目前意见尚不统一。

萧欣桥标点为《无声戏二集》，特指第二集。① 谭正璧则标点为"《无声戏》二集"，也特指《无声戏》第二集。②

黄强则认为"无声戏二集"应标点为"《无声戏》二集"，内涵兼指《无声戏》第一集和第二集。他的理由有两点：（1）古代汉语基数与序数的形式相同，要判断一个数词的性质，就必须联系具体的语言环境。如果一本书分为前后二集，先说"一集"，后说"二集"，则此"二集"特指第二集；如果没有提到第一集，却需要特指第二集时，一般不称"二集"，而称"后集"、"次集"。言"二集"时，往往兼指第一、第二集。（2）北京大学藏《无声戏合集》杜濬序说："予因取其所著之书《无声戏》二集暨《风筝误》《怜香伴》诸传奇而读之，其深心俱见于是。"③

按北京大学藏本《无声戏合集》是原马隅卿所藏残本，序题"合集序"，但正文版心均题"无声戏"，只有第一篇《谭楚玉戏里传情，刘藐姑曲终死节》第三印张版心在"无声戏"三字下多两字。第二个字是"集"，第一字却损坏严重，仅在右上方残存笔画中一"点"，不好判断是"一"字的最后收笔还是"合"字的残余。即不知原文应是"无声戏一集"、"无声戏二集"还是"无声戏合集"。孙楷第《日本东京所见小说书目》定为"无声戏一集"。但目前已经有充分证据证明"无声戏一集"就是尊经阁藏本《无声戏》，谭楚玉刘藐姑故事并不见于尊经阁藏本。似以"无声戏二集"或"无声戏合集"为是？

马氏藏本杜濬序原文为"予因取其所著之书《无声戏》一集"，黄强认为此处原为"二集"，"二"字下面一横磨损而看似"一"。笔者去北京大学图书

①　萧欣桥：《李渔〈无声戏〉、〈连城璧〉版本嬗变考索》，《文献》1997 年第 1 期。
②　谭正璧：《〈无声戏〉与〈十二楼〉》，收入谭正璧：《话本与古剧》，上海古籍出版社 1985 年版。
③　黄强：《李渔〈无声戏〉研究中的几个问题》，收入黄强：《李渔研究》，浙江古籍出版社 1996 年版。

馆查阅，发现杜濬序原文"所著之书无声戏一集"的"一"字比较短，位置也偏上，似乎应该是"二"字之残余。但"一"字下面破损并不严重，仅在中间有相当于笔画中一"点"的一个圆圆的小洞，其他地方完好无损，似乎不应该是"二"字第二横之残余（"二"字第二横应当比第一横长，至少不该仅是一"点"）。故孙楷第《日本东京所见小说书目》定为"无声戏一集"。未知孰是。

马氏藏本杜濬序多被学人引用，笔者查阅校对，发现引用之处每被增减，而杜序全文不见著录。丁锡根《中国历代小说序跋集》在《连城壁序》题目旁边加以双行小字"马氏藏本题合集序"，文中以《连城壁序》为主，以句后括号标出马氏藏本《合集序》的异同之处，颇方便检阅。但仍有三处与马氏藏本《合集序》有异：1. 首句"迷而不悟"，马氏藏本为"迷而不知悟"，脱一"知"字。2. 文中"笠翁居湖上"，应为"笠翁近居湖上"，脱一"近"字。3. 最后一句"而吾友维持世道之心亦沛然遍于天下"，"吾友"应为"笠翁"。特补于此。

马氏藏本只有两处明确标示此本是"无声戏一集"或"无声戏二集"（杜濬序），或是"无声戏合集"（版心处），而此两处的关键字（"一"或"二"或"合"）均缺损，不敢妄断。张缙彦被指控"编刊"的"无声戏二集"，尚难断定是第二集还是前后二集。《无声戏》《连城壁》《十二楼》的版本嬗变，仍需进一步研究辨析。

（原载《江淮论坛》2004 年第 1 期。中国人民大学复印资料《中国古代近代文学研究》2004 年第 6 期全文复印）

中编 02

《红楼梦》研究

《红楼梦》与康熙雍正乾隆时期戏曲文化

——兼谈《红楼梦》戏曲书写异文的价值

《红楼梦》代表中国古典文学的最高成就。《红楼梦》中记录了康熙雍正乾隆年间的戏曲文化,并赋予其展现人物性格、揭示思想主旨的叙事功能。曹雪芹创作《红楼梦》时深受家族文化的影响。尤其是主持过《全唐诗》刊刻工作的曹寅——一般被认为是曹雪芹的祖父——对《红楼梦》创作的影响更为深远。从狭义上讲,《红楼梦》中记了康熙年间曹寅创作的戏曲作品《续琵琶》及其家班演出情况。从广义上讲,家学渊源使曹雪芹更具戏曲修养,更关注戏曲文化。

《红楼梦》中不但记录了曹雪芹父祖时期康熙雍正年间的戏曲文化,还记录了曹雪芹写作《红楼梦》时期乾隆年间新的戏曲现象。诸多乾隆时期短暂存在过的曲界事物,都留存在《红楼梦》中,与《红楼梦》一起广为传播、影响深远。

《红楼梦》存世有众多抄本和刻本,各版本中的戏曲描写存在异文。这些异文包含了丰富的历史文化信息,诸如作者社会阶层、当时戏曲政策、版本之间关系,等等。对《红楼梦》各版本戏曲描写异文的考辨,是研究《红楼梦》与康熙雍正乾隆年间戏曲文化的新的有效途径。①

---

① 参见朱萍、麻永玲:《〈红楼梦〉中的"听"戏与"看"戏及其异文考辨》,《红楼梦学刊》2015 年第 2 期;麻永玲、朱萍:《〈红楼梦〉第九十三回戏曲语词异文考辨》,《红楼梦学刊》2015 年第 6 期。

一、《红楼梦》与曹寅的戏曲活动

长期任职江宁织造的曹寅，是清初著名的诗人、藏书家、剧作者。藏书之富从其自编《楝亭书目》可见一斑。① 康熙时期受命主持《全唐诗》等重要典籍的刊刻工作，与江南士人接触密切。② 清代江南织造府戏曲活动与昆腔剧种奇特地共兴共衰，都深刻地影响着曹寅的戏曲观及写剧、演剧活动。③

美国汉学家史景迁 1962 - 1967 年写作《曹寅与康熙：一个皇帝宠臣的生涯揭秘》，以传记的形式书写历史。④ 但写作目的其实并不侧重曹寅传记，而侧重曹寅与《红楼梦》的联系。⑤ 其中着重谈到康熙南巡曹寅在江宁织造府接驾时戏曲演出情况，及其作为创作素材对《红楼梦》创作的影响。

曹寅诗学素养对《红楼梦》的影响，早为学界关注。⑥ 曹寅的戏曲活动，学界前辈亦有诸多研究论述。⑦ 多数学者着眼于对曹寅具体戏曲作品做深入研究。曹寅的戏曲活动对《红楼梦》的总体影响，已有顾平旦、曾保泉《作为戏曲家的曹寅——兼论曹雪芹的家学渊源》一文。但限于短小的篇幅，论述极为简略，也不求全面。曹寅作为戏曲家对《红楼梦》的影响这一话题，仍有进一步讨论的必要。

---

① 曹寅：《楝亭书目》，国家图书馆藏。李军：《曹寅交游与藏书考论》，2008 年南京师范大学硕士学位论文。

② 参见王万祥：《清代两淮盐官文学活动研究——以曹寅、卢见曾、曾燠为例》，2010 年扬州大学硕士学位论文。

③ 参见贾战伟：《江南织造与清中叶戏曲研究——以苏州织造、江宁织造为中心》，2010 年苏州大学硕士学位论文。

④ 史景迁：《曹寅与康熙：一个皇帝宠臣的生涯揭秘》，上海远东出版社 2005 年版。

⑤ 张惠：《史景迁的曹寅研究》，《红楼梦学刊》2012 年第 1 辑。

⑥ 周汝昌：《从楝亭诗谈到雪芹诗》，《内蒙古大学学报》（哲社版）1979 年第 1、2 期；刘上生：《〈楝亭集〉与〈红楼梦〉》，《红楼梦学刊》1998 年第 3 辑。

⑦ 红豆：《曹寅撰〈太平乐事〉》，《红楼梦研究集刊》第 1 辑，上海古籍出版社 1979 年版；顾平旦、曾保泉：《曹寅〈续琵琶〉初探》《曹寅〈太平乐事〉杂剧初探》，见《红学散论》，文化艺术出版社 1987 年版；胡德平：《不经文中读曹子——昆曲〈续琵琶〉观后感》，《曹雪芹研究》2011 年版；胡德平：《我谈〈续琵琶〉》，《中国文化报》2012 年 4 月 24 日；胡文彬：《〈续琵琶〉：学术研究与戏剧创作相结合的典范——在昆曲〈续琵琶〉研讨会上的发言》，《曹雪芹研究》2012 年第 1 辑。

曹寅为接待南巡的康熙帝采买戏班，组建江宁织造府乐。府乐演出以"娱上"为目的，与外班演出、市井演出具有不同要求。行宫之中，主演昆曲；沿途接驾，杂戏百陈。① 这些都被曹雪芹用作史料素材，在《红楼梦》中创作出元妃省亲的情节。

曹寅自谓"曲第一，词次之，诗又次之。"② 可见他对自己戏曲作品的看重。曹寅创作的戏曲作品，有杂剧《太平乐事》、传奇《续琵琶》《北红拂记》。又有传奇《虎口余生》，是否为曹寅作品，学界尚有争论。《续琵琶》写文姬归汉，有一定的民族情结，又不将曹操形象脸谱化，具有一定新意。《太平乐事》包含十个独立单折杂剧，为"娱上"之作。康熙南巡时江宁织造府乐接驾演出的多为昆曲传统折子戏。但第五次南巡时，康熙帝钦点曹寅创作的新戏《太平乐事》。

尤侗《北红拂题记》中记载曹寅创作《北红拂记》的过程："荔轩（曹寅）游越五日，倚舟脱稿，归授家伶演之。"③《长生殿》传奇的作者洪昇，为曹寅《太平乐事》杂剧题词亦赞云："传神写景，文思焕然。"④

曹寅有自己的家庭戏班。尤侗《北红拂题记》即云曹寅"归授家伶演之"。徐扶明《〈红楼梦〉与戏曲比较研究》具体罗列当时知名的家班有："成亲王永瑆、慎靖郡王允禧、平西王吴三桂、靖南王耿精忠、世袭辅国公经照、大学士明珠、大学士和珅、吏部尚书李天馥、吏部尚书宋荦、军机大臣福康安、大司寇张北海、总督伍拉纳、总督吴兴祚、总督毕沅、巡抚浦林、江宁织造曹寅、苏州织造李煦、两淮盐运使李陈常、巡盐御史季振宜等。"⑤ 江宁织造曹寅与苏州织造李煦的家班在当时都具知名度。

---

① 参见贾战伟：《江南织造与清中叶戏曲研究——以苏州织造、江宁织造为中心》，2010年苏州大学硕士学位论文。

② 曹寅：《楝亭集》，（台湾）文海出版社1985年版，第588页。

③ 尤侗：《北红拂题记》，见《艮斋倦稿》卷九。转引自周汝昌：《红楼梦新证》，人民文学出版社1976年版，第271页。

④ 《圣祖五幸江南恭录》，见《振绮堂丛书》，（台湾）文海出版社1970年版，第26页。

⑤ 徐扶明：《〈红楼梦〉与家庭戏班》，见《〈红楼梦〉与戏曲比较研究》，上海古籍出版社1984年版，第6页。

曹寅《楝亭集》中有"题赠曲师朱音仙。朱老乃前朝阮司马进御梨园"的《念奴娇》词(《楝亭词抄》第十七)。① 朱音仙早年是阮大铖家班名伶,曾为南明弘光帝演剧。南明覆亡后流落如皋,被冒辟疆聘为家班教习。《楝亭书目》(国家图书馆古籍馆藏)卷四"文集"之"曲"部有《玉茗堂四种传奇》二函八册。曹寅家藏《玉茗堂四种传奇》,又有《念奴娇》词题赠"当场搬演、汤家残梦偏好"的朱音仙,② 曹家家班或演出过脍炙人口的《牡丹亭》,尤其是《游园》《寻梦》二出常演的折子戏。

《红楼梦》多次提到《牡丹亭》传奇中《游园》《寻梦》二出。第五十四回写到贾府家乐演出《寻梦》时的不寻常伴奏方式,以及如此"新样"演出的戏曲史依据。此处写贾府元宵夜演戏,外班(外请的戏班)演至半夜,贾母让外班小戏子休息,临时把自己家小戏子叫来,让亲戚们听听自家家乐的"新样儿"演出。原文如下:

(贾母)"才刚八出《八义》,闹的我头疼。咱们清淡些好。你瞧瞧,薛姨太太这李亲家太太都是有戏的人家,不知听过多少好戏的。这些姑娘们都比咱们家的姑娘见过好戏,听过好曲子。如今这小戏子又是那有名顽戏的人家的班子。虽是小孩子,却比大班子还强。咱们好歹别落了褒贬,少不得弄个新样儿的。叫芳官唱一出《寻梦》,只用萧和笙笛,余者一概不用。"③

接着又道出如此"新样"演出的依据与曹寅的戏曲活动有关:

(贾母)又指着湘云道:"我像他这么大的时候儿,他爷爷有一班小戏,偏有一个弹琴的凑了来,《西厢记》的《听琴》,《玉簪记》的《琴挑》,《续琵琶》的《胡笳十八拍》,竟成了真的了,比这个更如何?"④

《续琵琶》为曹寅所作,《胡笳十八拍》即《续琵琶》第二十七出《制拍》。未见有相关曲谱、身段谱。其中旦的科介提示作:"(旦取琴弹介)(旦唱)《一

① 曹寅:《楝亭集》,(台湾)文海出版社1985年版,第608页。
② 同上注。
③ 《程乙本〈红楼梦〉》,中国书店2011年版,第351页。
④ 《程乙本〈红楼梦〉》,中国书店2011年版,第352页。

拍》（略）《二拍》（略）《三拍》（略）"。①"旦取琴弹介"，只是科范动作。但曹寅家乐演出时"偏有一个弹琴的凑了来"，剧中科范"竟成了真的了"。

曹寅家乐的创新演出方式，被曹雪芹记录在《红楼梦》中。并进一步形成《牡丹亭·寻梦》"只用萧和笙笛余者一概不用"的"新样"演剧方式。

曹寅在康熙年间的戏曲活动，对曹雪芹《红楼梦》戏曲描写的影响极为深远。

二、《红楼梦》与乾隆年间的戏曲文化

《红楼梦》中戏曲描写都具有叙事功能。不是单纯记录史料，而是为叙事服务：塑造人物性格、推动情节发展、表达思想主题。徐扶明《〈红楼梦〉与戏曲比较研究》书中有全面而概略的论述。其中多处涉及《红楼梦》中记录的雍正乾隆年间的戏曲文化。并且已经开始注意到各版本戏曲描写异文。只是徐扶明当时见到的《红楼梦》版本较少，没有能够全面系统地比勘研究。

《红楼梦》中涉及诸多剧种。荣国府中常演的是低回婉转雅致的昆腔，宁国府常演的则是热闹嘈杂的弋阳腔。《红楼梦》描写弋阳腔一再在贾府（主要是贾珍居住的宁国府）中演出，是乾隆初年弋阳腔在北京极盛情景在小说中的反映。乾隆三十九年（1774）左右，弋阳腔在北京渐衰。②

《红楼梦》中写到不少乾隆年间的戏曲界时新事物。乾隆初期弋阳腔正盛行于北京时，戏曲演员的艺名大都有个"官"字，虎丘泥人戏和雀戏都随花部时剧的风行盛极一时。这些在《红楼梦》中都有及时的反映。《红楼梦》中来自姑苏的十二小优伶——龄官、蕊官、藕官、茩官、宝官、芳官、葵官、豆官、文官、艾官——名字中都有"官"字。男旦蒋玉菡艺名为琪官。林黛玉收到来自家乡姑苏的虎丘泥人戏礼物，龄官收到来自贾蔷的礼物——雀戏。

① 曹寅著，胡德平、赵建伟笺注：《续琵琶笺注》，生活·读书·新知三联书店2012年版，第142页。
② 徐扶明：《〈红楼梦〉中戏曲二三事》，《〈红楼梦〉与戏曲比较研究》，上海古籍出版社1984年版，第117-120页。

　　徐扶明论述《红楼梦》中戏曲演员生活，认为"贾府戏班，脚色不全，行当残缺。此其一"，"小旦一门，却多达四人。可知，小旦最突出……简言之，旦行居于重要的地位。此其二。"①

　　其实，《红楼梦》中贾府戏班脚色，更多承担文学叙事功能。贾府家乐被遣散后，小旦芳官和蕊官、小生藕官分别被遣散在贾宝玉、薛宝钗、林黛玉处，又都在第八十回被迫出家地藏庵和水月庵，预示着贾宝玉、薛宝钗、林黛玉的不幸结局。龄官画蔷、藕官祭奠，都是《红楼梦》中脍炙人口的情节。这两个故事在回目中命名为"识分定情悟梨香院""茜纱窗真情揆至理"，描绘贾宝玉"识分定""揆至理"的心路历程，重点表现贾宝玉的"情悟"与"真情"。贾府家班脚色叙事功能大于纪实意义，并不需要脚色齐全。

　　脚色中小旦最突出，反映了乾隆年间曲界实况。《燕兰小谱》专录乾隆年间著名旦脚及其剧目，《消寒新咏》以著录乾隆年间著名旦脚及其剧目为主。都反映了当时社会追捧旦脚的风尚，可与《红楼梦》相互参证。

　　《红楼梦》还写到不愿在旦脚内"改行"的龄官和由旦脚改为生脚的琪官蒋玉菡。昆剧称老旦为"一旦"，正旦为"二旦"，作旦为"三旦"，刺杀旦为"四旦"。闺门旦为"五旦"，小旦为"六旦"。闺门旦与小旦虽同属旦行，然所扮人物类型、做工特点等有明显差异。若龄官应贵妃之命兼扮闺门旦，即跨越本行小旦，则属"跨行"。故小说言"非本脚/角之戏"。

　　然而《红楼梦》中却另有一处龄官愿意"跨行"的描写。第三十六回宝玉找"最是唱得好"的小旦龄官，欲其将《牡丹亭》中的《袅情丝》套演绎一番。见面后宝玉方知龄官就是那日在地上划"蔷"字者。《袅情丝》套就是第十八回贵妃所命《游园》中的套曲，属闺门旦戏，故龄官再次拒绝扮演。但旁边的宝官说如果蔷二爷让她唱，她是必唱的。所以龄官是可以破例演唱闺门旦戏的，只不过仅在贾蔷面前可以破例而已。龄官拒绝贵妃之命和宝玉要求坚持不"跨行"，但在贾蔷面前却愿意"跨行"，是因为她与贾蔷之间有爱恋关系。

_____

　　① 徐扶明：《〈红楼梦〉中戏曲演出》，《〈红楼梦〉与戏曲比较研究》，上海古籍出版社1984年版，第106页。

古典戏曲脚色分工严格且相对固定。从"小旦"到"小生",脚色转换风险很大。蒋玉菡系因年龄等原因换行,在小生行当上扮演得惟妙惟肖。同为脚色,贾府戏曲演员中"最是唱得好"的小旦龄官,在外人处拒绝应命演闺门旦之戏,在情人处却可以跨行扮演。《红楼梦》中有关戏曲行当跨行与不跨行的描写,鲜明地突出了人物性格与人物关系。

《红楼梦》中提及许多戏曲剧目。尤其是《红楼梦》前80回,剧目除预示人物命运及情节发展之外,还用以揭示人物性格、点染环境氛围、表现豪门的艺术爱好、推动情节发展。《红楼梦》后40回中也有演戏的情节,剧目是《吃糠》《渡江》《受吐》《冥升》。但仅有预示人物结局的作用。尤其《冥升》在戏曲史上并不存在,是后40回作者"新打"的(新创作的),预示黛玉死后升天、归位蕊珠宫。后40回演戏描写颇有画蛇添足之嫌。①

三 《红楼梦》戏曲描写异文的价值

《红楼梦》各版本戏曲描写存在异文,这些异文之前仅被少量地关注到。②如果没有这些异文的存在,《红楼梦》各版本一些重要的写作背景以及修订背景会就被忽略。笔者近年发表一系列考辨《红楼梦》各版本戏曲描写异文的文章,从这些异文中发现诸多辨析版本关系的有用信息。以下仅举第九十三回中的3处异文为例。

第一处异文是关于"伴宿"(出殡前一夜通宵不睡,名为"伴宿"或"坐夜")时演夜戏。第十四回写到秦可卿出殡前夕伴宿情况:

> 这日伴宿之夕,里面两班小戏并耍百戏的与亲朋堂客伴宿(甲戌本,己卯本,庚辰本,戚序本,蒙府本,列藏本,甲辰本,舒序本,杨藏本,

---

① 徐扶明:《〈红楼梦〉中戏曲剧目的作用》,见《〈红楼梦〉与戏曲比较研究》,上海古籍出版社1984年版,第79-90页。

② 徐扶明:《〈红楼梦〉与戏曲比较研究》,上海古籍出版社1984年版;于枇亭:《〈寻梦〉该用什么乐器伴奏——〈红楼梦〉阅读札记之一》,《红楼梦学刊》1982年第1辑;张玉章:《试说〈红楼梦〉第五十四回之"只提琴与管箫合,笙笛一概不用"》,《红楼梦学刊》2015年第5期。

程甲本）

这日伴宿之夕，亲朋满座（程乙本）①

此处仅程乙本无演戏内容。徐扶明《〈红楼梦〉与戏曲比较研究》曾分析舒序本和人民文学出版社1973年版程乙本该处异文，认为与雍正乾隆年间禁止伴宿期间夜唱有关。但徐扶明只分析了舒序本和程乙本该处异文。② 本文检索发现，此处除程乙本外，其余各本皆不回避官府伴宿期间"禁止夜唱"的命令。说明程乙本修订时更为关注当时的戏曲政策。

第二处异文是关于梆子腔。第九十三回写贾赦、宝玉去临安伯府看戏，提到四类时兴"戏"，第四种戏有异文：

那时开了戏，也有昆腔，也有高腔，也有弋腔、梆子腔，做得热闹。（程甲本）

那时开了戏，也有昆腔，也有高腔，也有弋腔、平腔，热闹非常。（程乙本）

梆子腔和弋阳腔是乾隆时期的主流声腔，影响巨大，流行面广。清代流传"南昆北弋东柳西梆"的口头说法。"昆""弋""柳""梆"为昆腔、弋阳腔、柳子腔、梆子腔，属清中叶影响较大的四个腔系。

梆子腔是清代的主流声腔，一般人都熟知。程乙本若非特殊原因，没有必要对其进行修改，尤其没必要突兀地换成一个一般人并不熟知且非戏曲声腔的"平腔"。故程乙本此处修订，应是将梆子腔改作"四平腔"，又脱字误为"平

① 本文所用《红楼梦》版本，为《蒙古王府本〈石头记〉》，国家图书馆出版社2012年版；《戚蓼生序本〈石头记〉》，沈阳出版社2006年版；《石头记》（列宁格勒本），北京：北京：生活·读书·新知三联书店2003年版；《甲辰本〈红楼梦〉》，沈阳出版社2006年版；《舒元炜序本〈红楼梦〉》，沈阳出版社2008年版；《乾隆抄本百廿回〈红楼梦稿〉》，人民文学出版社2010年版；《程甲本〈红楼梦〉》，沈阳出版社2006年版；《程乙本〈红楼梦〉》，中国书店出版社2011年版。同时，本文亦比对了东京大学东洋文化研究所藏的《程甲本〈红楼梦〉》上、下册，日本汲古书院2013年版；日本东京大学东洋文化研究所藏，《程乙本〈红楼梦〉》上、下册，日本汲古书院，2014年版。比对结果显示，本文所涉内容在上述程甲本和程乙本中一致。下文不再一一赘注。
② 徐扶明：《〈红楼梦〉与戏曲比较研究》，上海古籍出版社1984年版，第123页。

腔"。①

程乙本删去梆子腔的原因，可能是规避乾隆年间禁戏政策。秦腔在乾隆五十年（1785）被禁，见《钦定大清会典事例》：

> 乾隆五十年议准，嗣后城外戏班，除昆、弋两腔，仍听其演唱外，其秦腔戏班，交步军统领五城出示禁止。现在本班戏子，概令改归昆、弋两腔。如不愿者，听其另谋生理。倘有怙恶不遵者，交该衙门查拿惩治，递解回籍。②

秦腔俗呼为梆子腔。程乙本改梆子腔作"平腔"（应系"四平腔"脱字之误），应为回避当时戏曲禁令。这种刻意回避"梆子腔"的行为，亦见于乾隆后期剧本集的编刻。黄婉仪《钱德苍所编〈缀白裘〉与翻刻、改辑本系谱析论》一文，考证《缀白裘》部分版本在乾隆时期受官方政策影响，或把目录中的"梆子腔"题名隐去，或改之为"昆弋腔"。③

相反，程甲本并未回避梆子腔，可能是修订时不了解或不重视当时戏曲政策的缘故；也可能是程甲本所据底本成书较早，在乾隆五十年（1785）禁令颁布之前，随后程甲本刊刻疏忽了此处，程乙本刊刻时才修改回避。

第三处异文是剧目剧情的正误。第九十三回写《占花魁》剧上演时，宝玉被蒋玉菡的舞台情状深深吸引：

> 果然蒋玉菡扮了花魁醉后神情，把那一种怜香惜玉的意思做得极情尽致。以后对饮对唱，缠绵缱绻。宝玉这时不看花魁，只把两支眼睛独射在秦小官身上。更加蒋玉菡声音响亮，口齿清楚，按腔落板。宝玉的神魂都唱的飘荡了。④

---

① 详见麻永玲、朱萍：《〈红楼梦〉第九十三回戏曲语词异文考辨》，《红楼梦学刊》2015年第6期。

② 昆岗等修，刘启端等纂：《钦定大清会典事例》卷1039，《续修四库全书》812册，上海古籍出版社1996年版，第425页。

③ 黄婉仪：《钱德苍所编〈缀白裘〉与翻刻、改辑本系谱析论》，《戏曲研究》2013年第3期。

④ 曹雪芹原著，程伟元、高鹗整理，张俊、沈治钧评批：《新批校注红楼梦》，商务印书馆2013年版，第1690页。

紧接的下一句话出现异文：

直等这出戏进场后（程甲本）

直等这出戏煞场后（程乙本）

判断当下表演是刚进场还是行将告终，须考察小说描写的此时《占花魁》剧情。此时演出的是《占花魁》第二十出《种缘》。反映清代戏曲演出实况的舞台剧本集《缀白裘》，其第十集卷四收入该剧本，题作《受吐》。《受吐》一出计有15支曲子。把小说中的剧情描写与现存剧本比对，可知"对饮对唱，缠绵缱绻"是在表演《受吐》一出第十一支曲文《桃红菊》。《桃红菊》后的内容为花魁酒醒情节。之后《受吐》的舞台高潮已过，蒋玉菡服侍花魁的段落结束。

小说于此处后又写道："宝玉想出了神，忽见贾赦起身，主人不及相留"。贾赦"起身"应为某段内容完结方可离座。说明相关表演段落已收煞。故此异文处程乙本作"煞场"，符合演出实际情况。程甲本此处用"进场"，与小说中描写的戏曲演出情景矛盾。程乙本用"煞场"，吻合小说中描写的戏曲演出情景，对戏曲剧目及其舞台搬演更为熟悉。

《红楼梦》中的三处戏曲语词异文显示：程乙本删去"伴宿之夕，百戏杂陈"，不用通行熟知的"梆子腔"而用"平腔"（应为"四平腔"脱字之误），对当时的戏曲禁令更为熟悉；将"煞场"改为"进场"，对剧目更熟悉。程乙本较甲本更关注戏曲政策、舞台搬演及剧目情况。

总之，对《红楼梦》各版本中戏曲描写异文的深入考辨，是爬梳版本关系的又一有效途径。

曹寅的戏曲修养以家族文化的形式给曹雪芹提供滋养。曹雪芹创作《红楼梦》时将耳濡目染的康熙雍正乾隆时期的戏曲文化淋漓尽致地呈现出来。《红楼梦》戏曲描写异文的考辨更可洞幽烛微地呈现一些易被忽视的戏曲文化背景。

（原载《曹雪芹研究》2016年第1期。中国人民大学复印资料《中国古代近代文学研究》2016年8月全文复印）

《红楼梦》中的"听"戏与"看"戏及其异文考辨

　　《红楼梦》诸版本中戏曲描写异文颇受学界瞩目。徐扶明《〈红楼梦〉与戏曲比较研究》一书分析《红楼梦》第五回、第十四回、第十八回中三处戏曲异文。① 曹立波《"东观阁原本"与程刻本的关系考辨》、曹立波耿晓辉《北师大图书馆藏〈红楼梦〉一百二十回抄本考辨》二文考辨程刻本与东观阁本第九十五回出现的宝玉听戏地点异文。② 于枇亭《〈寻梦〉该用什么乐器伴奏——〈红楼梦〉阅读札记之一》一文排列程乙本等第五十四回关于《寻梦》所配乐器异文，据赵景深意见以杨藏本原文为是。③ 但《红楼梦》中多处戏曲异文尚未被研究者关注，或未被加以系统性地考察。

　　经系统性地比对《红楼梦》中的戏曲异文，饶有所获（检索周文业先生开发的《红楼梦》版本数字化系统，又用已出版的各影印本核对）。其中"听"戏与"看"戏的相关异文可为《红楼梦》版本研究提供又一有效视角。

---

① 　徐扶明：《〈红楼梦〉与戏曲比较研究》，上海古籍出版社 1984 年版，第 50 页。

② 　曹立波：《"东观阁原本"和程刻本的关系考辨》，《文学遗产》2003 年第 4 期。曹立波，耿晓辉：《北师大图书馆藏〈红楼梦〉一百二十回抄本考辨》，《北师大学报》（社科版）2012 年第 2 期。

③ 　于枇亭：《〈寻梦〉该用什么乐器伴奏——〈红楼梦〉阅读札记之一》，《红楼梦学刊》1982 年第 1 辑。

一、"听"戏与"看戏"——《红楼梦》中赏戏活动的用词

《红楼梦》里记有丰富的演剧活动，描写赏戏方式有两类：一是"听"戏，二是"看"戏。"听"戏与"看"戏共出现57处。各版本均无异文的，有20处"听"戏，27处"看"戏。另有10处出现"听"戏与"看"戏异文。

无异文的20处"听"戏描写，分布在《红楼梦》第十一回、第二十二回、第二十三回、第二十九回、第三十回、第三十六回、第四十三回、第五十四回、第六十三回、第九十三回、第九十四回、第九十五回。举例如下：

（贾蓉）大老爷说家里有事，二老爷是不爱听戏又怕人闹得慌，都才去了。别的一家子爷们都被琏二叔并蓉兄弟让过去听戏去了（第十一回）

（黛玉）宝姐姐你听了两出什么戏（第三十回）

（贾政遣人去叫宝玉）今儿跟大爷到临安伯那里听戏去（第九十三回）

（王夫人将）去听戏时丢了这块玉的话，悄悄地告诉了一遍（第九十五回）①

无异文的"看"戏描写有27处，分布在第八回、第十六回、第十九回、第二十二回、第二十三回、第二十九回、第三十回、第四十三回、第四十四回、第五十三回、第五十四回、第七十一回。例见：

（宝玉）珍大爷那里去看戏换的（第十九回）

（贾母让史湘云）看了戏再走（第二十二回）

（凤姐）递约着宝钗宝玉黛玉等看戏去（第二十九回）

（宝玉）那里还有心肠去看戏（第二十九回）

---

① 本文所引《红楼梦》小说版本，见冯其庸：《瓜饭楼手批己卯本〈石头记〉》，《冯其庸批评集》卷二、卷四，青岛出版社2011年版。《蒙古王府本〈石头记〉》，国家图书馆出版社2012年版。《戚蓼生序本〈石头记〉》，沈阳出版社2006年版。《石头记》（列宁格勒本），中华书局2003年版。《甲辰本〈红楼梦〉》，沈阳出版社2006年版。《舒元炜序本〈红楼梦〉》，沈阳出版社2008年版。《乾隆抄本百廿回〈红楼梦稿〉》，人民文学出版社2010年版。《程甲本〈红楼梦〉》，沈阳出版社2006年版。《程乙本〈红楼梦〉》，中国书店出版社2011年版。与此同时，本文亦比对了东京大学东洋文化研究所藏的《程甲本〈红楼梦〉》上、下册，日本汲古书院2013年版。比对结果显示，本文所涉内容在上述两部程甲本中一致。下文引用原文处，不再一一赘注。

（贾母）歪着和薛姨妈看戏（第四十四回）

以上引文显示，《红楼梦》相关回中的"听"戏与"看"戏多泛指演剧活动，一般情况下可通用。

前述《红楼梦》47 处各本相同的"听"戏与"看"戏，有 12 处不能通用。其中只能用"听"戏的共 9 处，见于第二十二回回目、第二十三回、第五十四回、第六十三回：

听曲文宝玉悟禅机（第二十二回回目）

"原来姹紫嫣红开遍，似这般都付与断井颓垣。"林黛玉听了，倒也十分感慨缠绵，便止住步侧耳细听，又听唱道："良辰美景奈何天，赏心乐事谁家院。"听了这两句（第二十三回）

（贾母）这些姑娘都比咱们家姑娘……听过好曲子（文官）这也是的……不过听我们一个发脱口齿，再听一个喉咙罢了（贾母）叫葵官唱一出《惠明下书》，也不用抹脸。只用这两出叫他们听个野异罢了（第五十四回）

（宝玉）听了这曲子，眼看着芳官不语。（第六十三回）

第二十二回回目《听曲文宝玉悟禅机》，强调"听"曲文的活动促成宝玉悟禅机，宝玉所听"曲文"为宝钗讲解的《寄生草》；第二十三回黛玉隔墙听唱《惊梦》中《袅情丝》一曲；第五十四回贾母溢美客人赏戏经验丰富，同时引导客人重点关注芳官、葵官的喉嗓；第六十三回宝玉听芳官演唱明代传奇《邯郸梦》中《赏花时》一曲。以上 9 处演剧欣赏对象皆为唱工，只能依赖听觉，故用"听"。

《红楼梦》中有 3 处赏戏描写只能用"看"戏，如下：

忽见丫头们来回说："东府珍大爷来请过去看戏……"谁想贾珍这边唱的是《丁郎认父》《黄伯央大摆阴魂阵》，更有《孙行者大闹天宫》《姜太公斩将封神》等类的戏文。倏尔神鬼乱出，忽又妖魔毕露。内中扬幡过会、号佛行香、锣鼓喊叫之声，闻于巷外。（第十九回）

（林黛玉）心下自思道："原来戏上也有好文章。可惜世人只知看戏"（第二十三回）

如今皆将荷叶扭转向外，将灯影逼住全向外照，看戏分外真切（第五十三回）

己卯本、庚辰本、戚序本第十九回脂批评东府所演四剧："形容刻薄之至。弋阳腔能事毕矣。阅至此则有如耳内喧哗目中缭乱。"点出此处赏戏活动偏重视听刺激的特点。第二十三回林黛玉偶听曲文，被文意吸引，这与他人观演注重视觉感受不同。第五十三回写贾府内用灯讲究，提升了观剧效果。当演剧关注对象为装扮、排场时，须借重视觉，故只能用"看"戏。

这些各版本均无异文的"听"戏与"看"戏用词表明，《红楼梦》描写赏戏的用词极为精准：当泛指演剧活动时，"听"戏与"看"戏可通用；当欣赏演剧中的曲文、唱腔时，用"听"戏；当关注演剧之装扮、排场时，用"看"戏。

二、《红楼梦》中的"听"戏与"看"戏异文考述

除上述47处各版本均无异文的"听"戏与"看"戏外，《红楼梦》众版本另有10处出现"听"戏或"看"戏的异文。具体如下（回目引自程乙本，（）前为底文，（）内为改文）：

1. 第十六回《贾元春才选凤藻宫　秦鲸卿夭逝黄泉路》

（凤姐）历来听书看戏（甲戌本，己卯本，庚辰本，戚序本，蒙府本，甲辰本，杨藏本，程甲本）

（凤姐）历来看戏（列藏本，舒序本）

（凤姐）从来听书听戏（程乙本）

2. 第二十二回《听曲文宝玉悟禅机　制灯谜贾政悲谶语》

（宝玉问黛玉）你爱看那一出（庚辰本，戚序本，蒙府本，列藏本，甲辰本，舒序本）

（宝玉问黛玉）你爱听那一出（杨藏本，程甲本，程乙本）

3. 第二十二回《听曲文宝玉悟禅机　制灯谜贾政悲谶语》

（黛玉）拣我爱听的唱给我看（庚辰本）

（黛玉）拣我爱的唱与我看（戚序本，蒙府本，列藏本，甲辰本，舒序本。舒序本作"给我看"）

（黛玉）拣我爱的唱与我听（杨藏本，程甲本，程乙本）

4. 第二十二回《听曲文宝玉悟禅机　制灯谜贾政悲谶语》

（袭人）今儿看了戏（庚辰本，蒙府本，甲辰本，程甲本）

（袭人）今日看了戏文（列藏本，舒序本）

（袭人）今儿听了戏（戚序本，甲辰本，杨藏本，程乙本）

5. 第二十九回《享福人福深还祷福　多情女情重愈斟情》

（黛玉）你只管看你的戏去（庚辰本，戚序本，蒙府本，列藏本，甲辰本，舒序本，程甲本）

（黛玉）你只管看(听)你的戏去罢（杨藏本）

（黛玉）你只管听你的戏去罢（程乙本）

6. 第二十九回《享福人福深还祷福　多情女情重愈斟情》

（黛玉）心里想他是好吃酒看戏的（庚辰本，戚序本，蒙府本，列藏本，甲辰本，舒序本，程甲本。舒序本作"喫酒"）

（黛玉）心里想他是好吃酒看(听)戏的（杨藏本）

（黛玉）心里想他是好吃酒听戏的（程乙本）

7. 第三十回《宝钗借扇机带双敲　椿龄画蔷痴及局外》

（宝玉）姐姐怎么不看戏去（庚辰本，戚序本，蒙府本，列藏本，甲辰本，舒序本，程甲本）

（宝玉）姐姐怎么不看(听)戏去（杨藏本）

（宝玉）姐姐怎么不听戏去（程乙本）

8. 第三十回《宝钗借扇机带双敲　椿龄画蔷痴及局外》

（宝钗）我怕热，看了两出（庚辰本，戚序本，蒙府本，列藏本，甲辰本，舒序本，程甲本。舒序本无"了"字）

（宝钗）我怕热，看(听)了两出（杨藏本）

（宝钗）我怕热，听了两出（程乙本）

9. 第四十三回《闲取乐偶攒金庆寿　不了情暂撮土为香》

（焙茗）看戏喝酒（庚辰本，戚序本，蒙府本，列藏本，甲辰本，杨藏本，程甲本）

（焙茗）听戏喝酒（程乙本）

10. 第四十三回《闲取乐偶攒金庆寿　不了情暂撮土为香》

大家仍旧看戏（庚辰本，戚序本，蒙府本，列藏本，甲辰本，杨藏本，程甲本）

大家仍就听戏（程乙本）

联系小说中的语境，这10处演剧活动并未详细描写具体赏戏对象，而是泛指整个戏曲演出，使用"听"戏或"看"戏均可。这应是各本于此10处出现歧出文字的根本原因。

这10处异文反映的突出问题有两点：一是程乙本于此10处皆作"听"戏，他本多作"看"戏。尤其是第1、5、6、7、8、9、10这7处，他本均为"看"戏（包括杨藏本的底文），独程乙本作"听"戏（杨藏本后据程乙本点改）。二是第5、6、7、8处杨藏本原作"看"，后均点改为"听"，点改后的文字与程乙本相同。

杨藏本第二十二回、第四十三回原缺，道光间收藏者杨继振据程甲本抄补。第二十二回共有3处异文，情况有所不同。第2、3处异文程甲本与程乙本相同，故第2、3处杨藏本与程甲本、程乙本均同。第4处程甲本与程乙本不同，而杨藏本与程乙本相同，可能是杨继振据程甲本抄补时偶然依从程乙本，或者抄补时自行改"看"为"听"，具体原因待考。第四十三回的两处异文即第9、10处，均为杨继振据程甲本抄补，均与程乙本不同。第5、6、7、8四处，杨藏本原抄写者将"看"点改为"听"。这与杨藏本多处据程乙本点改的特征符合。第1处杨藏本同程甲本而异于程乙本，可能此处为杨继振据程甲本抄补的缺页，也可能出于其他情况，待考。

三、《红楼梦》中"听"戏与"看"戏异文辨析

"听"戏与"看"戏的异文，首先体现了清代南北地区戏曲文化的不同。清代徐珂《清稗类钞》云：

> 北人于戏曰听，南人则曰看。一审其高下纯驳，一审其光怪陆离。论其程度，南实不如北。①

徐珂以"听"为上，"看"次之。"听"与"看"是北方南方赏戏惯用词的标志性区别。邓云乡《红楼风俗谭》指出：（《红楼梦》里）"有一个字很能代表北京的特征，就是'听'字，而不是'看'字。北京叫'听戏'，外地叫'看戏'，只一字之差，就反映了不同的欣赏水平。"② 认为"听"字具有北京地域特征，代表的赏戏水平异于"看"字。

程乙本多作"听"戏，应是其修订者受北方地域戏曲文化影响的结果。尤其是第 1 处异文，诸本皆为"看戏"，只程乙本作"听戏"，且不避前文"听书"，连用两个"听"字。地域背景在上述第 4 处亦有反映。庚辰本、戚序本、蒙府本、甲辰本、杨藏本、程甲本、程乙本皆作儿化词"今儿"，列藏本、舒序本为"今日"。《红楼梦》词语儿化现象已有专文探讨，兹不赘述。③ 要之，"听"戏和"今儿"都是程乙本修订者北方文化背景的反映。

"听"戏与"看"戏的异文，还与"戏"与"戏文"的微妙区别有关。第 4 处异文同时出现了"戏"与"戏文"的异文。庚辰本、蒙府本、甲辰本、程甲本为"看"戏，戚序本、杨藏本、程乙本作"听"戏，列藏本、舒序本为"看""戏文"。

《红楼梦》第十一回、第七十一回也出现"戏"与"戏文"异文：

> （凤姐）戏文唱了几出了（甲辰本、程甲本、程乙本）

---

① 俞为民，孙蓉蓉：《历代曲话汇编》近代编第一集，黄山书社 2008 年版，第 183、184 页。

② 邓云乡：《红楼风俗谭》，河北教育出版社 2004 年版，第 54、55 页。

③ 谭笑：《论程高本叠音词的儿化现象》，《红楼梦学刊》2011 年第 4 期；吕长明：《〈红楼梦〉里的北京土语》，中国书籍出版社 2011 年版。

（凤姐）戏唱了几出了（甲戌本、己卯本、庚辰本、戚序本、蒙府本、列藏本、舒序本、杨藏本）（第十一回）

（南安太妃）点了一出吉庆戏文（庚辰本、蒙府本、甲辰本、杨藏本、程甲本、程乙本）

（南安太妃）点了一出吉祥的戏（戚序本、列藏本。戚序本作"吉庆戏"）（第七十一回）

"戏文"，《中国戏曲曲艺词典》释曰："宋元时用南曲演唱的戏曲形式。即'南戏'。现在浙江等地也泛称戏曲为戏文。"① 钱南扬《戏文概论》指出戏文包括"脚本"和"演唱"两种含义："譬如说'看戏文'，不是指读脚本，而是指看演唱。严格说来，应该像《错立身》第一出内《鹧鸪天》所说'贤每雅静看敷衍'才对；而习惯却不如此，只说'看戏文'，不说'看敷衍'。"② 以上所言"戏文"可归纳出四个义项，一指宋元时期的南戏，二是在部分地区内作"戏曲"通称，三指剧本，四是"敷衍"即舞台扮演。

列藏本、舒序本第二十二回言及"戏文"应为第四种含义，包括"演"和"唱"。"看""戏文"即钱南扬所云"看敷衍"。程乙本等强调曲、腔、韵等欣赏对象，故曰"戏"，以便与"戏文"区别开。欣赏这类对象时称"听"戏。第十一回与第七十一回中，戏文与戏都无特指，二者于此两处可通用。

用"听"戏也与刻画人物性格有关。宝玉曾和宝钗说最怕"热闹戏"，黛玉"素习不大喜看戏文"。宝、黛口中"热闹戏""看戏文"应指《红楼梦》中贾府常演剧种之一弋腔戏。偏雅静的昆腔戏贾府里也常演。第二十二回宝钗生日和第九十三回临安伯府演戏都请来昆腔戏班助兴。第六十三回提到明传奇《邯郸梦》剧曲《赏花时》，徐扶明《〈红楼梦〉与戏曲比较研究》言其用昆腔演唱。③ 昆腔以细腻唱功称著。胡忌等《昆剧发展史》指出昆剧中演员不上舞

---

① 上海艺术研究所，中国戏剧家协会上海分会编：《中国戏曲曲艺词典》，上海辞书出版社 1981 年版，第 19 页。

② 钱南扬：《戏文概论》，上海古籍出版社 1981 年版，第 3 页。

③ 徐扶明：《〈红楼梦〉与戏曲比较研究》，上海古籍出版社 1984 年版，第 132 页。

台演唱为"清唱",清唱亦称"清工",与此相对的舞台唱法叫"戏工"。①

《红楼梦》中有两次清唱描写,一见第三十六回,一见第六十三回。第三十六回中,宝玉找"最是唱得好"的小旦龄官将《牡丹亭》曲文演绎一番,遭到龄官的明确拒绝。宝玉"从未被人如此厌弃"。之后又看到龄官与贾蔷种种情态,顿悟"从此后,只是各人得各人的眼泪罢了","宝玉默然不对,自此深悟人生情缘,各有分定"。这是宝玉所受的一次重要情感教育。

此回回目各本略有差异(( )前为底文,( )内为改文):

绣鸳鸯梦兆绛芸轩　识分定情语梨花院(己卯本、庚辰本)

绣鸳鸯梦兆绛芸轩　识分定情悟梨香院(戚序本、蒙府本、甲辰本、程甲本、程乙本)

绣鸳鸯梦兆绛芸轩　识分定情悟梨花(香)院(列藏本)

绣鸳鸯梦兆绛云轩　识定分情悟梨香院(舒序本)

绣鸳鸯惊梦绛云轩　识分定情悟梨香院(杨藏本)

除己卯本和庚辰本作"情语"外,其他诸本皆为"情悟"。"情悟"比"情语"更契合文意。"识分定"诸本皆无异文,乃为共识。这次未能如愿的戏曲欣赏活动,给予宝玉刻骨铭心的心理体验。此处描写,即使龄官答应了宝玉的请求,也不是正式上台,属于"清唱"。

第二次提到清唱表演为第六十三回芳官演唱《赏花时》。众人玩"占花名",芳官临时受宝钗之命演唱,并非正式登台表演,亦无提到乐器伴奏。显见为"清唱"。该曲牌名列藏本作"卖花时",蒙府本作"扫花诗"。[赏花时]出自《邯郸梦》中的《扫花》一出。蒙府本抄写者可能把这一出的出名误作曲牌名,故写成"扫花诗"。②

---

① 胡忌、刘致中:《昆剧发展史》,中华书局2012年版,第42、43、70页。

② 该曲牌名列藏本作"卖花时",蒙府本作"扫花诗",余本皆作"赏花时"。[赏花时]出自明传奇《邯郸梦记》第三出《度世》,为该出第一支曲。见吴秀华:《〈邯郸梦记〉校注》,河北教育出版社2004年版,第15页。清代《度世》的舞台本称《扫花》,见《缀白裘》(初集)卷一,中华书局1955年版,第60页。《中国戏曲曲艺词典》释【赏花时】云:"曲牌名。属北曲仙吕宫……元杂剧的楔子,大多用【赏花时】或【端正好】。"上海辞书出版社1981年版,第127页。

相对排场热闹的戏工，宝玉黛玉等人多倾向清唱性质的雅化表演。此种赏戏活动，《红楼梦》多作"听"戏。涉及赏戏活动的描写中，各本使用"听"戏次数最多的人物是黛玉，有9处，这9处均无异文。见各本第二十二回、第二十三回、第二十九回、第三十回。以下为宝玉和贾母，各6处。宝玉"听"戏见各本第二十二回、第三十回、第三十六回、第九十三回、第九十四回。这6处各本无异文。贾母"听"戏见各本第二十二回、第五十四回。这6处各本无异文。"听"戏成为宝玉、黛玉这类高雅受众的身份标识之一。

第3处异文之"听"戏，与刻画人物心理活动有关。此处庚辰本作"拣我爱听的唱给我看"。其他诸本都是"拣我爱的"，去掉"听"字。此处语境是贾母为宝钗庆生请戏班，开戏前宝玉请黛玉点戏。黛玉心情复杂，故出此冷语刺激宝玉。比较而言，庚辰本之"听"有强调意味，更能突出展现黛玉敏感计较的复杂心理。

"听"戏与"看"戏异文比较可见：程乙本多用"听"戏，不但体现了修订者的北方地域戏曲文化背景，还体现其比他本校改者更为敏锐的戏曲意识。杨藏本异文的复杂情况，是其版本特征的体现。庚辰本第二十二回"听"戏异文，在刻画人物心理活动方面更为恰当。

综上，《红楼梦》中描写人物"听"戏与"看"戏的用词极为精准，是刻画人物文化修养与性格差异的高超手段之一。其异文是清代南北地域戏曲文化背景差异及修订者戏曲素养差异的反映。"听"戏与"看"戏的用词及其异文，是研究《红楼梦》版本嬗变的又一有效途径。

（原载《红楼梦学刊》2015年第2期）

《红楼梦》中家乐"新样"
演唱《寻梦》《下书》考论

曹雪芹祖父曹寅戏曲修养深厚，家学渊源使曹雪芹更为关注戏曲文化。《红楼梦》中不但记载康熙年间曹寅的传奇《续琵琶》及其家班演出情况，还记录了《红楼梦》成书时期出现的新的戏曲现象。诸多乾隆时期短暂存在过的曲界事物，都留存在《红楼梦》中，与《红楼梦》一起广为传播。[①]

《红楼梦》第五十四回写贾府家乐演唱"新样"《寻梦》《下书》，一般被认为属清代昆剧中女戏的"有趣改革"，是贾母"懂戏"的表征。[②] 考察"新样"《寻梦》《下书》及其演唱依据，可为清代家乐演剧史料拾遗。

一、贾府家乐的"新样"演唱

《红楼梦》第五十四回《史太君破陈腐旧套　王熙凤效戏彩斑衣》写贾府元宵夜演戏。当下已是半夜，贾母让外班演员休息，临时把自己家小戏子叫来，让亲戚们听听自家家乐的"新样儿"演出："才刚八出《八义》闹得我头疼，咱们清淡些好……少不得弄个新样儿的。叫芳官唱一出《寻梦》，只用萧和笙

---

① 参见朱萍：《〈红楼梦〉与康熙雍正乾隆时期的戏曲文化》，《曹雪芹研究》2016 年第 1 期；朱萍、麻永玲：《〈红楼梦〉中的听戏与看戏及其异文辨析》，《红楼梦学刊》2015 年第 2 期；麻永玲、朱萍：《〈红楼梦〉第九十三回戏曲异文考辨》，《红楼梦学刊》2015 年第 6 期。

② 陆萼庭：《昆剧演出史稿》，上海文艺出版社 1980 年版，第 248 页；蒋勋：《蒋勋说〈红楼梦〉》（修订本下），上海三联书店 2013 年版，第 20 页。

笛，余者一概不用。"①《红楼梦》各版本所写此处《寻梦》伴奏乐器种类和使用情况不同。② 大家对此处描写的理解也不一。③ 总体来说，各本虽有异文，但均强调"只要""只用""只须"，可见减少伴奏乐器是"新样"演唱的原则。

减少伴奏乐器一可达到"清淡"效果，二可突出人声之美。前者如《红楼演戏探幽》云：(《寻梦》)"情思哀怨，加以用悠扬、低缓的箫管伴奏，显得十分'清淡'。"④ 后者如清梁章钜《浪迹续谈》卷六"文班武班"云："若徒赏其低唱恬吟，则但令一人鼓喉、和以一笛足矣。"⑤ 此种"听"戏方式的主要欣赏对象为人声魅力。《红楼梦》用词精准，描写人物戏曲活动时有"听"戏与"看"戏之别。注重"听"戏的贾母、宝玉、黛玉等皆为文化修养较高者。⑥

贾母要求减少伴奏乐器的目的，一是避闹，二是欲突出贾府小戏子的唱功。正如文中文官所说："不过听我们一个发脱口齿，再听个喉咙罢了。"⑦ 贾母又叫葵官"唱一出《惠明下书》"："也不用抹脸，只用这两出叫他们二位太太听

---

① 《程乙本〈红楼梦〉》，中国书店 2011 年版，第 351 页。
② 《红楼梦》各版本此处有异文，分三种情况：一是"只要提琴"，见庚辰本改文。二是"只用箫随着"，见戚序本、蒙府本。三是"只用箫和笙笛"，见列藏本、甲辰本、杨藏本、程甲本、程乙本。其中列藏本、杨藏本文字稍异，皆作"只须用"。在"只须用"后杨藏本为"箫管（和）笙笛"。参见冯其庸：《瓜饭楼手批庚辰本〈石头记〉》，《冯其庸批评集》卷四，青岛出版社 2011 年版。《蒙古王府本〈石头记〉》，国家图书馆出版社 2012 年版。《戚蓼生序本〈石头记〉》，沈阳出版社 2006 年版。曹雪芹《石头记》（列宁格勒本），中华书局 2003 年版。《甲辰本〈红楼梦〉》，沈阳出版社 2006 年版。《乾隆抄本百廿回〈红楼梦稿〉》，人民文学出版社 2010 年版。《程甲本〈红楼梦〉》，沈阳出版社 2006 年版。《程乙本〈红楼梦〉》，中国书店出版社 2011 年版。与此同时，本文亦比对了东京大学东洋文化研究所藏的《程甲本〈红楼梦〉》上册（日本汲古书院 2013 年版）。日本东京大学东洋文化研究所藏《程乙本〈红楼梦〉》上册（日本汲古书院 2014 年版）。比对结果显示，本文所涉内容在上述程甲本和程乙本中一致。
③ 见于枇亭：《〈寻梦〉该用什么乐器伴奏——〈红楼梦〉阅读札记之一》，《红楼梦学刊》1982 年第 1 辑；徐扶明：《〈红楼梦〉与戏曲比较研究》，上海古籍出版社 1984 年版，第 23 页；张玉章：《试说〈红楼梦〉第五十四回之"只提琴与管箫合，笙笛一概不用"》，《红楼梦学刊》2015 年第 5 期。
④ 韩进廉：《红楼演戏探幽》，《河北师范大学学报》（哲社版）1982 年第 3 期。
⑤ 梁章钜撰：《归田琐记》（上函第七）卷六，清道光乙巳年刻本。
⑥ 见朱萍、麻永玲：《〈红楼梦〉中的"听"戏与"看"戏及其异文考辨》，《红楼梦学刊》2015 年第 2 期。
⑦ 《程乙本〈红楼梦〉》，中国书店 2011 年版，第 351 页。

个助意儿罢了。若省了一点儿力，我可不依。"① 这正是为突出唱功而要求的。

《寻梦》《惠明下书》均为本脚色最见唱功者。《寻梦》为《牡丹亭》第十二出，在戏曲史上以不易扮演闻名。明代朱墨刊本《牡丹亭·寻梦》一出旦共演唱 13 支曲，独唱 11 支。② 明末清初陈同等合评《新镌绣像玉茗堂牡丹亭》本中，旦演唱 20 支曲，独唱 14 支。③ 反映乾隆时期剧坛演出情况的戏曲选本《审音鉴古录》中《琵琶记·镜叹》后批语说："最艰于排演如《寻梦》《玩真》，内含情境，外露春生"。④ 徐扶明亦云《牡丹亭》中《寻梦》《玩真》"都是独脚唱功戏"，着重抒发人物内心情感，戏曲行语谓"人包戏"，演员要靠真本领才能演唱得好。⑤

《惠明下书》出自北《西厢》第二本楔子。⑥ 是昆剧经典折子戏，《审音鉴古录》有录。⑦《惠明下书》里净所唱《中吕扎引·粉蝶儿》《高宫套曲·端正好》等为北杂剧套曲，音域高亢，皆为散板，极考验唱腔功底。⑧《审音鉴古录》载其别名"跳慧明"，因剧中脚色表演"跳"而得名，对脚色身段要求很高。⑨ 演出时舞台气氛热烈，是名副其实的热闹戏。

昆剧之净多为男脚。昆剧中"净、外、老生等男脚的唱口要求用宽阔宏亮的真嗓"，故用真嗓子唱的戏称"阔口戏"。⑩ 贾府家乐为女班，司净的葵官要用"宽阔宏亮的真嗓"演唱"阔口戏"《惠明下书》，殊为不易，更见功夫。

---

① 《程乙本〈红楼梦〉》，中国书店 2011 年版，第 352 页。
② 古本戏曲丛刊编辑委员会辑：《古本戏曲丛刊》（初集），上海商务印书馆 1954 年版，第九函第七剧。
③ 汤显祖著，陈同、谈则、钱宜合评：《新镌绣像玉茗堂牡丹亭》，上海古籍出版社 2008 年版，第 26－30 页。
④ 王秋桂主编：《善本戏曲丛刊》（73），台湾学生书局 1987 年版，第 185 页。
⑤ 徐扶明：《〈牡丹亭〉研究资料考释》，上海古籍出版社 1987 年版，第 194 页。
⑥ 王季思：《集评校注〈西厢记〉》，开明书店 1949 年版，第 57－59 页。
⑦ 王秋桂主编：《善本戏曲丛刊》（73），台湾学生书局 1987 年版，第 648－653 页，
⑧ 上海戏剧学院附属戏曲学校编：《昆曲精编教材 300 种》（第七卷），百家出版社 2008 年版，第 54 页。
⑨ 王秋桂主编：《善本戏曲丛刊》（73），台湾学生书局 1987 年版，第 653 页。
⑩ 吴新雷主编：《中国昆剧大辞典》，南京大学出版社 2002 年版，第 573 页。

二、"新样"演唱依据

贾府家乐"新样"演唱《寻梦》时,"众人鸦雀无闻",效果良好。贾母又讲述了如此"新样"演出的依据:"像方才《西楼·楚江晴》一只,多有小生吹箫合的……我像他(湘云)这么大的时候儿,他爷爷有一班小戏,偏有一个弹琴的凑了《西厢记》的《听琴》,《玉簪记》的《琴挑》,《续琵琶》的《胡笳十八拍》,竟成了真的了"。① 说明"新样"《寻梦》是受《楚江情》曲、《听琴》等戏"新样"伴奏启发的产物。

《楚江情》曲出自《西楼记》第八出《病晤》。该剧剧尾提到琴、箫:"(生)(叹介)琴声箫意逗情缘……(步下)。"② 《病晤》在昆剧中称《楼会》。③《听琴》出自明代李日华《南调西厢记》第十七折:"(生)[琴调]凤兮凤兮故乡。"④ 此出在《六十种曲》本《南调西厢记》中为第十九出,名《琴心写恨》。⑤《琴挑》即明高濂《玉簪记》第十六出《弦理传情》。⑥《弦理传情》剧本提示有砌末(道具)"琴":"(旦)(作弹科)(生上听琴科)"。⑦《续琵琶》为曹寅所作,《胡笳十八拍》即《续琵琶》第二十七出《制拍》。其中旦的科介提示作:"(旦取琴弹介)《一拍》……"⑧

---

① 《程乙本〈红楼梦〉》,中国书店 2011 年版,第 352 页。
② 古本戏曲丛刊编辑委员会辑:《古本戏曲丛刊》(二集),上海商务印书馆 1955 年版,第十一函第一剧。
③ 《纳书楹曲谱》续集卷三第一剧剧目即《西楼记·楼会》,参见王秋桂主编:《善本戏曲丛刊》(83),台湾学生书局 1987 年版,第 981 页。
④ 古本戏曲丛刊编辑委员会辑:《古本戏曲丛刊》(初集),上海商务印书馆 1954 年版,第四函第三剧。
⑤ 毛晋编:《六十种曲》(三),中华书局 1958 年版,第 50 - 55 页。
⑥ 《纳书楹曲谱》续集卷一收有《玉簪记·琴挑》,参见王秋桂主编:《善本戏曲丛刊》(81),台湾学生书局 1987 年版,第 781 页。
⑦ 古本戏曲丛刊编辑委员会辑:《古本戏曲丛刊》(初集),上海商务印书馆 1954 年版,第十一函第五剧。
⑧ 古本戏曲丛刊编辑委员会辑:《古本戏曲丛刊》(五集),上海古籍出版社 1985 年版,第五函第五剧。

《楼会》剧本并无《楚江情》曲伴奏提示。《听琴》《琴挑》《制拍》三出戏的科白中有"操琴""弹科""取琴",都是以琴作道具,不同于贾母所说的现场伴奏用琴。

贾母所称"他爷爷有一班小戏",一般认为指曹雪芹祖父曹寅的家班,《续琵琶记》是曹寅的作品。家族戏曲文化的熏陶涵养,自会影响到曹雪芹在《红楼梦》中对家乐演剧的描写。曹寅《楝亭集》"楝亭词抄"第十七有《念奴娇》一首,提到"当场搬演,汤家残梦偏好"的曲师朱音仙。① 朱音仙早年是阮大铖家班名伶,曾为南明弘光帝演剧,明亡后流落如皋,被冒辟疆聘为家班教习。"汤家残梦"指汤显祖《临川四梦》。② 国家图书馆藏《楝亭书目》卷四"文集"之"曲"部有"《玉茗堂四种传奇》明临川汤显祖序著二函八册"。③ 曹寅家藏有《玉茗堂四种传奇》,又与"当场搬演,汤家残梦偏好"的曲师朱音仙有交往,《牡丹亭》又是当时勋贵家班必演剧目,曹寅家班应当经常演唱《寻梦》,只不知是否用此"新样"演唱方式。

如前所述,贾母命家乐如此"新样"演唱的源起是"才刚八出《八义》闹的我头疼,咱们清淡些好"。"新样"《寻梦》《惠明下书》演出效果确实"清淡"。

《寻梦》《惠明下书》"新样"演唱时视觉特征皆被弱化。小说写道:"婆子们抱着几个软包,因不及抬箱,料着贾母爱听的三五出戏的彩衣包了来。"④"抬箱"为抬盛放戏装、道具之箱。清李斗《扬州画舫录》卷五"新城北录下"载戏装等分放在"衣""盔""杂""把"四箱中。⑤ 贾府小戏子临时受命演唱,行头准备仓促。扮惠明之净脚面部化妆揉红脸。⑥ 贾母吩咐葵官"不用抹脸",脚色扮相没有得到强调。这两出戏都被作了"冷"处理,从而将赏戏的注意力引向脚色唱功。婆子们"料着贾母爱听的三五出戏的彩衣包了来",也说明婆子们应熟知贾母的听戏爱好,临时知道该拿什么行头。

① 曹寅:《楝亭集》(下),上海古籍出版社1978年版,第610页。
② 曹寅著,胡少棠笺注:《楝亭集笺注》,北京图书馆出版社2007年版,第545页。
③ 曹寅:《楝亭书目》卷四,辽海书社民国二十年至二十三年(1931–1934)年版。
④ 《程乙本〈红楼梦〉》,中国书店2011年版,第351页。
⑤ 李斗撰,江北平、涂雨公点校:《扬州画舫录》,中华书局1960年版,第133页。
⑥ 徐扶明:《〈红楼梦〉与戏曲比较研究》,上海古籍出版社1984年版,第23页。

论者多认为此处《寻梦》《下书》为清唱表演。但小说写婆子包了彩衣来，又写文官等"忙去扮演上台，先是《寻梦》，次是《下书》"。①"彩衣"和"扮演上台"都说明贾府家乐"新样"演唱《寻梦》《下书》非清唱，只是被简化、被冷处理了。

三、五出闺门旦戏都是"冷"戏

《寻梦》《楼会》《听琴》《琴挑》《制拍》都是昆剧中的闺门旦戏。此五出戏都表现了人物哀怨凄楚的心理状态，均具有清冷、"清淡"的共同特征，都是"冷"戏。

《寻梦》写杜丽娘到花园追寻梦中欢会之地，面对凄凉园景感到无限失落与伤感。杜丽娘看到的花园景象是："牡丹亭，芍药栏，怎生这般凄凉冷落，杳无人迹？好不伤心也！"丽娘触景伤情，以致流泪："【玉交枝】（泪介）是这等荒凉地面。"此刻丽娘的心情是："酸酸楚楚无人怨"，"忽忽地伤心自怜。知怎生情怅然，知怎生泪暗悬"。与梦中欢会相比，园中归来独眠之时更觉清冷："【尾声】楼上花枝照独眠。"②《寻梦》一出极度渲染杜丽娘的凄冷心态。

《楼会》写于叔夜、穆素徽会面，以曲定情。穆素徽"病虚气怯"："（作气怯不能歌介）病后气促，十分费力。"于叔夜被迫离去，使二人会面更添愁闷之绪："【前腔】汪汪泪数行，来时总会，此际堪伤。"③

《听琴》写张生、莺莺以琴曲通幽怀。该出"愁"字出现 4 次，"悲"出现 3 次，"怨"出现 3 次。如【梁州序】愁似织……春愁重""悲风痛处""那琴中意思句句都是悲怨的"等。此出"月"字出现 11 次，"静"字出现 3 次。如

---

① 《程乙本〈红楼梦〉》，中国书店 2011 年版，第 352 页。
② 古本戏曲丛刊编辑委员会辑：《古本戏曲丛刊》（初集），上海商务印书馆 1954 年版，第九函第七剧。
③ 古本戏曲丛刊编辑委员会辑：《古本戏曲丛刊》（二集），上海商务印书馆 1955 年版，第十一函第一剧。

"【卜算子】月挂柳梢头""【卜算子】漏断人初静"等。① 渲染月夜静谧气氛，映衬人物凄楚情怀。

《琴挑》写潘必正与陈妙常借琴曲试探心意。其中"孤"字出现 5 次，"冷"字出现 4 次。如"争奈终朝孤冷""【又】照他孤零照奴孤零（白）明月照孤闺"等。此出"月"字出现 9 次，"静"字出现 2 次。如"【懒画眉】月明云淡露华浓""（白）今夜月明风静"等。②

《制拍》描写"文姬独坐帐中，感叹身世，思念故土，作《悲愤诗》，并演唱所制《胡笳十八拍》"。琴曲《胡笳十八拍》"是受了当地胡笳哀怨之音的风格影响而创作的"。③ 该出"愁"字出现 3 次："【风云会四朝元】任愁将眉织""【前腔】万种牢愁""【前腔】愁如燕过"。该出写文姬愁肠百结，所弹曲调听之使人酸楚："（白）听之不觉泪下""【前腔】似这无端歌哭，淹淹闷闷"。又有"试看月落参横"之句，表明此时是月夜。④

清龚炜《巢林笔谈》卷二记载一则逸闻，说的是《楚江情》套曲在月夜下搬演更可赏其"清趣"。其"袁箨庵向舆夫称知己"条云：

> 袁箨庵尝于月夜肩舆过街，适有演剧者，金鼓喧震，一舆夫自语云："如此良夜，何不唱套《楚江情》，觉得清趣耶？"袁即命停舆，从者莫解其故。袁出舆，向舆夫拜手曰："知己。"盖《西楼记》，袁得意笔也。⑤

《楚江情》套即《西楼记》之《楼会》。舆夫认为"金鼓喧震"的演剧热闹破坏了月夜气氛，不如在此良夜演唱《楼会》才得其"清趣"。舆夫的观点深得《西楼记》作者袁箨庵（于令）之意，故被袁箨庵引作"知己"。这段逸闻，正与贾母所言"才刚八出《八义》闹的我头疼，咱们清淡些好"的赏戏情趣追

---

① 古本戏曲丛刊编辑委员会辑：《古本戏曲丛刊》（初集），上海商务印书馆 1954 年版，第四函第三剧。

② 古本戏曲丛刊编辑委员会辑：《古本戏曲丛刊》（初集），上海商务印书馆 1954 年版，第十一函第五剧。

③ 曹寅著，胡德平、赵建伟笺注：《续琵琶笺注》，中华书局 2012 年版，第 164、165 页。

④ 古本戏曲丛刊编辑委员会辑：《古本戏曲丛刊》（五集），上海古籍出版社 1985 年版，第五函第五剧。

⑤ 龚炜：《巢林笔谈》卷二，乾隆三十年（1765）刻本。

求相类。

《纳书楹曲谱》《审音鉴古录》所收《寻梦》等折子戏，曲文宾白虽与原著略有差异，但人物情怀、月夜背景及静谧冷清气氛的渲染均未变动。①《审音鉴古录》关于《寻梦》小旦身段的注记有4次"冷"："小旦冷觑春香下科""小旦冷看贴远暗笑科""（小旦）冷寻看两角""（小旦）双手已倚树冷看"。② 表现出杜丽娘"凄凉冷落"的心境，为突显剧中的清冷气氛服务。同时表明，"冷觑""冷看"作为昆剧《寻梦》中小旦脚色的固定身段，在乾隆年间已成为演出规范流行开来。

清人即以"冷淡"评价《寻梦》。清沈起凤《谐铎》卷十二《南部》云："吴中乐部，色艺兼优者……如金德辉之《寻梦》，孙柏龄之《别祠》，仿佛江采频楼东独步，冷淡处别饶一种哀艳。"③ 徐扶明也论及《寻梦》的"冷"：（《寻梦》）"必须调动一切艺术手段，如身段、唱腔以至水袖、扇子等等，藉以多方面而又准确地表达杜丽娘寻梦的复杂感情，把冷戏演热，耐看动人。"④

《红楼梦》第五十四回写元宵夜贾府家乐"新样"演唱冷戏《寻梦》及冷处理之后的《惠明下书》，适合贾母等人的赏曲雅趣，却并不适合元宵佳节合家团聚的热闹习俗。故"新样"演唱之后，贾母又"吩咐文官等叫他们吹弹一套《灯月圆》"。⑤《灯月圆》是应元宵佳节之景的喜庆曲子。

曹雪芹在《红楼梦》中描写了家乐演唱《牡丹亭》《西厢记》《玉簪记》《西楼记》和《续琵琶》这五出戏的一种新鲜别致的伴奏方式，客观上保留了史料，主观上是为塑造人物服务，突出了贾母的雅致品味和艺术素养，同时为

---

① 《纳书楹曲谱》正集卷三收《听琴》曲谱。其中"月"出现2次，"愁"出现3次，"悲痛"出现1次。续集卷一收《琴挑》曲谱。"月"出现3次，"愁"出现2次，"冷"出现4次，"孤"出现4次，"独"出现2次。《审音鉴古录》之《寻梦》作"芍药边"，《古本戏曲丛刊》所收明代朱墨刊本《牡丹亭·寻梦》作"芍药栏"，其余相关唱词宾白同。

② 王秋桂主编：《善本戏曲丛刊》(74)，学生书局1987年版，第570、572、574、575页。

③ 沈起凤著，乔雨舟校点：《谐铎》，人民文学出版社1985年版，第176页。

④ 徐扶明：《〈牡丹亭〉研究资料考释》，上海古籍出版社1987年版，第182页。

⑤ 《程乙本〈红楼梦〉》，中国书店2011年版，第352页。

《红楼梦》中记录的康雍乾时期诸多雅文化现象又增添了浓重一笔。

（原载《红楼梦学刊》2016 年第 5 期。中国人民大学复印报刊资料《中国古代近代文学研究》2017 年第 1 期全文复印）

《红楼梦》第九十三回戏曲语词异文与版本优化修订

　　《红楼梦》第九十三回中有三处戏曲语词异文，依次是"梆子腔"与"平腔"、"进场"与"煞场"、"戏子"与"脚色"。此三处异文集中体现了程甲本、程乙本在戏曲描写方面的差异。

一、"梆子腔"与"平腔"

　　《红楼梦》第九十三回《甄家仆投靠贾家门 水月庵掀翻风月案》写贾赦、宝玉去临安伯府看戏。为渲染演戏盛况，小说列举了四类时兴"戏"。在第四种戏的名称上各本抄录不一：

　　　　那时开了戏，也有昆腔，也有高腔，也有弋腔、**梆子腔**，做得热闹。（蒙府本、程甲本）

　　　　那时开了戏，也有昆腔，也有高腔，也有弋腔、**平腔**，热闹非常。（杨藏本、程乙本）①

　　蒙府本、程甲本末一种戏作"梆子腔"，杨藏本、程乙本为"平腔"（蒙府本与程甲本的后 40 回关系密切，杨藏本与程乙本的后 40 回关系密切。为便于论述，下文只提及程甲本、程乙本）。较早的《红楼梦》翻刻本多以程甲本为底本，仅陈其泰的桐花凤阁本以程乙本为底本。1927 年亚东图书馆重排本《红楼

---

　　① 《程甲本〈红楼梦〉》，沈阳出版社 2006 年版。《程乙本〈红楼梦〉》，中国书店出版社 2011 年版。

梦》出版之后，通行排印本多以程乙本为底本。清代以程甲程乙为底本的翻刻本此处皆各同程甲程乙本，以程甲程乙为底本的现代通行本此处皆各同程甲程乙本。

此处异文的关键，是"弋腔"（即弋阳腔）与"梆子腔"还是与"平腔"并举。故须深入爬梳清代梆子腔与弋阳腔、平腔与弋阳腔的关系。

梆子腔和弋阳腔是乾隆时期的主流声腔，影响巨大，流行面广。清代流传"南昆北弋东柳西梆"的口头说法。① "昆""弋""柳""梆"为昆腔、弋阳腔、柳子腔、梆子腔，属"清中叶影响较大的四个腔系。"②

平腔一般指行腔"平"而不"高"，是笼统称谓，非专指一种腔调或声腔。例如评剧曾称"平腔梆子戏"，平腔于此指"不高"的唱腔。③《中国大百科全书》"戏曲曲艺卷"之"中国现代曲艺曲种表"中收录平腔。该表显示形成于明末清初和清道光年间的三个曲种皆用平腔曲调演唱，分别是湖北"拍南管""湖南渔鼓"、江西"永新小鼓"。④ 有些地方志也载有"平腔"的唱法特点。如《遵义地方志》："（平腔）一般无帮唱，音域较窄，旋律较平稳，声清婉，接近口语。"⑤

瞻詹《高腔与平腔》文据清刘廷玑《在园杂志》、李斗《扬州画舫录》及张坚《梦中缘序》等相关记载，判断"弋腔"与"平腔"共举不当，"平腔"应为"四平腔"脱去"四"字之误。但未展开论证。⑥ 其后《〈红楼梦〉注释》一书认为第九十三回的平腔"即梆子腔。"⑦《〈红楼梦〉方言及难解词词典》

---

① 张庚、郭汉成：《中国戏曲通史》下，中国戏剧出版社2007年版，第762页。

② 齐森华、陈多、叶长海：《中国曲学大辞典》，浙江教育出版社1997年1版，第65页。

③ "平腔梆子戏"见张成濂，张建森：《中国戏曲剧种大辞典》，上海辞书出版社1995年版，第32页。

④ 中国大百科全书编辑委员会编：《中国大百科全书》（戏曲曲艺卷），中国大百科全书出版社1983年版，第312、314、316页。

⑤ 贵州省遵义市地方志编纂委员会编，张益芳、杨文铁主编：《遵义地区志·文化志·文学艺术志》，贵州人民出版社2004年版，第78、79页。

⑥ 瞻詹：《高腔与平腔》，《〈红楼梦〉研究集刊》第4辑，上海古籍出版社1980年版，第390页。

⑦ 徐振贵：《〈红楼梦〉注释》，山东人民出版社1977年版，第374页。

则将"平腔"等同于"四平腔":"平腔,也叫'四平腔'。古代戏曲剧种。"①
以上两则注释均误。

四平腔与弋阳腔并举,明代文献中常见。胡文焕《群音类选》将地方声腔
统称"诸腔"。"诸腔类"目下用小字标明"如弋阳、青阳、太平、四平等腔是
也"。②顾起元《客座赘语》卷九"戏剧"条云:"南都万历以前……后则又有
四平,乃稍变弋阳而令人可通者。"③"南都"即南京。张大复《梅花草堂笔谈》
卷十四"柳生"条言:"昆腔稍稍不振。乃有四平、弋阳诸腔,先后擅场"。④
沈宠绥《度曲须知·曲运隆衰》:"而词既南,凡腔调与字面俱南,腔则有海盐、
义乌、弋阳、青阳、四平、乐平、太平之殊派"。⑤

清初文献亦以弋阳腔与四平腔同列,其演剧者被斥为"俗优"。李渔《闲情
偶寄》卷之二"音律第三"载:

> 北《西厢》者……不便奏诸场上,但宜于弋阳、四平等俗优……弋阳、
> 四平等腔,字多音少,一泄而尽,又有一人启口,数人接腔者,名为一人,
> 实出众口。故演北《西厢》甚易……予生平最恶弋阳、四平等剧,见则趋
> 而避之,但闻其扮演《西厢》,则乐观恐后。"⑥

李渔不喜弋阳、四平这两种声腔,但以二者扮演的北《西厢》例外。李渔
《闲情偶寄》卷六"习技第四"之"丝竹"条云:"常见富贵之人,听惯弋阳、
四平等腔,极嫌昆调之冷"。⑦亦表明弋阳、四平等腔的配乐比昆腔热闹,是
"富贵之人""听惯"的俗腔。

《红楼梦》中亦有北《西厢》的演出记载。徐扶明《〈红楼梦〉与戏曲比较
研究》考证第五十四回葵官唱的《惠明下书》云:"来自《北西厢》第二本楔

---

① 刘心贞:《〈红楼梦〉方言及难解词词典》,东方出版社2010年版,第501、502页。
② 胡文焕:《群音类选》,中华书局1980年版,第1453页。
③ 顾起元:《客座赘语》,中华书局1987年版,第303页。
④ 张大复著,阿英校点:《梅花草堂笔谈》,上海杂志公司1935年版,第315页。
⑤ 中国戏曲研究院编:《中国古典戏曲论著集成》(五),中国戏剧出版社1980年版,第
198页。
⑥ 俞为民、孙蓉蓉:《历代曲话汇编》(清代编一),黄山书社2006年版,第257页。
⑦ 同上。

子，成为昆曲保留的杂剧剧目。"①

康乾时期浙江等地也有"四平腔"的记载，如李声振《百戏竹枝词》所云《四平腔》："越客吟随溯水空……画舫迎神唱四平。"其目下小序言："四平腔，浙之绍兴土风也，亦弋阳之类，但调稍平，春赛无处无之。"② 乾隆二十一年编修的江西《建昌府志》卷一百《杂记》载："鼓搥高唱四平腔"。③

综合文献记载看，四平腔应有多种，是一个比较泛的称谓。李渔言扮北《西厢》的四平腔有"一人启口，数人接腔者"。李声振云四平腔在"迎神"场合演唱，"调稍平"。《建昌府志》中的四平腔有鼓伴奏，须"高唱"。

声腔关系辨析说明，四平腔与昆腔、高腔、弋腔、梆子腔等同为戏曲声腔，平腔则不是。以平腔与弋腔等并举确实不妥。

梆子腔是清代的主流声腔，一般人都熟知。程乙本若非特殊原因，没有必要对其进行修改，尤其没必要突兀地换成一个一般人并不熟知且非戏曲声腔的"平腔"。故程乙本此处修订，确应是将梆子腔改作"四平腔"，又脱字误为"平腔"。

程乙本刻意回避"梆子腔"，可能是受乾隆年间禁戏的影响。秦腔在乾隆五十年（1785）被禁，见《钦定大清会典事例》：

> 乾隆五十年议准，嗣后城外戏班，除昆、弋两腔，仍听其演唱外，其秦腔戏班，交步军统领五城出示禁止。现在本班戏子，概令改归昆、弋两腔。如不愿者，听其另谋生理。倘有怙恶不遵者，交该衙门查拿惩治，递解回籍。④

秦腔俗呼为梆子腔。程乙本改梆子腔作"平腔"（应系"四平腔"脱字之

---

① 徐扶明：《〈红楼梦〉与戏曲比较研究》，上海古籍出版社1984年版，第46页。
② 李声振：《百戏竹枝词》，路工编选：《清代北京竹枝词》，北京出版社1962年版，第150页。一说《百戏竹枝词》为乾隆时期作品，见徐扶明：《〈红楼梦〉与戏曲比较研究》，上海古籍出版社1984年版，第131页"作者补记"。
③ 江西《建昌府志》卷一百，未见。转引自黄天骥、康保成：《中国古代戏剧形态研究》，河南人民出版社2009年版，第600页。
④ 昆岗等修，刘启端等纂：《钦定大清会典事例》卷1039，《续修四库全书》812册，上海古籍出版社1996年版，第425页。

误），应为回避当时戏曲禁令。

这种刻意回避"梆子腔"的行为，亦见于清代剧本集的编刻。台湾学者黄婉仪《钱德苍所编〈缀白裘〉与翻刻、改辑本系谱析论》一文，考证《缀白裘》部分版本在乾隆时期受官方政策影响，或把目录中的"梆子腔"题名隐去，或改之为"昆弋腔"。①

相反，程甲本并未回避梆子腔，可能是修订时不了解或不重视当时戏曲政策的缘故。也可能是程甲本所据底本成书较早，在乾隆五十年（1785）禁令颁布之前。随后的程甲本刊刻疏忽了此处，程乙本刊刻时才修改回避。

《红楼梦》中还有一处异文，亦说明程乙本的修订较注意当时的戏曲政策。见第十四回《林如海捐馆扬州城　贾宝玉路谒北静王》：

> 这日伴宿之夕，里面两班小戏并耍百戏的与亲朋堂客伴宿（甲戌本，己卯本，庚辰本，戚序本，蒙府本，列藏本，甲辰本，舒序本，杨藏本，程甲本）

> 这日伴宿之夕，亲朋满座（程乙本）

此处仅程乙本无演戏内容。徐扶明《〈红楼梦〉与戏曲比较研究》曾分析舒序本和程乙本该处异文，认为与雍正、乾隆年间清王朝"禁止夜唱"（禁止出殡前一夜"伴宿"时夜唱）的"谕旨"有关。② 但徐扶明只分析了舒序本和1973 年人民文学上社程乙本该处异文。本文检索发现，此处除程乙本外，其余各本皆不回避官府"禁止夜唱"的命令，说明仅程乙本修订时更为关注当时的戏曲政策。

综上，《红楼梦》第九十三回此异文处，杨藏本、程乙本改"梆子腔"为"平腔"（应为"四平腔"脱字之误），应是及时调整回避当时戏曲禁令的结果。

---

① 黄婉仪：《钱德苍所编〈缀白裘〉与翻刻、改辑本系谱析论》，《戏曲研究》2013 年第 3 期。

② 徐扶明：《〈红楼梦〉与戏曲比较研究》，上海古籍出版社 1984 年版，第 123 页。

二、"进场"与"煞场"

《红楼梦》第九十三回写《占花魁》剧上演时，宝玉被蒋玉菡的舞台情状深深吸引（以程乙本为例）：

> 果然蒋玉菡扮着秦小官伏侍花魁醉后神情，把那一种怜香惜玉的意思做得极情尽致。以后对饮对唱，缠绵缱绻。宝玉这时不看花魁，只把两支眼睛独射在秦小官身上。更加蒋玉菡声音响亮，口齿清楚，按腔落板。宝玉的神魂都唱的飘荡了。①

紧接的下一句话，各本出现异文：

> 直等这出戏进场后（蒙府本、程甲本）
>
> 直等这出戏煞场后（杨藏本、程乙本）

蒙府本、程甲本作"进场"，杨藏本、程乙本作"煞场"。"进场"与"煞场"语义矛盾（为便于论述，下文只提及程甲、程乙本）。清代以程甲程乙为底本的翻刻本此处皆各同程甲程乙本，以程甲程乙为底本的现代通行本此处一般皆各同程甲程乙本，仅上海古籍出版社2014年版"三家评本"以程甲本为底本，此处改为"煞场"，未出校注。②

此处异文以何者为是，须先明确"进场""煞场"词义及此时演出的《占花魁》剧情。

"场"在宋代戏曲文献中有多种含义。《东京梦华录》卷九云："每遇舞者入场……第三盏，左右军百戏入场"。③《梦粱录》卷三云："勾杂剧入场，一场两段"。④ 赵建伟《中国古典戏曲概念范畴研究》中考证，"入场"之"场"具有"处所"义。"一场两段"指"演出中区分相应内容的段落，以及演出时间

① 曹雪芹原著，程伟元、高鹗整理，张俊、沈治钧评批：《新批校注红楼梦》，商务印书馆2013年版，第1690页。

② 曹雪芹、高鹗著，护花主人、大某山民、太平闲人评：《红楼梦》（四），上海古籍出版社2014年版，第1222页。

③ 孟元老撰，伊永文笺注：《东京梦华录笺注》，中华书局2007年版，第832-833页。

④ 吴自牧撰：《梦粱录》（丛书集成初编本），商务印书馆1985年版，第17页。

段的区别"①。"入场"指进入表演处所。

钱南扬《戏文概论》论述过不同时代戏曲演剧段落的划分:"金元人以脚色为标准,无论什么脚色上下一场,都作一折计算。所以《诈妮子》有十一折……明人以套数为标准,一本杂剧一般四套曲子,所以只有四折。"② 明代剧本内容单位"折"或"出",容量比金元时大。搬演该情节段落,脚色上下场次数随之增多。故一本戏或一折/出戏包含好几场。场是折或出的组成单位。

据《现代汉语词典》,"进"是"趋向动词。"进场"即入场。"煞"又与"收"连属成复音词。"收煞"在古典戏曲领域是论述结构的术语。《中国大百科全书》"戏曲曲艺"卷引明祁彪佳《远山堂曲品》和清李渔《闲情偶寄》指出,"收煞"从明代开始作戏曲结尾概念,指结束和收场。清人将其分为"小收煞"和"大收煞"。前者乃上半部之末出或是杂剧每折结尾。后者即全本终场,常带有大团圆含义。③ 刘海平:《释"收杀"与"收煞"》认为收与煞"同义连文,为结束义。"④《红楼梦》煞场之"煞"字,当作"收煞"解。

至于"煞场",《汉语大词典》《诗词曲小说语辞大典》皆释为:"一出戏结束"。⑤《近代汉语大词典》云"戏结束,终场"为煞场。⑥《〈红楼梦〉方言及难解词词典》言:"煞场,散场。这里有'结束'的意思。"⑦ 这些词典均以《红楼梦》第九十三回之"煞场"为例。

《红楼梦》第九十三回"煞场"之"场",为《占花魁》剧囊括的某一个内容单位,意即"演出内容的段落"。"煞""场"连属应指某一演出段落结束。

判断当下表演是刚进场还是行将告终,须考察小说描写的此时《占花魁》

① 赵建伟:《中国古典戏曲概念范畴研究》,文化艺术出版社2010年版,第120–121页。
② 钱南扬:《戏文概论》,中华书局2009年版,第152页。
③ 中国大百科全书编辑委员会编:《中国大百科全书》(戏曲曲艺卷),中国大百科全书出版社1983年版,第355页。
④ 刘海平:《释"收杀"与"收煞"》,《语言科学》2009年第3期。
⑤ 罗竹风主编:《汉语大词典》(七),上海辞书出版社1986年版,第212页。王贵元,叶桂刚编《诗词曲小说语辞大典》,群言出版社1993年版,第767页。
⑥ 许少峰:《近代汉语大词典》,中华书局2008年版,第1624页。
⑦ 刘心贞:《〈红楼梦〉方言及难解词词典》,东方出版社2010年版,第502页。

剧情。已有人指出此为《占花魁》第二十出《种缘》。① 该出主要表现秦小官用心照顾醉酒的花魁娘子。② 反映清代戏曲演出实况的舞台剧本集《缀白裘》，其第十集卷四收入该剧本，题作《受吐》。《受吐》一出计有 15 支曲子。

把小说中的剧情描写与现存剧本比对，可知"对饮对唱，缠绵缱绻"是在表演《受吐》一出第十一支曲文《桃红菊》。③《桃红菊》后的内容为花魁酒醒情节。之后《受吐》的舞台高潮已过，蒋玉菡服侍花魁的段落结束。小说于此处后描写：（宝玉）"因想着《乐记》上说的是……宝玉想出了神，忽见贾赦起身，主人不及相留"。贾赦"起身"应为某段内容完结方可离座。说明相关表演段落已收煞。故此异文处杨藏本、程乙本作"煞场"，符合演出实际情况。

"煞场"在《中国古典戏曲论著集成》《历代曲话汇编》《中国戏曲曲艺词典》《中国大百科全书》"戏曲曲艺卷"以及《中国戏曲志》"术语·行话"类中均未见收录。④"煞场"为《红楼梦》小说所仅见。

《红楼梦》之后，归锄子《红楼梦补》中出现两次"煞了场"，分布于第四十回《庆团圆贾母赏中秋　博欢笑村姬陪戏宴》和第四十七回《延羽士礼忏为超生　登高阁赏梅重结社》。都作演出结束意：

> 一时开场，先唱《浣纱记》……一时贾母要散步，出来看看园景，便叫煞了场。（第四十回）

> 刚才戏文正唱《神亭岭》孙策大战太史慈，大锣大鼓煞了场，忽听莺声婉转。（第四十七回）⑤

综上，蒙府本、程甲本第九十三回此处用"进场"，与小说中描写的戏曲演

---

① 王潞伟：《从〈红楼梦〉看康乾时期戏曲文化》，山西师范大学 2010 年硕士毕业论文，第 18 页。

② 李玉：《李玉戏曲集》（上），上海古籍出版社 2004 年版，第 264、269 页。

③ 玩花主人、钱德苍编，汪协如校：《缀白裘》十集，中华书局 1955 年版，第 222 页。

④ 中国戏曲研究院编：《中国古典戏曲论著集成》，中国戏剧出版社 1980 年版。俞为民、孙蓉蓉：《历代曲话汇编》，黄山书社 2008 年版。上海艺术研究所，中国戏剧家协会上海分会编：《中国戏曲曲艺词典》，上海辞书出版社 1981 年版。中国大百科全书《戏曲·曲艺》编辑委员会编：《中国大百科全书》戏曲曲艺卷，中国大百科全书出版社 1983 年版。中国戏曲志编辑委员会：《中国戏曲志》，中国 ISBN 中心 2000 版。

⑤ 归锄子著：《红楼梦补》，北京大学出版社 1988 年版，第 553 页。

出情景矛盾。杨藏本、程乙本用"煞场"，吻合小说中描写的戏曲演出情景。显示出杨藏本、程乙本修订者对戏曲剧目及其舞台搬演更为熟悉。

三、"戏子"与"脚色"

《红楼梦》第九十三回中，在"直等这出戏进（煞）场"句后，又有一处异文：

> 更知蒋玉菡极是情种，非寻常**戏子**可比。（蒙府本、程甲本）

> 更知蒋玉菡极是情种，非寻常**脚色**可比。（杨藏本、程乙本）

指称蒋玉菡时，蒙府本、程甲本作"戏子"，杨藏本、程乙本为"脚色"（为便于论述，下文只提及程甲程乙本）。清代以程甲程乙为底本的翻刻本此处皆各同程甲程乙本，以程甲程乙为底本的现代通行本此处皆各同程甲程乙本。

"戏子"在《红楼梦》第二十二回、第二十六回等出现 12 次之多。仅举几处：

> 林黛玉冷笑道："问的我倒好，我也不知为什么原故。我原是给你们取笑的——拿我比戏子取笑。"（第二十二回）

> 他干娘羞愧变成恼，便骂他："不识抬举的东西！怪不得人人说戏子没一个好缠的。凭你甚么好人，入了这一行，都弄（学）坏了。"（第五十八回）

第二十二回林黛玉显然不满众人将自己与"戏子"作比较。第五十八回芳官干娘一番骂词，反映出"戏子"是遭人唾弃的对象。这两处对话说明，因所在行业社会地位较低，"戏子"一词在口语中带有贬义色彩。

除"戏子"外，《红楼梦》里还有"小戏儿""小戏子"。如第十一回"现叫奴才们找了一班小戏儿并一档子打十番的"。第七十一回"贾母笑道：'有的是小戏子，传了一班在那边厅上陪着他姨娘家姊妹们也看戏呢。'""戏子"为戏曲演员，"小戏儿""小戏子"是年纪偏小的戏曲演员。

与《红楼梦》同时的清中期小说《歧路灯》《儒林外史》等也多使用"戏子"一词。聊举一例，《儒林外史》第三十回："鲍廷喜领了六七十个唱旦的戏子，都是单上画知字的，来叩见杜少爷。"① 可知戏子泛称戏曲演员。

"脚色"与戏曲表演技艺密切相关。徐扶明《〈红楼梦〉与戏曲比较研究》书中分析第十八回"龄官自为此二出原非本脚之戏"，指出《游园》《惊梦》"二出"做工倚重"闺门旦"，是典型的闺门旦戏，而龄官"本行是小旦，长于演《相约》《相骂》"，故拒绝演出"原非本脚之戏"的《游园》《惊梦》。②

"本行"即"本行当"省称。《中国戏曲曲艺词典》释"行当"曰："传统戏曲演员专业分工的类别。根据所演不同的脚色类型及其表演艺术上的特点而逐渐划分形成。"该词典还将脚色与行当互释。因学术界对脚色、行当的认识尚未达成统一，二者于"表演技艺分工"这一义项上似有重叠之处，故本文暂且笼统视其为相近概念。参照徐扶明所言可知，"本脚"意同"本行"。

《红楼梦》此处描写临安伯府演出《占花魁》前，先经众人之口交代蒋玉菡所工"脚色"：

> 蒋玉菡去了，便有几个议论道："此人是谁？"有的说："他向来是唱小旦的，如今不肯唱小旦，年纪也大了，就在府里掌班。头里也改过小生。他也攒了好几个钱，家里已经有两三个铺子，只是不肯放下本业，原旧领班。"③

可见蒋玉菡原工"小旦"，后换行做"小生"。此处演《占花魁》之《种缘》一出，舞台本称《受吐》。该出秦小官由小生扮演。蒋当下扮秦小官，以小生脚色登场。

"脚色"在《红楼梦》他回中亦出现，见与龄官相关的第十八回、第三十回：

> 龄官自为此二出原非本脚之戏（戚序本）
>
> 龄官自为此二出原非本角之戏（己卯本、庚辰本、蒙府本、列藏本、甲辰本、舒序本、杨藏本、程甲本、程乙本）第十八回

---

① 吴敬梓：《儒林外史》，商务印书馆1937年版，第323页。

② 徐扶明：《〈红楼梦〉与戏曲比较研究》，上海古籍出版社1984年版，第125页。

③ 曹雪芹原著，程伟元、高鹗整理，张俊、沈治钧评批：《新批校注红楼梦》，商务印书馆2013年版，第1689页。

（宝玉）却辨不出他是生旦净丑那一个**脚**色来。（戚序本、列藏本、甲辰本、舒序本、程甲本、程乙本）

（宝玉）却辨不出他是生旦净丑那一个**角**色来。（庚辰本、蒙府本、列藏本）

（宝玉）却辨不出他是生旦净丑那一个**脚**（角）色来。（杨藏本原作"脚"，后改成"角"）第三十回

第十八回唯有戚序本作"本脚"，他本都是"本角"。从行文衔接看"脚""角"表达效果一致，后者乃前者之别体，皆为"本脚色"的省称。第三十回写宝玉偶遇在地上划"蔷"字的女孩，知道她是"那十二个学戏的女孩子之内的"。学戏的女孩子即贾府家班中的十二小优伶。至于这个女孩所工脚色，宝玉分辨不出是"生旦净丑"中的哪一个。

昆剧称老旦为"一旦"，正旦为"二旦"，作旦为"三旦"，刺杀旦为"四旦"。闺门旦为"五旦"，小旦为"六旦"。闺门旦在昆剧中"通常扮演年已及笄的妙龄少女或青年女子，以窈窕淑女、大家闺秀为多"。小旦"原属贴旦门。古称'风月旦'。又称'活泼旦''快乐旦'。或说由'乐旦'转音得名。通常扮演活泼伶俐、机智勇敢而身份低微的少女或青年女子。"① 闺门旦与小旦虽同属旦行，然所扮人物类型、做工特点等有明显差异。若龄官应贵妃之命兼扮闺门旦，即跨越本行小旦，则属"跨行"。② 故小说言"非本脚/角之戏"。

《红楼梦》中还有一处关于龄官的"跨行"描写。第三十六回宝玉找"最是唱得好"的小旦龄官，欲其将《牡丹亭》中的《袅情丝》套演绎一番。见面后宝玉方知龄官就是那日在地上划字者。《袅情丝》套就是第十八回贵妃所命《游园》中的套曲，属闺门旦戏，故龄官再次拒绝扮演。但旁边的宝官说如果蔷二爷让她唱，她是必唱的。所以龄官是可以破例演唱闺门旦戏的，只不过仅在贾蔷面前可以破例而已。龄官拒绝贵妃之命和宝玉要求坚持不"跨行"，但在贾

---

① 吴新雷主编：《中国昆剧大辞典》，南京大学出版社2002年版，第568－569页。

② 徐扶明：《〈红楼梦〉与戏曲比较研究》，上海古籍出版社1984年版，第107页。

蔷面前却愿意"跨行",是因为她与贾蔷之间有爱恋关系。《红楼梦》中有关戏曲行当跨行与不跨行的描写,鲜明地突出了人物性格与人物关系。

古典戏曲脚色分工严格且相对固定。从"小旦"到"小生",脚色转换风险很大。蒋玉菡系因年龄等原因换行,在小生行当上扮演得惟妙惟肖。同为脚色,贾府戏曲演员中"最是唱得好"的小旦龄官,在外人处拒绝应命演闺门旦之戏,在情人处却可以跨行扮演。《红楼梦》描写的"换行"与"不跨行",读来饶有意趣。

总之,第九十三回此处异文,蒙府本、程甲本从演员身份着眼,称为"戏子"。杨藏本、程乙本从演员行当着眼,称为"脚色"。杨藏本程乙本更关注戏曲行当。

综上,《红楼梦》第九十三回中的三处戏曲语词异文显示:杨藏本程乙本不用通行熟知的"梆子腔"而用"平腔"(应为"四平腔"脱字之误),对当时的戏曲禁令更为熟悉;不用"进场"而用"煞场",对戏曲演出场次安排更为熟悉;不用"戏子"而用"脚色",对戏曲行当更为熟悉。就此三处异文而言,杨藏本、程乙本较蒙府本、程甲本更关注戏曲政策、舞台搬演及脚色行当。

(原载《红楼梦学刊》2015 年第 6 期)

散金碎玉，瑕瑜互见——对《红楼梦抉微》的再思考

1925 年天津大公报馆印行的阚铎（字霍初）的《红楼梦抉微》，因认为《红楼梦》是从《金瓶梅》中"化出"，在红学史上一直名声不佳。在四分之三个世纪的时光流逝之后，我们从客观公正的学术角度加以重新观照，可以说《红楼梦抉微》的内容瑕瑜互见，对后来的红学研究也产生了一定影响。它在红学史上可能无足轻重，在《金瓶梅》与《红楼梦》的比较研究史上，却应当具有一定的地位。

在红学界，以往的研究者对于《红楼梦抉微》的品评，基本上持全部否定的态度。傅憎享《〈红楼梦〉与〈金瓶梅〉比较兼论性的描写》一文，批判《红楼梦抉微》是用"肮脏的眼光，专门搜求书中的'不洁'之处，把〈红楼梦〉与〈金瓶梅〉加以比并，认定是'引人堕落'之书"。① 郭豫适：《红楼研究小史续稿》将之归入后期索隐派："《红楼梦抉微》不但是索隐派中的恶札，而且也是《红楼梦》研究史上最腐败的著作之一。"② 这些说法确实道出了阚书缺点所在，但持全盘否定的态度，所论不免片面。似乎只有俞平伯说了一句公正话。俞平伯 1954 年在《红楼梦简论》中说："近人阚铎《红楼梦抉微》一书，虽不免有附会处，但某些地方却被他说着了。"③ 后有《〈金瓶梅〉与〈红楼梦〉比较研究史述评》一文稍微客观一些，但也说阚铎"没有正确的艺术观

---

① 转引自梅新林、葛永海：《〈金瓶梅〉与〈红楼梦〉比较研究述评》，《红楼梦学刊》1998 年第 2 辑。
② 郭豫适：《红楼研究小史续稿》，上海文艺出版社 1981 年版，第 126 页。
③ 俞平伯：《俞平伯论〈红楼梦〉》，上海古籍出版社 1988 年版，第 846 页。

作为指导，只是对两书人物机械地进行对勘比附，因而走入了索隐的歧途。"①

《红楼梦抉微》到底是一本什么样的书？为什么会招致如此多的骂名？让我们先来看一看《红楼梦抉微》的内容和阚铎的写作动机。

《红楼梦抉微》采用随笔类的形式，共列 169 个标题，有文 155 篇。有的一文用两个标题。其文长短不一，长则近三千字，短则数十字。全文共四万余字。

在书前的自序中，阚铎表达了他写作《红楼梦抉微》的动机：

> 咸同以来，红学大盛。近则评语索隐，充塞坊肆，较之有井华水流处无不知有柳屯田，殆已过之。然青年男女，沉酣陷溺，乃如鼹鼠食人，恬然至死而不自觉。嘻，何其甚也！《红楼》大体高华贵尚，不至令人望而生厌，而丑秽俗恶，遂随之深入于人心。天下之最可畏者莫若伪君子，彼真小人者，人人避之若免，诚不如伪君子日日周旋于缙绅之间，反得肆其蛊惑之毒。《金瓶梅》者，真小人也。著《红楼梦》者，在当日不过病《金瓶》之秽亵，力矫其弊而撰此书。初不料代兴以来，乃青出于蓝，冰寒于水，一至于此。②

就是说，在阚铎看来，《红楼梦》是一部"伪君子"般披着文雅外衣的书籍，从对读者的影响而言，其"丑秽俗恶"的流毒，比《金瓶梅》更甚。阚铎认为自己写作《红楼梦抉微》，是本着一片救世的菩萨心肠，警醒可能会中《红楼梦》之"毒"的痴迷读者："匪敢发前人之覆，实欲觉后人之迷。"

在中国古代小说史上，从《金瓶梅》到《红楼梦》，中国古典小说（尤其是描写家庭生活的世情小说）逐步发展进步，取得了辉煌的成就。《红楼梦》以其无与伦比的艺术魅力，一向被认为是我国古代小说史上成就最高的"巅峰"之作。阚铎竟然冒天下之大不韪，认为"《红楼》全从《金瓶》化出"，说"高华贵尚"的《红楼梦》，是比《金瓶梅》更为"丑秽俗恶"的"伪君子"，这很难让人接受，并且极易引人反感。

---

① 梅新林、葛永海：《〈金瓶梅〉与〈红楼梦〉比较研究述评》，《红楼梦学刊》1998 年第 2 辑。

② 阚铎：《红楼梦抉微》，无冰阁校印，天津大公报馆 1925 年印行。本文引用原文均出自此版本，下文不再一一赘注。

内容上，《红楼梦抉微》主要指出金、红两书之间整体风貌以及人物事件之间的关联。此外还对两书中的一些典章制度进行了考证。

《抉微》中前面的四十来篇，主要讲述两书整体风貌上的关联。这部分内容约占全书的五分之一。所说有牵强附会的，也有言之成理的。如第一篇《以贾代西门之铁证》，难辞牵强附会之嫌，而第二篇《贾语村言应注重村字》，就颇有精彩之笔：

> 如《金》书之淫秽鄙琐，诚非村字不足以尽之。今欲除其村气，故另撰《红楼梦》一书，改为一种富贵秀雅之气。

《贾语村言应注重村字》涉及两书审美风格之比较，以及《红楼梦》作者创作动机的探究。阚铎认为《金瓶梅》一书给人的感受是"淫秽鄙琐"，充满"村"气；而《红楼梦》给人的感受则与《金瓶梅》相反，是充满了一种"富贵秀雅之气"。阚铎并认为《红楼梦》作者的创作动机是对《金瓶梅》不满，"欲除其村气"，而另撰一书。

四十余篇之后，《红楼梦抉微》主要论述两书人物之间的关联。这一部分内容约占全书的五分之四强。从相同地位、相同身份的某类人物中，阚铎指出两书中同类人物之间的关联，如《两书之僧尼》《两书之皇亲》《两书之王姓》《两书之清客》等。从某个具体人物的外在特征、身份地位以及在小说中所起的叙事功能方面，阚铎讲述他所理解的两书中某一人物与某一人物之间的关联，如《迎春与李娇儿》《柳五嫂之与孙雪娥》《宝钗与李瓶儿》《刘姥姥之与应花子》《鲍二家的与宋蕙莲》等。这部分内容也是鱼龙混杂、精芜并存的。例如，在《尤二姐之与瓶儿》一文中，阚铎说：

> 尤二姐是瓶儿。

> 贾琏之偷娶尤二姐，凤姐谓有国孝家孝，家孝即指瓶之丧夫未久，而西门又几遭不测也。

阚铎认为《红楼梦》中的尤二姐是《金瓶梅》中的李瓶儿的化身，这种猜测是牵强附会、不足服人的。而在《刘姥姥之与应花子》一文中，阚铎的某些说法又颇有道理：

> 《红》之述刘姥姥云，不知从何处说起，借一个人为全书线索，即刘姥

姥是也。然则全书以清客作线索矣。故终《红楼梦》，刘姥姥皆有关系。《金》之开头便述十兄弟，而应伯爵即已登场，自后时时露面，直到终篇。故《红》特点明"外头老爷们有清客相公陪话，我们也用一个女相公"，此刘姥姥清客帮闲之证据。

阚铎认为《红楼梦》中的刘姥姥，与《金瓶梅》中的应伯爵身份相同——都是清客帮闲，在全书中所占的地位也相同——都是"全书线索"，这种说法是可以令人接受的。

《抉微》还提及《金》《红》两书在场面及情节方面的承继关系，如《闹书房与闹花院》《送宫花之所本》《会芳园赏花之所由》《两书参案之相同》《两书魇魔法之相似》等。这部分内容同样瑕瑜互见。例如，在《水浒化为金瓶金瓶化为红楼之痕迹》一文中，阚铎说：

　　《水浒》有武松在武大灵床伴宿武大显魂一段，故《金》书有守孤灵半夜口脂香一回，《红》书亦有候芳魂五儿承错爱一回。总之，《水浒》数回放大而为《金瓶》，改造而为《红楼》，全是虚构。格律谨严，墨无旁沸。其《水浒》无萌芽根者，两书决不及之于此。而历来所谓影射何人、暗指何事，种种臆说，不攻自破。

阚铎说"《水浒》数回放大而为《金瓶》，改造而为《红楼》"，这种说法并不科学，但他指出并肯定了金、红两书作为文学作品的本质特征——"全是虚构"，并进而批驳"影射"说即索隐派作品的"种种臆说"，在当时新旧红学相争的氛围中，显示了对旧红学的不满，实际上是站到了新红学的阵营之中。

在为数不多的篇章中，《抉微》进行了关于两书中一些典章制度的考证工作。如《红书之清朝礼俗·金书之明朝礼俗》《手帕本之刻书》《海盐优人》《两书之曲词》等。这部分内容，语言简洁准确，一般都可以称为是正统学术意义上的"小说考证"。如《手帕本之刻书》一文：

　　顾炎武《日知录》："明时京官奉差回京，必刻一书，以一帕一书相馈遗世，即谓其书为手帕本。"王士禛《居易录》谓后无复此制，今亦罕见。《金瓶梅》屡言蔡御史等馈人书帕，殆即此也。

此处阚铎用顾炎武《日知录》和王士禛《居易录》中的有关记载，考证出

《金瓶梅》中"手帕本"刻书的来龙去脉。

从学术价值上说，《红楼梦抉微》内容可以划分为三种类型：一、牵强附会、肤浅比附类：如《以贾代西门之铁证》《迎春与李娇儿》等等。这一部分内容总体所占比例并不大，没有超过全书的三分之一。其学术意义较小。二、芜菁并存、瑕瑜互见类：如《宝钗与李瓶儿》《焚稿与丧子》等。这一部分内容所占比例最大，约有三分之二，有一定学术价值。三、严肃考证类：如《红书之清朝礼俗·金书之明朝礼俗》《手帕本之刻书》《海盐优人》《两书之曲词》等。这一部分在全书所占比例较小，学术价值较大。

《红楼梦抉微》的内容，出语荒诞的居多。这与阚铎写作《红楼梦抉微》时的创作心态有关。根据他在自序中的说法，他是带着先入为主的偏见，去阅读《红楼梦》的："不佞自悟彻《红楼》全从《金瓶》化出一义以来，每读《红楼》，触处皆有左验，记以赫蹄，岁月既淹，哀然成帙。"这种先在心态影响了他对《红楼梦》的客观判断，使他在寻找金、红两书的关联时，未免"草木皆兵"、疑神疑鬼，以至于《红楼梦抉微》中确实有许多想入非非、牵强附会之处。这就使得《红楼梦抉微》在红学史上，基本上都是在领受别人的批判。

在阚铎之前，已有多人发现金、红两书之间的联系。① 但大家都是零星地谈到一两句关于金、红两书的关联与比较，都没有展开专门的论述。只有《红楼梦抉微》是专门（有意识地）、系统地对金、红两书进行考证与比较。《红楼梦抉微》在红学史上具有一定的筚路蓝缕的功劳。

《红楼梦抉微》对后来的研究也产生过有益的影响。俞平伯先生就肯定并进一步阐释了阚铎关于"《红楼梦》的主要观念'色''空'（色是色欲之色，非佛家五蕴之色）明从《金瓶梅》来"的说法。②

① 《红楼梦》庚辰本第十三回"买棺"一段上眉评："写个个皆到，全无安逸之笔，深得《金瓶》壸奥。"甲戌本第二十八回"饮酒"一节上眉评："此段与《金瓶梅》西门庆应伯爵在李桂姐家饮酒一回对看，未知孰家生动活泼。"张其信《红楼梦偶评》：（《红楼梦》）"从《金瓶梅》脱胎，妙在割头换象而出之。"诸联《红楼梦评》："《红楼梦》本脱胎于《金瓶梅》，而亵玩之词，淘汰至尽。"见侯忠义、王汝梅主编：《金瓶梅资料汇编》，北京大学出版社1985年版，第470页。
② 俞平伯：《红楼梦简论》，载《新建设》1954年3月号。

另外,《红楼梦抉微》算不算是索隐派作品,也有商榷余地。查《辞海》(增补本)"索隐"一词定义有二:"1. 求索隐微。《易·系辞上》:'探颐索隐,钩深致远。' 2. 指探求难解文义的注解体裁。如《〈史记〉索隐》。"① 红学史上的"索隐"当用第一义。从"钩深致远"意义上来说,竭力从《红楼梦》中寻觅《金瓶梅》踪迹的《红楼梦抉微》,似乎可以说是"索隐派"作品。其实不然。在红学史上,"索隐派"自有其特殊的定义。就本文目力所及,红学史上首次出现"索隐"一词,是在 1914 年第六期《中华小说界》上刊载的署名王梦阮的文章《红楼梦索隐提要》之中。但王梦阮并没有明确给"索隐"一词下定义。最早给红学史上的"索隐"一词下定义的,是郭豫适先生。他在其《红楼研究小史稿》中说:

> 所谓"索隐",意思就是探索幽隐,即寻求小说所"隐"去的"本事"或"微义"。其实就是穿凿附会、想入非非地去求索《红楼梦》所影射的某些历史人物或政治事件。②

《红楼梦抉微》确有"穿凿附会、想入非非"之嫌,但它求索的对象,决不是"历史人物或政治事件",而是一部小说。这就是《红楼梦抉微》与众索隐派作品的根本不同之处,也是我们重新思考《红楼梦抉微》价值的一个重要的出发点。从作品实际来看,红学史上索隐派的代表作,如王梦阮沈瓶庵《红楼梦索隐》、蔡子民(即蔡元培)《石头记索隐》、邓狂言《红楼梦释真》、代表后期索隐派的寿鹏飞《红楼梦本事辨证》等等,都是寻找《红楼梦》与历史上确实存在过的一些人物和事件的联系。而《红楼梦抉微》是在两部文学作品(更具体到两部小说)之间寻找联系,与其他索隐派作品放在一起相提并论,很不合适。

阚铎本人也不认为自己是索隐派。如前文所述,他在《水浒化为金瓶金瓶化为红楼之痕迹》篇中,明确表示反对以"影射"为能事的索隐派的"种种臆说"。《红楼梦抉微》实际上既不同于索隐派,也不同于考证派,而是一种隐约

---

① 《辞海》(增补本),上海辞书出版社 1985 年版。
② 郭豫适:《红楼研究小史稿》,上海文艺出版社 1980 年版,第 137 页。

接近文学比较研究边缘的准文学研究。

　　可以说，阚铎是以感性的形式无意中闯进《金瓶梅》与《红楼梦》的比较研究领域，在进行一番精芜并存的探测之后，带着骂名沉寂在历史的角落里。作为文学研究者，我们则应以理性的眼光，重新审视红学史上的阚铎和他的《红楼梦抉微》，批判他的无稽之谈，接受他的合理见解，并客观公正地给予其适当的历史地位。

　　　　　　　　　　　　　　　（原载《红楼梦学刊》2001 年第 1 期）

亚东标点本《红楼梦》

"五四"之后，胡适等人大力提倡的白话文，逐步取代了无标点、不分段的文言文。1920 年 2 月 2 日，当时的教育部向各校颁布采用《新式标点符号》教育令，新式标点符号逐渐被社会大众接受。这一年，上海亚东图书馆一名二十二三岁的小编辑汪原放，萌生了标点、分段四大古典小说的想法。

汪原放读过胡适的《论白话》和《论标点符号》。他在其《回忆亚东图书馆》一书中写道，当时的想法是"先出一部《水浒》，要校得没有错字。如果不成功，算了；如果成功，再做第二部"。于是，汪原放买了几种石印的、铅印的《水浒传》做底本，又买了些红银砂做标点记号，蓝颜色做分段记号，动手标点《水浒传》。

得知汪原放有标点古典小说的想法之后，陈独秀非常支持，提出一些具体的校改方案，并把这一消息告诉正在做《水浒传》研究的胡适，建议就将胡适的研究文章放在书前作序，自己也答应再写一篇序言。胡适和陈独秀的参与，提升了新标点本系列小说的学术品位；胡、陈的显赫名声，也为亚东图书馆打出了无形的广告。这一次学者与出版商的成功合作，成为中国现代文化史的一件影响深远的标志性事件。

亚东图书馆一共出版了 16 部古典白话小说标点本。其中汪原放标点的有 10 部，依次为《水浒传》《儒林外史》《红楼梦》《西游记》《三国演义》《水浒续集》《镜花缘》《儿女英雄传》《海上花》和《老残游记》。这些都是"五四"新文化运动时期最为推崇的优秀古典小说。其余 6 部是汪原放的哥哥汪乃刚标点的《醒世姻缘传》《宋人话本七种》和《今古奇观》；汪原放的妹妹汪协如标点的《官场现形记》和《十二楼》；俞平伯标点的其曾祖父俞曲园在《三侠五义》基础上修订增补的《七侠五义》。

亚东版标点本古典小说系列，开创了中国古籍出版的新纪元。继亚东版古典小说系列之后，北平文化书社出版了一批加新式标点的古代小说传奇笔记，上海出版了加新式标点的《史记》。此后，标点本经史古籍成为出版界主流。

亚东版《红楼梦》出现之前，市面流行的《红楼梦》刻本主要是程甲本系统。程乙本很少见，据胡适《重印乾隆壬子本〈红楼梦〉序》所说，只有胡适所藏一部原刻本和容庚所藏一部旧抄本。

1921年，亚东图书馆出版标点本《红楼梦》，以程甲本系列中的双清仙馆本（道光年间版本）为底本，选用其他几种好的版本作为校本，主要校本为有正书局本、日本明治三十八年铅印本等。卷首附有程伟元《红楼梦》序、胡适《红楼梦考证》、陈独秀《红楼梦新叙》及汪原放的《校读后记》。有精装本和平装本两个系列，印了四千部。精装本全书共三册，定价42元。平装本全书共六册，定价33元。

亚东标点本《红楼梦》很快销售一空。1922年5月，亚东图书馆又发行了第二版。这次正文没有任何改动，卷首增加了三篇文章：蔡元培《〈石头记索隐〉第六版自序——对于胡适之先生〈红楼梦考证〉的商榷》；胡适本人的《跋〈红楼梦考证〉》和《答蔡子民先生的商榷》。胡适的《红楼梦考证》也采用他与顾颉刚、俞平伯共同修改的改定稿。

此后，亚东标点本《红楼梦》又印行了五次，可见标点本《红楼梦》在当时广受欢迎的盛况。汪原放一开始标点《红楼梦》时，态度就极为严谨敬业。就他自己搜罗所及，尽量多用几种版本进行校对。1922年，他把胡适手中的程乙本借来，开始重新标点、校读《红楼梦》。这一次，他更加精益求精。据他在1927年重排本《校读后记》中所说，1922年到1923年两年之间，他将全书整个校过三遍。这次正文校点工作做得极为细致，所以拖的时间也很长。其间汪原放还广泛关注《红楼梦》版本研究方面的新成果，参考了1925年11、12月的《北京大学研究所国学门周刊》所刊容庚《〈红楼梦〉的本子问题质胡适之俞平伯先生》一文。

1927 年 11 月，亚东图书馆刊印以程乙本为底本的重排本《红楼梦》。卷首有胡适序言《重印乾隆壬子本〈红楼梦〉序》，还增加了胡适所藏程乙本中小泉、兰墅的《引言》和高鹗的《序》，汪原放也重写了《校读后记》，初版和再版时的附录全部予以保留。重排本推出后深受欢迎，到1948 年 10 月共再版了八次，成为 20 世纪 20 年代至 50 年代最为流行的一个版本。正如魏绍昌《谈亚东本》文中所说："直至一九五四年在全国发动了对胡适派《红楼梦》研究问题的批判以前，亚东本始终占据着《红楼梦》各种铅印本中的优势地位。"

亚东标点本《红楼梦》的出版，是 20 世纪红学史上的一个重要事件，标志着一个新的阅读及学术时代的到来。

亚东标点本《红楼梦》在三个方面改写了红学的历史：一是标点本压倒以前的一切无标点本，成为《红楼梦》流通的主流版本；二是首次排印程乙本，稳固了程乙本在学术界和市场流通中的地位；三是卷首序跋内容丰富，尤其是胡适修改再版的《红楼梦考证》，成为新红学奠基之作。新红学从此取代旧红学，成为红学界的学术主流。

胡适《红楼梦考证》在红学史和文化史上的革命性意义，主要在于研究方法的革新。胡适深受美国哲学家杜威实用主义哲学和清代乾嘉学派的双重影响。后来他将这种研究方法概括为"大胆的假设，小心的求证"。《红楼梦考证》主要运用考证的方法，来解决《红楼梦》的作者和版本问题。如胡适本人在该文中所说，这确实"是向来研究《红楼梦》的人不曾用过的"。文中对此前王梦阮、蔡元培等人收罗许多不相干的零碎史事来附会《红楼梦》情节的"索隐派"诸说，提出相当尖锐的批评，认为"向来研究这部书的人都走错了道路"。

对当时正在大力推广新文化运动的胡适、陈独秀来说，借助出版商的力量以新思想、新方法来整理国故，应当是改造旧文化、普及新文化的一条有效途径。历史证明了这种思路的高瞻远瞩。胡适说服亚东图书馆出版"有系统的整理出来的本子"，有三项要求："一、本文中一定要用标点符号；二、正文一定要分节分段；三、（正文之前）一定要有一篇对该书历史的导言。"① 所以，亚

---

① 胡适口述，唐德刚译：《胡适口述自传》，广西师范大学出版社 2005 年版，第 226 页。

东标点本小说系列是由当时"五四"新文化运动领导人直接参与的"有系统的整理出来的本子"。

吴组缃在《漫谈〈红楼梦〉亚东本、传抄本、续书》中，谈到自己阅读亚东本《红楼梦》时的激动心情，以及以此为教材学做白话文的情形：

> 现在我买到手的，属于我所有的这部书，是跟我平日以往看到的那些小说书从里到外都是完全不同的崭新样式：白报纸本，本头大小适宜，每回分出段落，加了标点符号，行款疏朗，字体清楚，拿在手里看着，确实悦目娱心。我得到一个鲜明印象：这就是"新文化"！

> 我开始尝到读小说的乐趣。心里明白了小说这东西和读小说的人所受待遇新旧对比是如此其迥不相同！同时读它的还有好些同学。我们不只为小说的内容所吸引，而且从它学做白话文：学它的词句语气，学它如何分段、空行、低格，如何打标点用符号。①

吴组缃的感受，很形象地说明了一个问题：亚东版《红楼梦》与亚东标点本系列小说，都是受"五四"新文化运动的影响而诞生的；诞生之后，又成为新文化运动的重要标志之一，并有力推动了新文化运动的发展进程。

（原载《光明日报》（国学版），2015年6月15日第7版）

---

① 吴组缃：《漫谈〈红楼梦〉亚东本、传抄本、续书》，吴组缃：《说稗集》，北京大学出版社1987年版，第236页。

略论《红楼梦》中的"芙蓉"意象

　　"花"的意象在《红楼梦》中表现丰富，大抵又与人物性格及人物命运相关联，这种艺术构思在"埋香冢飞燕泣残红"、"寿怡红群芳开夜宴"等回中表现得尤其突出。①《红楼梦》花卉与人物形象的关联，在第七十八回的《芙蓉女儿诔》中达到高潮。此处作者将"芙蓉"花卉与"女儿"形象相连，明确提出"芙蓉女儿"的概念。《芙蓉女儿诔》明为晴雯而写，实为黛玉而作，同时哀悼黛晴二人，这种看法已是学界共识。

　　《红楼梦》中的"芙蓉"意象，究竟是指木芙蓉还是"出水芙蓉"荷花，学者意见并不统一。俞平伯早就表现出困惑，② 王昆仑《芙蓉赞》谓"芙蓉池上昂昂立"，能够"昂昂立"的似是指荷花。③

　　目前学界有两种意见：第一种意见认为《红楼梦》中的"芙蓉"意象全指木芙蓉。以《"红楼"芙蓉辨》一文中的意见为代表："大观园（乃至《红楼梦》全书）中，凡提到'芙蓉'处皆为木芙蓉；只有在明确写为'莲'、'荷'、'菱荷'时才指的是荷花。"④ 第二种意见认为《红楼梦》中的"芙蓉"意象兼指木芙蓉和荷花。以张庆善先生《说芙蓉》一文为代表。张庆善先生认为晴雯是木芙蓉，黛玉花名签是荷花。《红楼梦》中"芙蓉"两指，应该具体分析，

---

① 曹立波：《〈红楼梦〉中花卉背景对女儿形象的渲染作用》，《红楼梦学刊》2006 年第 3 辑。

② 俞平伯：《俞平伯论红楼梦》，上海古籍出版社 1988 年版，第 995－997 页。

③ 参见王昆仑：《芙蓉赞》，《红楼梦学刊》1979 年第 1 辑。

④ 陈平：《"红楼"芙蓉辨》，《红楼梦学刊》1983 年第 1 辑。

不能一概而论。①

　　根据《红楼梦》第七十八回中的描写，大多数学者都认为晴雯的"芙蓉"是木芙蓉，如肖嘉《花犁与芙蓉》等。②

　　2005 年张若兰《"嘉名偶自同"——《红楼梦》"芙蓉"辨疑》一文，引用众多吟咏"池上芙蓉"木芙蓉的古诗词，又以木芙蓉的花品为依据，认为黛玉所抽花名签也是木芙蓉，"'芙蓉'美丽的声色姿容之外别具一种幽情逸致、清标高格，且与牡丹的'富贵'表徵了不同的品格，正足象征黛晴的品格"，"除了'嘉名偶自同'外，书中'芙蓉'与水芙蓉（荷花）原本两无干涉。"③

　　《红楼梦》中的"芙蓉"，究竟是木芙蓉还是荷花还是兼而有之？这个问题一直困惑着许多读者和研究者。本文对《红楼梦》中的"芙蓉"与荷花及相关人物形象细加辨析，希望能够理清头绪，找到《红楼梦》作者关于芙蓉与荷花"用意很深"的"整体的艺术构思"。④

　　《"红楼"芙蓉辨》文中说："'芙蓉'在《红楼梦》中一共只出现过 4 次（《芙蓉女儿诔》中的文字除外）。"⑤ 其实并非如此。

　　据本文统计，前 80 回中"芙蓉"出现过 9 次，后 40 回中出现过 2 次，一共 11 次（同一回中同义重复时只算做一次）。

　　通过对这 11 处"芙蓉"的详细辨析，希望能够找出曹公笔下"芙蓉"所指究竟为何。因为版本众多，情况复杂，前 80 回选取抄本系列中相对完整的庚辰本，后 40 回选取程甲本。

　　前 80 回中，"芙蓉"分别在第七、二十八、三十八、五十三、六十二、六十三、七十一、七十八共 8 回中出现 9 次。按出现顺序摘录原文并逐一辨析如下：

　　（1）第七回《送宫花贾琏戏熙凤　晏宁府宝玉会秦钟》：

　　① 张庆善：《说芙蓉》，《红楼梦学刊》1984 年第 4 辑。
　　② 肖嘉：《花犁与芙蓉》，《红楼梦学刊》1981 年第 3 辑。
　　③ 张若兰：《"嘉名偶自同"——《红楼梦》"芙蓉"辨疑》，《红楼梦学刊》2005 年第 1 辑。
　　④ 张庆善：《说芙蓉》，《红楼梦学刊》1984 年第 4 辑。
　　⑤ 陈平："红楼"芙蓉辨》，《红楼梦学刊》1983 年第 1 辑。

要春天开的白牡丹花蕊十二两，夏（天）开的白荷花蕊心十二两，秋天的白芙蓉蕊十二两，冬天的白梅花蕊十二两。①

此处"秋天的白芙蓉"与"夏（天）开的白荷花"对举，"芙蓉"明确指木芙蓉。

（2）第二十八回《蒋玉菡情赠茜香罗　薛宝钗羞笼红麝串》

只见上等宫扇两柄，红麝香珠二串，凤尾罗二端，芙蓉簟一领。②

《红楼梦大辞典》对"芙蓉簟"的解释为"用细篾编织有芙蓉纹样的精美席子"，③ 没有明确说明是木芙蓉还是荷花。此处理解多有歧义。有人认为"芙蓉簟"是绣有荷花图案的席子，有人认为是绣有木芙蓉图案的席子，还有人认为是用木芙蓉树的纤维编织的席子。

（3）第三十八回《林潇湘魁夺菊花诗　薛蘅芜讽和螃蟹咏》

凤姐道："藕香榭已经摆下了，那山坡下两颗桂花开的又好，河里的水又碧清……"就引了众人往藕香榭来。原来这藕香榭盖在池中，四面有窗，左右有曲廊可通，亦是跨水接岸，后面又有曲折竹桥暗接……一面又看见柱上挂的黑漆嵌蚌的对子，命人念。湘云念道："芙蓉影破归兰桨，菱藕香深写竹桥。"④

《红楼梦大辞典》解释这副对子时说："上句写小舟归来搅动了芙蓉花在水中的倒影。"⑤ 未说是荷花还是木芙蓉花的倒影。

（4）第五十三回《宁国府除夕祭宗祠　荣国府元宵开夜宴》：

两边大梁上，挂着一对联三聚五玻璃芙蓉彩穗灯。每一席前竖一柄漆干倒垂荷叶，叶上有烛信插着彩烛。⑥

此处成为不少人论述《红楼梦》中"芙蓉"与"荷"区分对举的重要依据。也有人认为古代节庆彩灯上采用荷花图案的较多，此处"芙蓉"应为荷花。

---

① 《脂砚斋重评石头记》（庚辰本），人民文学出版社 2010 年版，第 153 页。
② 《脂砚斋重评石头记》（庚辰本），人民文学出版社 2010 年版，第 652 页。
③ 冯其庸、李希凡主编：《红楼梦大辞典》，文化艺术出版社 1990 年版，第 155 页。
④ 《脂砚斋重评石头记》（庚辰本），人民文学出版社 2010 年版，第 865–866 页。
⑤ 冯其庸、李希凡主编：《红楼梦大辞典》，文化艺术出版社 1990 年版，第 557 页。
⑥ 《脂砚斋重评石头记》（庚辰本），人民文学出版社 2010 年版，第 1250 页。

（5）第六十二回《憨湘云醉眠芍药裀　呆香菱情解石榴裙》：

一同到了红香圃中。只见筵开玳瑁，褥设芙蓉。①

此处有歧义，与第二次出现的"芙蓉簟"歧义相似。有人认为"褥设芙蓉"是绣有荷花图案的褥子，有人认为是绣有木芙蓉图案的褥子，还有人认为是用木芙蓉树的纤维编织的坐褥。

（6）第六十三回《寿怡红群芳开夜宴　死金丹独艳理亲丧》：

黛玉默默地想道："不知还有什么好的被我掣着方好。"一面伸手取了一根，只见上面画着一枝芙蓉，题着"风露清愁"四字。那面一句旧诗，道是："莫怨东风当自嗟。"注云："自饮一杯，牡丹陪饮一杯。"众人笑说："这个好极。除了他，别人不配作芙蓉。"黛玉也自笑了。②

此处有歧义。张庆善先生《说芙蓉》认为是荷花，论据有四：一是荷花的品格，"用荷花比喻绛珠仙草转世的林黛玉，显然比木芙蓉更合适"；二是"荷花也完全有条件同牡丹比美，因此黛玉对自己掣着一枝芙蓉花是满意的"；三是"荷花喻黛玉，即是写她的高洁，有时写她性格的脆弱和隐寓结局的不幸"；四是第四十回写林黛玉只喜欢李义山的这一句"留得残荷听雨声"，"残荷在这里是否也是黛玉不幸结局的某种隐喻呢？如果是，那么这也可以证明签上的芙蓉即是荷花了。"③

有学者认为此处指木芙蓉，原因是荷花一般不说"一枝"；"风露清愁"中的"风露"一般指秋天；等等。有的学者举出"莫怨东风当自嗟"当出自唐朝高蟾《下第后上永崇高侍郎》诗句："天上碧桃和露种，日边红杏倚云栽。芙蓉生在秋江上，不向东风怨未开。"以为"生在秋江上"的当然是木芙蓉。

（7）第七十一回《嫌隙人有心生嫌隙　鸳鸯女无意遇鸳鸯》

至二十八日，两府中俱悬灯结彩，屏开鸾凤，褥设芙蓉，笙箫鼓乐之音，通衢越巷。④

---

① 《脂砚斋重评石头记》（庚辰本），人民文学出版社 2010 年版，第 1457 页。
② 《脂砚斋重评石头记》（庚辰本），人民文学出版社 2010 年版，第 1496–1497 页。
③ 张庆善：《说芙蓉》，《红楼梦学刊》1984 年第 4 辑。
④ 《脂砚斋重评石头记》（庚辰本），人民文学出版社 2010 年版，第 1691 页。

此处与第五次出现时的"褥设芙蓉"同义，兹不赘述。

（8）第七十八回《老学士闲征姽嫿词　痴公子杜撰芙蓉诔》：

这丫头听了，一时诌不出来。恰好这是八月时节，园中池上芙蓉正开。……于是夜月下，命那小丫头捧至芙蓉花前。先行礼毕，将那诔文即挂于芙蓉枝上，乃泣涕念曰：……那小鬟回头一看，却是个人影从芙蓉花中走出来，他便大叫："不好，有鬼。晴雯真来显魂了！"①

此处所指应为木芙蓉。绝大多数学者都无异议。"池上芙蓉"容易让人误会为"池中芙蓉"。张若兰《"嘉名偶自同"——〈红楼梦〉"芙蓉"辨疑》一文中，引用宋人李曾伯的《池上芙蓉》一诗，颇有说服力。诗云：

小池擎雨已无荷，池上芙蓉映碧波。

初试晨妆铜镜净，未醒卯醉玉颜酡。

一秋造化全钟此，十月风光尚属佗。

除却篱边丛菊伴，别谁能奈晓霜何？②

至此，"池上芙蓉"为木芙蓉应无异议。

（9）第七十八回《老学士闲征姽嫿词　痴公子杜撰芙蓉诔》：

宝玉只得又想了一想，念道：丁香结子芙蓉绦。③

《红楼梦大辞典》解释这句诗为："绣着芙蓉图案的绦带，结扎成丁香花样式的扣结。"④ 未说明是木芙蓉还是荷花。蔡义江《红楼梦诗词曲赋鉴赏》的解释为："丁香结子——状如丁香花蕾的扣结。芙蓉绦——色如芙蓉的丝带。"⑤也未说明是木芙蓉还是荷花。

"芙蓉"在后 40 回中的第一百零八、一百一十六回共两回中出现 2 次。按出现顺序摘录如下：

（10）第一百零八回《强欢笑蘅芜庆生辰　死缠绵潇湘闻鬼哭》：

---

① 《脂砚斋重评石头记》（庚辰本），人民文学出版社 2010 年版，第 1907、1925、1932 页。
② 张若兰：《"嘉名偶自同"——〈红楼梦〉"芙蓉"辨疑》，《红楼梦学刊》2005 年第 1辑。
③ 《脂砚斋重评石头记》（庚辰本），人民文学出版社 2010 年版，第 1919 页。
④ 冯其庸、李希凡主编：《红楼梦大辞典》，文化艺术出版社 1990 年版，第 619 页。
⑤ 蔡义江：《红楼梦诗词曲赋鉴赏》，生活·读书·新知三联书店 2001 年版，第 370 页。

湘云道："不是胆大倒是心实，不知是会芙蓉神去了，还是寻什么仙去了。"①

（11）第一百一十六回《得通灵幻境悟仙缘　送慈柩故乡全孝道》：

还有无数名花必有专管的，我也不敢烦问。只有看管芙蓉花的是哪位神仙？②

这两处"芙蓉"都是提到晴雯时的代称，指木芙蓉。

与其他版本都不同的是，甲辰本第六十七回《馈土物颦卿念故里　讯家童凤姐蓄阴谋》多了一处"芙蓉"：

来至沁芳桥上立住，往四下里观看那园中景致。时至秋令，秋蝉鸣于树，草虫鸣于野。见这石榴花也开败了，荷叶也将残上来了，倒是芙蓉近着河边，都发了红铺铺的咕嘟子，衬着碧纱绿的叶儿，倒令人喜爱。一壁里瞧着，一壁里下了桥。③

庚辰本这一段的描写是：

刚来到沁芳桥畔，那时正是夏末秋初，池中莲藕新残相间，红绿离披。④

除甲辰本之外的其他版本，此段描写都与庚辰本相同。

《红楼梦》全书中"蓉"字单独出现时没有计算在内。如第四十回的"锦裀蓉簟"，"蓉簟"等同于"芙蓉簟"；第七十八回的"蓉桂竞芳"中的"蓉"，指木芙蓉。

综上所述，前80回中"芙蓉"字面出现9次（不含同一回中同义重复的字面），"芙蓉"有丰富的含义：可以指芙蓉花蕊、芙蓉倒影、芙蓉树、有芙蓉图案的家居器物（簟、褥、彩灯、绦、花名签等），也可以关涉人物（黛玉"一枝芙蓉"、晴雯的"芙蓉神"）。后40回中"芙蓉"字面只出现过两次，都是提

---

① 曹雪芹原著，程伟元、高鹗整理，张俊、沈治钧评批：《新批校注红楼梦》，商务印书馆2013年版，第1930页。
② 曹雪芹原著，程伟元、高鹗整理，张俊、沈治钧评批：《新批校注红楼梦》，商务印书馆2013年版，第2039页。
③ 《甲辰本红楼梦》，沈阳出版社2006年影印版，第2219页。
④ 《脂砚斋重评石头记》（庚辰本），人民文学出版社2010年影印版，第1608页。

到晴雯时的称呼。数量大大减少，意义也变得单纯。

从上文中还可以看出，《红楼梦》中出现的"芙蓉"字面意义所指，可分三类情况：一是明确为木芙蓉：如"秋天的白芙蓉蕊"、"芙蓉枝"等；二是存在争议的有芙蓉图案的家居器物：如"芙蓉簟"、"褥设芙蓉"、"芙蓉彩穗灯"、"芙蓉绦"、"一枝芙蓉"等；三是第三十八回存在争议的："芙蓉影"。

本文通过对"芙蓉"字面出现情况的详细梳理，认为《红楼梦》中"芙蓉"指的是木芙蓉，而不是荷花。

（本文收入《语言文学前沿》（第二辑），中国传媒大学出版社 2011 年版）

试论《红楼梦》中以莲命名的人物系列

　　《红楼梦》中的"莲"意象引人注目，仅人物名称中就有甄英莲、柳湘莲、藕官、蕅官、"藕丫头"等，居所名称有"藕香榭"。《红楼梦》中有许多花卉意象，如桃花、杏花、菊花等，但都不像"莲"意象如此频繁地与人物名称直接相关。

　　"莲"意象在《红楼梦》中有无特殊意义？为了寻找答案，需先把《红楼梦》中出现的所有与"莲"意象相关的地方做封闭性的研究。

　　周文业先生开发的中国古代小说数字化光盘，为本文的研究提供了很大的便利。本文先将《红楼梦》电子版本中出现的与"莲"相关的字句逐一找出，汇总成一个表格，必要时使用了数字化光盘中各版本的"逐行比对"功能；最后将所有表格中引用的原文，一一与数字化光盘中《红楼梦》各版本的图像版核对，再与中华书局、人民文学出版社、国家图书馆出版影印的各纸质版本核对，以求精确。

一、《红楼梦》中"莲"意象的分布情况

　　为便于说明问题，先将《红楼梦》多种版本中与"莲"意象相关的字句汇总成一个表格。表格不收入《红楼梦》中出现的所有与"芙蓉"相关的字句。《红楼梦》中的"芙蓉"究竟是指"莲"还是"木芙蓉"，抑或两者兼指，学界有不同意见。笔者在另外一篇文章《略论〈红楼梦〉中的芙蓉意象》中，将《红楼梦》中出现的所有"芙蓉"字面做封闭性的考查分析，得出《红楼梦》

中"芙蓉"所指为"木芙蓉"的结论。① 故《红楼梦》中出现的"芙蓉簟"、"芙蓉影"、"芙蓉绦"、"芙蓉"、"池上芙蓉"、"芙蓉花"、"芙蓉花神"等，都不在本文的考察视野之中。《红楼梦》中"荷"作为动词及助词用的地方，如"荷锄"、"荷包"、"倘荷"等，不收入表格。"藕荷色"（"藕合色"）虽然是颜色名称，但其名称来自"藕荷"的颜色，与"莲"意象相关，故收入表格。"莲台"、"莲社"、"莲花落"等最初得名原因与"莲"意象相关，收入表格。"甄英莲"被称为"香菱"、"秋菱"之处，不收入表格。惜春不被称为"藕榭"、"藕丫头"之处，也不收入表格。以首次出现的回目先后为序。

《红楼梦》中"莲"的分布情况表

序号	类别	回次	回数
1	甄英莲（人名）	1；4；120	3
2	藕合色	3；30	2
3	观赏植物（荷、莲、藕）	5；7；9；17；18；22；23；26；31；36；38；40；43；56；64；67；79；80；87；97	20
4	荷袂	5	1
5	莲步	5	1
6	白荷花蕊	7	1
7	建莲子	10	1
8	西番莲	17	1
9	风莲	17	1
10	藕香榭	18；36；37；38；40；41；48；49；50；76；81	11
11	莲台	22	1
12	荷露（酒液）	23	1
13	莲叶羹	35	1
14	莲社	37	1

① 朱萍：《略论〈红楼梦〉中的芙蓉意象》，《语言文学前言》（第二辑），中国传媒大学出版社2011年版。

序号	类别	回次	回数
15	藕丫头（藕榭）（人名）	37；42	2
16	大荷花式的翡翠盘子	40	1
17	藕粉桂糖糕	41	1
18	藕色	46	1
19	柳湘莲（人名）	47；66；67；70	4
20	李青莲（人名）	48	1
21	莲青（色）	49	1
22	建莲红枣汤	52	1
23	倒垂荷叶（灯座）	53	1
24	莲花落	54	1
25	藕官（人名）	58；59；60；62；77	5
26	菂官（人名）	58	1
27	小丫头莲花儿	61	1
28	莲心（怜心）	78	1
29	莲瓣（小脚）	78	1

二、《红楼梦》不同回目中"莲"意象的差异分析

从表格中看出，《红楼梦》中"莲"意象分布广泛，内涵丰富，共有 29 种情况，在 50 个回目中都出现过。下面分别从类别和出现频率两个角度来分析这些"莲"意象。

从类别上看，《红楼梦》中的"莲"意象有九种情况：作为观赏植物："荷"、"莲"、"藕"等共在 20 回中频繁出现。

作为人名（包括别号）："甄英莲"在 3 回中出现多次，尤其在第一回和最后一回中出现，结构意义很明显；"柳湘莲"在 4 回中出现多次，是作者着力描写的一个次重点人物；"藕榭"、"藕丫头"在两回中出现多次；"藕官"共在五

回中出现多次，也是作者着力描写的一个次重点人物；"药官"和"莲花儿"在一回中出现过。

作为颜色名称："藕合色"出现过两次；"藕色"出现过一次；"莲青"（色）出现过一次。作为居所名称的"藕香榭"：共在11回中出现多次。作为食物及药物："白荷花蕊"（药用，第七回）、"建莲子"（药用，第十回）、"藕粉桂糖糕"、"建莲红枣汤"、"莲叶羹"各出现过一次。

作为最初与"莲"意象有关的专有名词："莲台"（第二十二回）、"莲社"（第三十七回）、"莲花落"（第五十四回）各出现过一次。"莲台"是指佛、菩萨所坐之莲华台座。"莲社"应用慧远在庐山结白莲社的典故。"莲花落"是中国曲艺的一个曲种，内容主要劝人拜佛从善，一般是盲人演唱，两人一唱一帮，各手执一常青树枝，上缀许多红色纸花，为"莲花"状，莲花又是佛教的象征，故名"莲花落"。

作为器具的模仿对象："大荷花式的翡翠盘子""倒垂荷叶"（灯座）各出现过一次。作为比拟对象："荷露"（酒液）、"荷袂"（似荷形状的衣服）、"莲步"（小脚步态）、"莲瓣"（小脚）、"莲子大小"的珠子、"莲心"（怜心）、"荷粉露垂"各出现过一次。

与"莲"意象无关的"西番莲"，这个问题相对复杂。庚辰本第十七回《大观园试才题对额》有一句对新建成的大观园建筑的描写："一色水磨群墙，下面白石台阶凿成西番草花样。"[①] 此句文字，除列藏本之外的所有抄本和程甲本都写作"西番草花样"或"西番花样"，都没有"莲"字。只有庚辰本、列藏本和程乙本写作"西番莲花样"。"西番草"和"西番莲"是一物两名，是西方传入的一种藤本植物，与荷花无关。大多数抄本不使用"西番莲"的名称，应是有意为之。正如《红楼梦》中把"莲"与"芙蓉"（木芙蓉）明确区分开来一样，除列藏本之外的所有抄本都明确把"西番草"与"莲"意象区分开来，不使用"西番莲"的名称。庚辰本、程甲本接近抄本体系，故也不使用"西番莲"的名称。庚辰本、列藏本和程乙本使用"西番莲"的名称，没有注

---

① 《脂砚斋重评石头记》（庚辰本），人民文学出版社2010年版，第350页。

意到"西番莲"与"莲"意象名称相混的问题。

从出现频率上看,《红楼梦》中"莲"意象的出现频率,在前 80 回与后 40 回中差别很大。前 80 回中有 46 回都出现"莲"意象等,百分比为 58%。如果把香菱(甄英莲)、惜春(藕丫头)的出场都算上,这个比例还会大大提高。后 40 回中只有 4 回出现"莲"意象,百分比为 10%。

前 80 回中中"莲"意象种类丰富、含蕴复杂,有作为观赏植物、人名、颜色名称、居所名称、食物及药物、与"莲"意象有关的专有名词、器具的模仿对象、比拟对象等八种类别的情况。后 40 回中"莲"意象只在 4 回中出现过,即第八十一回中中的"藕香榭"、第八十七回中的"十里荷花"、第九十七回的"荷粉露垂"及第一百一十二回中的"甄英莲"。类别也比较单一,只有作为观赏植物、人名、居所名称、比拟对象等 4 种类别的情况。

后 40 回中"莲"意象明显减少,有多种原因。一些与"莲"意象相关的人物,在第 80 回前就出家了,此后不再出场,如藕官、柳湘莲。惜春虽然在后 40 回中才出家,但后 40 回中不再将惜春称为"藕榭"、"藕丫头"。因为后 40 回中不再起诗社,宝钗等人也都不再有相互称诗号的雅心与闲情。联系到其他相关情况,这意味着前 80 回中浓郁的诗意在后 40 回中消失不见了,也意味着后 40 回中与前 80 回可能不是同一个作者。后 40 回中描写的故事时间主要是冬季,景物描写中不再出现荷、藕等字句。后 40 回中"莲"意象不再作为颜色名称、食物及药物、与"莲"意象有关的专有名词、器具的模仿对象而出现,联系到其他相关的情况,这意味着前 80 回中对日常生活加以精细描写的文笔在后 40 回中消失不见了,也意味着后 40 回中与前 80 回不是同一个作者。

总之,《红楼梦》各版本中"莲"意象分布差异明显,前 80 回大量描写"莲"意象,后 40 回则极少描写"莲"意象。可以说,前 80 回的作者非常钟爱"莲"意象,并且其中蕴有深意;而后 40 回作者则无此钟爱,并且忽视了其中的深意。这个问题,对研究前 80 回和后 40 回的作者籍贯、用语习惯、审美品格等问题都有所助益。

三、与"莲"意象有关的人物系列

为什么《红楼梦》前80回作者如此偏爱"莲"意象？这与"莲"意象的佛教渊源、文学渊源等都有关系。在佛教中，莲是香净广大境界的象征。在源远流长的中国古代文学传统中，"莲"还与"怜"谐音，古典诗词、民歌等常借"莲"意象来双关、象征、隐喻纯洁而执着的爱情。

与此相应，《红楼梦》中一系列与"莲"意象有关的人物形象，大都具有可堪"怜"爱、可堪"怜"悯、"清"高孤冷等性格特点及命运遭际。按小说中出场先后为序，我们逐一列举并观照这些人物形象的性格特点、命运遭际。

首先出场的是书中第一位女子——甄英莲。甄英莲在第一回和最末回第一百二十回中以本名出现，在其他回目中多以香菱或秋菱的名字出现。她的命运遭际，在第五回判词中的预示是：

> 只见画着一株桂花，下面有一池沼。其中水涸泥干，莲枯藕败。后面书云：
>
> 根并荷花一茎香，平生遭际实堪伤。
>
> 自从两地生孤木，致使香魂返故乡。①

"水涸泥干，莲枯藕败"象征甄英莲之死，"一株桂花""自从两地生孤木"象征甄英莲死于薛蟠娶回夏金桂之后。这段短短的文字中就出现了三次"莲"意象，凸显出作者着意强调甄英莲与"莲"意象密切联系的创作构思。

第三回中出现的惜春。惜春在第三十七回中有了"藕榭"的别号，在第四十二回中被宝钗称为"藕丫头"。结局是归入佛门。

在第四十七回中出现的柳湘莲。结局是离俗入道。

在第五十八回中出现的藕官。结局是与蕊官一起去了地藏庵。

在第五十八回中出现的菂官。结局是夭亡。

第六十一回中出现的小莲花儿。不知结局。她是迎春的小丫头，听司棋的

---

① 《脂砚斋重评石头记》（庚辰本），人民文学出版社2010年版，第106页。

调遣。司棋的结局是撞墙自尽；迎春的结局是被虐夭亡。小丫头莲花儿的命名，应当含有影射迎春及司棋不幸命运的意蕴。

以上这些人物形象中，作者着力刻画之处有三点：

首先是"怜"。这一系列人物的结局都是夭亡或者出家，没有一个享有世俗意义上的美满结局，都是可"怜"之人。作者将他们的名字与"莲"意象相关联，采用的是"莲"与"怜"的谐音。

其次是"冷"。《红楼梦》中有两个以"冷"著名的人：一是"冷郎君""冷二郎"柳湘莲，一是"冷口冷心"的"藕丫头"惜春。

柳湘莲的"冷"，两次上了回目文字：第四十七回《呆霸王调情遭苦打　冷郎君惧祸走他乡》、第六十六回《情小妹耻情归地府　冷二郎一冷入空门》，可见这是作者刻意强调的柳湘莲的性格特征。

惜春的"冷"，集中在第七十四回《惑奸谗抄拣大观园　矢孤介杜绝宁国府》中。此回写抄拣大观园之后，惜春不仅不为自己的丫头入画求情，反而更进一步要求与亲哥嫂断绝关系：

> 谁知惜春虽然年幼，却天生地一种百折不回的廉介孤独僻性。任人怎说，他只以为丢了他的体面，咬定牙断乎不肯……尤氏道："可知你是个冷口冷心的人！"惜春道："古人曾也说的'不作狠心人，难得是了汉'。我清清白白的一个人，为什么教你们带累坏了我？"①

"冷二郎"柳湘莲与冷小姐"藕丫头"惜春，结局是一个人道、一个归佛。柳湘莲因辜负了尤三姐的刚烈痴情，极度愧疚、看破红尘而撒手出家。惜春则缘于羡慕佛门清净无垢兼可避祸而出家。

与"冷"相对应，上述两个人物表现出的精神上的洁癖尤其突出。柳湘莲的洁癖，集中体现在暴打薛蟠和与尤三姐退婚两件事情中。第七十四回惜春强调"我清清白白的一个人"，也是其精神上的洁癖的表现。

再次是"情"。这一点在藕官与菂官的痴情故事中得到突出描写。第五十八回《杏子阴假凤泣虚凰　茜纱窗真情揆痴理》中叙：

---

① 《脂砚斋重评石头记》（庚辰本），人民文学出版社 2010 年版，第 1794 – 1795 页。

芳官笑道："你说他祭的是谁？祭的是死了的药官！"宝玉："这是友谊，也应当的。"芳官笑道："那里是友谊？他竟是疯傻的丫头！说他自己是小生，药官是小旦，常做夫妻。虽说是假的，每日那些曲文排场，皆是真正温存体贴之事。故此二人就疯了：虽不做戏，寻常饮食起坐，两个人竟是你恩我爱。药官一死。他哭的死去活来，至今不忘，所以每节烧纸。后来补了蕊官，他们俩一般的温柔体贴。我也曾问过他得新弃旧的。他说：'这又有个大道理。比如男子丧了妻，或有必当续弦者，也必要续弦为是。便只是不把死的丢过不提，便是情深意重了。若一味因死的不续，孤守一世，妨了大节，也不是理。死者反不安了。'你说可是又疯又呆？说来可是可笑？"宝玉听说了这篇呆话，独合了他的呆性。不觉又是欢喜，又是悲叹，又称奇道绝，说："天既生这样人，又何用我这须眉浊物玷辱世界？"①

藕官的"真情"与"痴理"，不但在小说中被贾宝玉"称奇道绝"，同时也是作者着意向世人彰显的"真情"与"痴理"。贾宝玉因庇护在杏子阴下烧纸钱的藕官而被藕官引为知己，认可"他是自己一流的人物"。

除藕官之外，早夭的药官自是深情之人，故在戏台之外假戏真做，与藕官自比夫妻。柳湘莲感于尤三姐的刚烈痴情而撒手出家，也是对痴情的一种固守。

总之，《红楼梦》中与"莲"意象相关的一系列人物形象，突出表现了"怜"、"冷"、"情"的性格特点。以"莲"命名这些人物，是前80回作者优异的叙事策略之一。《红楼梦》中"莲"意象的类别意蕴及出现频率，在前80回与后40回中多寡悬殊，这对研究前80回和后40回的作者身份、用语习惯、审美品格等问题，都有助益。

（本文收入《语言文学前沿》（第六辑），知识产权出版社 2016 年版）

---

① 《脂砚斋重评石头记》（庚辰本），人民文学出版社 2010 年版，第 1383—1384 页。

《红楼梦》中姑苏女子的出场与退场
——兼论 80 回本与 120 回本的不同

　　《红楼梦》是着重描写众多女子形象的小说。《金陵十二钗》是《红楼梦》的五种书名之一。"金陵十二钗"正册、副册、又副册对《红楼梦》的人物谱系具有重要的架构意义。但《红楼梦》小说中最先出场的却不是金陵贾家，而是姑苏甄家。这样一来，姑苏在《红楼梦》中就具备了特殊含义。对此，前人也有不少猜测。前人研究多着眼于小说原型"真""假"、姑苏甄家与金陵贾家、甄士隐出家与贾宝玉出家等的对应关系。这些对应关系，学界已经多有涉及与研究，兹不赘述。

　　在题名《金陵十二钗》的小说中，却有一系列引人注目的姑苏女子，如甄英莲、林黛玉、十二女伶、妙玉等。这些来自姑苏的女子们究竟有什么独特之处？与小说的主题有何关涉？在小说中具有怎样的结构意义？本文从这些姑苏女子的出场与退场入手，尝试推测作者的创作初衷。

一、姑苏女子的出场与退场

　　小说一开始在补天神话（石头神话）结束之后，正文开头（"按那石上书云"）的第一句话是："当日地陷东南，这东南一隅有处曰姑苏。"甲戌本此处有一句旁批："是金陵。"① 似是昭示书中的"姑苏女子"即为书名中凸显的

---

① 《脂砚斋甲戌抄阅重评石头记》，沈阳出版社 2005 年影印版，第 10 页。

"金陵"女子。

第一回说本书"为闺阁女子昭传"，正文第一个出场的女子，却并不是一般人们所认为的第一女主角林黛玉或王熙凤，而是姑苏女子甄英莲。应是取"真应怜"的谐音，为全书所有女子定下悲剧基调。甄英莲是在第一回出场的。

第二个出场的还是姑苏女子，这一次是小说主角之一——林黛玉，而林黛玉是在第二回出场的。

这样井然有序的出场次序应该不是偶然的，而是作者着意安排的结果。正如顾鸣塘《论〈红楼梦〉人物与回目之关系》一文中所说："作者在构思过程中，必然对人物的出场和出场的先后、主次作精密安排，以反映自己的创作意图。"①

循此思路，为便于说明问题，我们把小说中姑苏女子的出场及退场情况，列一表格如下：

姑苏女子	出场	退场（80回本）	退场（120回本）
甄英莲（香菱）	第一回《甄士隐梦幻识宝玉 贾雨村风尘怀闺秀》	第八十回《懦弱迎春肠回九转 娇怯香菱病入膏肓》	第一二零回《甄士隐详说太虚情 贾雨村归结红楼梦》
林黛玉	第二回《贾夫人仙逝扬州城 冷子兴演说荣国府》	第七十九回《薛文龙悔娶河东狮 贾迎春误嫁中山狼》	第九十八回《苦绛珠魂归离恨天 病神瑛泪洒相思地》
十二女伶	第十六回《贾元春才选凤藻宫 秦鲸卿夭游黄泉路》	第七十七回《俏丫头抱屈夭风流 美优伶斩情归水月》	第七十七回《俏丫头抱屈夭风流 美优伶斩情归水月》
妙玉	第十八回《庆元宵贾元春归省 助情人林黛玉传诗》	第七十六回《凸碧堂品笛感凄清 凹晶馆联诗悲寂寞》	第一一二回《活冤孽妙尼遭大劫 死雠仇赵妾赴冥曹》

---

① 顾鸣塘：《论〈红楼梦〉人物与回目之关系》，《红楼梦人物论》，贵州人民出版社1988年版。

从表格中可以看出，姑苏女子的出场次序井然：先是"真应怜"（甄英莲）；次是"玉带林中挂"的林黛玉；后为"斩情归水月"的"美优伶"们；最后是与贾宝玉林黛玉甚有渊源、并称"红楼三玉"的妙玉。

姑苏女子的退场，则有两种情况：一种是退场时小说中明确交代结局，并且人物不再出现，如十二女伶；另一种则是人物在 80 回本和 120 回本两大版本系统中，分别有两种不同的结局，如甄英莲、林黛玉、妙玉。

针对第二种情况，我们分别梳理人物在 80 回本系统和 120 回本系统中的不同结局。

120 回本系统中姑苏女子的退场，没有严整的次序可言。120 回本中的甄英莲（香菱）的退场，在最后一回——第一二零回《甄士隐详说太虚情　贾雨村归结红楼梦》。结局是苦尽甘来，被扶正为薛蟠之妻，但生育时难产，遗下一子"产难完劫"，难产而死。林黛玉退场在第九十八回《苦绛珠魂归离恨天　病神瑛泪洒相思地》，于钗玉成婚之时含恨而亡。妙玉退场在第一一二回《活冤孽妙尼遭大劫　死雠仇赵妾赴冥曹》："不知妙玉被劫或是甘受污辱，还是不屈而死，不知下落，也难妄拟。"

但在 80 回本系统中，如果把 80 回小说内容封闭起来看，姑苏女子的出场与退场却有一种奇妙的关联。

有几种 80 回本的第八十回回目文字都是"姣怯香菱病入膏肓"、"娇香菱病入膏肓"。如果 80 回本的作者真的安排香菱在第八十回因"病入膏肓"死亡而最终退场，那么我们就可以说：第一回出场的姑苏女子甄英莲，在 80 回本的最后一回退场了。（关于香菱在 80 回本系统中的结局，详见本文第二部分的论述）

第七十九回《薛文龙悔娶河东狮　贾迎春误嫁中山狼》是 80 回本的倒数第二回。宝玉在与黛玉的探讨中把《芙蓉女儿诔》中的其中一句修改为"茜纱窗下，我本无缘；黄土垄中，卿何薄命。"黛玉听后，内心反应强烈：

> 黛玉听了，怔然变色，心中虽有无限的狐疑乱拟，外面却不肯露出。①

这样一改，《芙蓉女儿诔》的追悼对象，比较明显地从晴雯变成了黛玉。比

---

① 曹雪芹，高鹗：《程甲本〈红楼梦〉》，沈阳出版社 2006 年影印版，第 1886 页。

第七十六回的"冷月葬花魂"更加明确地预示了黛玉的死亡：被当事人自己清楚地感知到，并且谶文都已经有了。此后在80回本中，林黛玉不再出现。我们是否可以说：在第二回出场的姑苏女子林黛玉，在80回本的倒数第二回退场了？

书中引人注目的姑苏女子还有十二女伶和妙玉。十二女伶出场在第十六回《贾元春才选凤藻宫　秦鲸卿夭游黄泉路》，贾蔷受命"下姑苏聘请教习，采买女孩子"。① 退场在第七十七回《俏丫头抱屈夭风流　美优伶斩情归水月》，芳官去了水月庵，藕官、蕊官去了地藏庵。

妙玉的出场在第十八回："带发修行的，本是苏州人氏。"② 退场在第七十六回《凸碧堂品笛感凄清　凹晶馆联诗悲寂寞》，与黛玉、湘云中秋联诗之后，在80回本中就不再出场。

如此一来，在80回本系统的版本中，姑苏女子的退场与其出场一样次序井然：先是"凹晶馆联诗悲寂寞"的妙玉；再为"斩情归水月"的"美优伶"；后是"芙蓉女儿"林黛玉；最后是"病入膏肓"被磨折至死的香菱（甄英莲）。

这样就形成一个封闭的圆型结构：最先出场的最后退场；第二出场的倒数第二退场；第三出场的倒数第三退场；最后出场的最先退场。

80回本系统中姑苏女子的出场、退场次序分明，章法布局极其严谨。应该可以得出一个结论：姑苏女子的出场与退场，是80回本系统中的一条比较明显的、非常重要的线索。

为此，我们有必要对80回本系统中香菱的退场问题，做出详细的考察分析。

二、80回本中甄英莲的退场——"病入膏肓"

《红楼梦》成书复杂，版本众多，不同版本的回目文字多有异文。这些互有

---

① 《脂砚斋重评石头记》（庚辰本），人民文学出版社2010年影印版，第335页。
② 同上，第376页。

差异的回目，对研究《红楼梦》成书过程、推断版本先后、了解作者构思等诸方面都具有非常重要的意义。俞平伯《红楼梦辨》上卷二《辨原本回目只有八十回》就专从回目入手，"辨证四十回底本文"，"因为回目和本文是相连的，若把回目推翻了，本文也就有些立脚不住。"从红学史上看，20世纪初的主要研究者胡适、俞平伯等人主要从版本回目上断定前后不是曹雪芹一人所写。①后来的研究者也都非常重视回目研究。其中顾鸣塘《论〈红楼梦〉人物与回目之关系》、孙逊《〈红楼梦〉人物与回目关系之探究》两文，是近年来的研究力作。②

循此思路，我们发现80回本中第八十回回目文字有一条重要的线索，引导我们发现80回本中存在一个完整的姑苏女子线索。

80回本诸本的第八十回回目与正文，具体情况如下：

庚辰本第八十回已分回，缺回目名。

戚序本第八十回回目《懦弱迎春肠回九曲　娇怯香菱病入膏肓》。

蒙府本第八十回回目《懦弱迎春肠回九曲　娇怯香菱病入膏肓》，与戚序本相同。

列藏本第八十回未从上回中分出。

己酉本存第八十回回目《夏金桂计用夺宠饵　王道士戏述疗妒羹》。③

梦稿本第八十回回目有两种：左边是《懦迎春肠回九曲　娇香菱病入膏肓》，右边是《美香菱屈受贪夫棒　王道士胡诌妒妇方》。

甲辰本第八十回回目《美香菱屈受贪夫棒　丑道士胡诌妒妇方》。

卞藏本第八十回回目《懦迎春肠回九曲　娇香菱病入膏肓》。

可以看出，80回本系统中，存有第八十回回目或者正文的有8个版本。其

---

① 俞平伯：《红楼梦辨》，人民文学出版社1973年版，第11页。

② 顾鸣塘：《论〈红楼梦〉人物与回目之关系》，《红楼梦人物论》，贵州人民出版社1988年版。孙逊：《〈红楼梦〉人物与回目关系之探究》，《文学遗产》，2009年第4期。

③ 己酉本藏首都图书馆，有中华书局"古本小说丛刊"影印本。存前四十回。己酉本（舒序本）正文之前的《目录》页中，"第四十回"四字正好到本页页面（《古本小说丛刊》一六一四页）最后一行，下页页面（《古本小说丛刊》一六一五页）开端应当是第四十回回目。

中存有第八十回回目文字的有6个版本。6个版本的第八十回回目中，有4个版本的回目文字都是香菱"病入膏肓"，比例为三分之二。

单从回目本身来看，"病入膏肓"很难再起死回生，应当就是必死之意。

从正文来看，第八十回写夏金桂嫁来不久就一次次有计划地磨折香菱，致使香菱在薛蟠房中不能容身，被迫跟随宝钗而去：

> 自此以后，香菱果跟随宝钗去了，把前面路径竟一心断绝。虽然如此，终不免对月伤悲，挑灯自叹。本来怯弱，虽在薛蟠房中几年，皆由血分中有病，是以并无胎孕。今复加以气怒伤感，内外折挫不堪，竟酿成干血之症，日渐羸瘦作烧，饮食懒进，请医诊视服药亦不效验。①

因"气怒伤感"而"酿成干血之症"，"日渐羸瘦作烧，饮食懒进，请医诊视服药亦不效验"，从而"病入膏肓"、撒手红尘，"致使香魂返故乡"。这个结局，就是作者原本的构思。

甄英莲（香菱）的死亡原因，小说第五回《游幻境指迷十二钗　饮仙醪曲演红楼梦》中，就已经做了预示：

> 宝玉看了不解。遂掷下这个，又去开了副册厨门，拿起一本册来，揭开看时，只见画着一株桂花，下面有一池沼，其中水涸泥干，莲枯藕败，后面书云：根并荷花一茎香，平生遭际实堪伤。自从两地生孤木，致使香魂返故乡。②

"水涸泥干，莲枯藕败"应当象征甄英莲之死，"一株桂花"、"自从两地生孤木"象征甄英莲死于夏金桂之手。120回本第一零三回《施毒计金桂自焚身　昧真禅雨村空遇旧》写夏金桂施毒计害死了自己，与前面第五回的伏笔不相符合。

如果80回本回目中的"病入膏肓"果真意味着作者暗示甄英莲（香菱）于夏金桂新婚不久就被其磨折至死，倒是正好符合"自从两地生孤木，致使香魂返故乡"的谶语。

---

① 《脂砚斋重评石头记》（庚辰本），人民文学出版社2010年影印版，第1963页。
② 《脂砚斋重评石头记》（庚辰本），人民文学出版社2010年影印版，第106页。

对此，俞平伯《红楼梦辨》上卷二《辨原本回目只有八十回》中早就指出："香菱应死于夏金桂之手，而目中明写'金桂自焚身'"，是后40回和前80回"最显明的矛盾之处"之一。① 胡适除引用第五回判语之外，还引用第八十回正文内"干血之症"、"请医诊视服药亦不效验"的描写佐证，得出结论："可见八十回的作者明明要香菱被金桂磨折死。"（《胡适文存》卷三）后来陆续发现的多种80回本的第八十回回目文字中的"病入膏肓"四字，应当可以成为胡适、俞平伯等人此种观点的又一有力佐证。

"病入膏肓"应当意味着甄英莲的结局和退场。联系80回本中其他姑苏女子严密整齐的出场与退场次序，我们可以由此提出这样一个假设：作者以甄英莲等一干姑苏女子的死亡离散，将80回本《石头记》的全书创作拉下了落幕。

由此看来，80回本系统中，作者安排香菱以"病入膏肓"为结局的写作意图，应该说是比较明显的。

120回本中，程甲本和程乙本的第八十回回目都是《美香菱屈受贪夫棒 王道士胡诌妒妇方》，与梦稿本第八十回回目文字的其中一种相同。120回本籍以修改的基础本——甲辰本，第八十回回目改为《美香菱屈受贪夫棒 丑道士胡诌妒妇方》，已经开始消解其结局意义。

为什么80回本系统中第八十回回目有如此大的相似性？为什么120回本系统要对第八十回回目做出如此大的、整齐划一的修改？我们有必要考察两大系统中甄英莲在第八十回死亡与否究竟关涉着作者怎样的结构安排。

三、80回本中第八十回的结构意义

几乎所有的抄本都最多只有80回，这应当不是一种偶然现象，也不应当简单做出后面文字整体遗失的推测，我们还应当从作品结构本身来做一番深入考察。

从小说结构布局上说，80回本的结构其实是首尾俱全、相对完整的。

---

① 俞平伯：《红楼梦辨》，人民文学出版社1973年版，第13页。

第一回写石头执意下凡经历繁华，引出"一僧一道"二仙师的谆谆告诫：

> 二仙师听毕，齐憨笑道："善哉，善哉！那红尘中有却有些乐事，但不能永远依恃，况又有'美中不足，好事多魔'八个字紧相连属，瞬息间则又乐极悲生，人非物换，究竟是到头一梦，万境归空，倒不如不去的好。"①

甲戌本在"乐极悲生，人非物换，究竟是到头一梦，万境归空"四句边有句旁批："四句乃一部之总纲。"② 二仙师这一段话，既是整部小说内涵的高度概括，应当也是80回本小说整体结构的高度概括。

从开头按顺序看，第一回甄英莲出场被拐；第二回林黛玉出场丧母；第三回林黛玉进贾府；第四回甄英莲进薛家（于第五回随薛家进贾府）；第五回《游幻境指迷十二钗　饮仙醪曲演红楼梦》，预示十二钗的结局。前五回被公认为是《红楼梦》的楔子。第六回《贾宝玉初试云雨情　刘姥姥一进荣国府》有一段话：

> 按荣府中一宅人合算起来，人口虽不多，从上至下也有三四百丁，虽事不多，一天也有一二十件，竟如乱麻一般，并无个头绪可作纲领。正寻思从那一件事自那一个人写起方妙，恰好忽从千里之外，芥荳之微，小小一个人家，因与荣府略有些瓜葛，这日正往荣府中来，因此便就此一家说来，倒还是头绪。③

按这段话所说，第六回应是小说楔子之后的正文开端。此后逐渐展示十二钗的种种故事。

第四十九回《琉璃世界白雪红梅　脂粉香娃割腥啖膻》是十二钗美好时光的高潮。庚辰本第四十九回有句回前评："此回系大观园集十二正钗之文"。④这句批语应当是注意到了第四十九回在小说结构中的重要枢纽意义。大观园进入最繁华的时候。对80回本来说，第四十九回位于中间稍后，是大观园鼎盛时

① 《脂砚斋甲戌抄阅重评石头记》，沈阳出版社2005年影印版，第8-9页。
② 《脂砚斋甲戌抄阅重评石头记》，沈阳出版社2005年影印版，第9页。
③ 《脂砚斋重评石头记》（庚辰本），人民文学出版社2010年影印版，第128页。
④ 《脂砚斋重评石头记》（庚辰本），人民文学出版社2010年影印版，第1125页。

期的描写。

第七十四回《惑奸谗抄检大观园　矢孤介杜绝宁国府》与第七十五回《开夜宴异兆发悲音　赏中秋新词得佳谶》，也就是 80 回本的倒数第七回、第六回，是"乐极悲生"的开始。

第七十六回《凸碧堂品笛感凄清　凹晶馆联诗悲寂寞》，是大结局诗意的先兆："寒塘渡鹤影，冷月葬花魂"，在诗意的氛围中预示湘云流散、黛玉死亡。

第七十七回《俏丫头抱屈夭风流　美优伶斩情归水月》，是大结局在现实生活中的开始：晴雯屈死；芳官、藕官、蕊官三人出家。晴雯之死预示黛玉之死，自无异议。此回出家的三个人，正是当初分配在宝玉、黛玉、宝钗处的优伶，此中也大有深意。第五十八回《杏子阴假凤泣虚凰　茜纱窗真情揆痴理》中，因"老太妃已薨"，"各官宦家，凡养优伶男女者，一概蠲免遣发"，梨香院小优伶们也被遣散，不愿离开贾府的八位就被分派各处：

> 贾母便留下文官自使，将正旦芳官指与宝玉，将小旦蕊官送了宝钗，将小生藕官指与了黛玉，将大花面葵官送了湘云，将小花面豆官送了宝琴，将老外艾官送了探春，尤氏便讨了老旦茄官去。①

八位小优伶的性格、命运，都与各自的主人有种联系。芳官与宝玉"倒象是双生的弟兄两个"（第六十三回）；蕊官名字与宝钗用春夏秋冬白牡丹花蕊、白荷花花蕊、白芙蓉花蕊、白梅花花蕊"四样花蕊"所配冷香丸相关（第七回）；藕官名字及崇尚至情的性情都与"除了他，别人不配作芙蓉"的黛玉相关（第六十三回）。芳官、藕官、蕊官避世出家，应当是对宝玉、黛玉、宝钗悲剧结局的象征性写照。

第七十八回《老学士闲征诡画词　痴公子杜撰芙蓉诔》，宝玉撰写诔文祭奠晴雯继第七十六回之后，再一次用韵文的形式、在诗意的氛围中预兆黛玉的死亡。

第七十九回《薛文龙悔娶河东狮　贾迎春误嫁中山狼》，宝玉将《芙蓉女儿

---

① 《脂砚斋重评石头记》（庚辰本），人民文学出版社 2010 年影印版，第 1369 页。

诔》中文字改为"茜纱窗下，我本无缘；黄土垄中，卿何薄命"，① 比较明确地预示了黛玉的死亡。"元迎探惜"四人，除去皇宫中的元妃，目前尚在贾府的三人中最大的一个，开始进入悲剧命运。

第八十回《懦弱迎春肠回九转　姣怯香菱病入膏肓》，昭示甄英莲的死亡结局。

从抄检大观园开始，80 回本的后几回全部在写"诸芳流散"，人物、故事都发展到"乐极悲生，人非物换，究竟是到头一梦，万境归空"的结局之处。从结构意义上说，倒数五回可以与开头五回相对应。去掉后 40 回，80 回本的结构布局本身也与"四大名著"中其他三部《三国演义》《水浒传》《金瓶梅》由盛而衰、先盛后衰的格局相符合。所以，应当可以说，80 回本中的第八十回，在某种意义上，具有大结局的意义。

戚序本第八十回回后有一段批语：

> 此文一为择婿者说法，一为择妻者说法。择婿者必以得人物轩昂，家道丰厚，荫袭公子为快；择妻者必以得容貌艳丽，妆奁富厚，子女盈门为快。殊不知以貌取人，失之子羽。试看桂花夏家，指挥孙家，何等可美可乐，卒至迎春含悲，薛蟠贻恨，可慨也夫！②

此段批语认为第八十回是以迎春、薛蟠的失败婚姻为例，为择婿者、择妻者说法。小说第一回甄士隐梦见一僧一道讲述神瑛侍者和绛珠仙草的"风流公案"，"勾出多少风流冤家来，陪他们去了结此案"。③"这一干风流孽鬼"随青埂峰顽石一并下世。这段话点明了小说的主题之一——恋爱故事。恋爱故事一般写到缔结婚姻也就结束了。此回回后总评以迎春、薛蟠的婚姻结局为警醒，回应开头"一干风流孽鬼"下凡投胎。

第八十回写的是迎春、薛蟠的婚姻，而不是宝玉的婚姻。而且正文最后一句话是："邢夫人不在意，也不问其夫妻和睦，家务烦难，只面子情塞责而已。

---

① 《脂砚斋重评石头记》（庚辰本），人民文学出版社 2010 年影印版，第 1934－1935 页。
② 《戚蓼生序本石头记》，沈阳出版社 2006 年影印版，第 3192 页。
③ 《脂砚斋重评石头记》（庚辰本），人民文学出版社 2010 年版，第 11 页。

终不知端的，且听下回分解。"① 这句话没有大结局的意思，但此书处处打破常规。第一回石头面对空空道人的质问，辩解道："历来野史皆蹈一辙，莫如我这不借此套者，反倒新奇别致。"② 此书特点，不但"朝代年纪、地舆邦国却反失落无考"，③ 在结尾方式上也别具一格呢。可以说80回本小说以甄英莲的身世开始，以甄英莲的死亡终结。

80回本中第八十回，从回目文字来看，以"懦弱"、"姣怯"女子受磨折至死的故事，完成第一回中提示的"悼红"主题；从正文内容来看，完成第一回中提示的"这一干风流孽鬼"了结"风流公案"的主题（以迎春和薛蟠的失败婚姻为例）；以甄英莲"病入膏肓"死亡为结局，完成80回抄本系统中相对统一、贯穿始终的姑苏女子主题。

至此，我们可以得出结论：除去残缺太甚、不知结尾的本子，有第八十回全文的、或者仅存第八十回回目的、或者已失第八十回但存有第七十九回内容或回目的80回本，都隐然有一个结束全书的布局？

四、80回本中姑苏女子与芙蓉意象

为什么80回本《红楼梦》要以姑苏女子始、以姑苏女子终？在题名《金陵十二钗》的小说中，这些来自姑苏的女子们究竟有什么独特之处？

从书中可以发现：这些姑苏女子大多与木芙蓉和水芙蓉的意象有着某种神秘的联系。80回本在讲述和隐喻中屡次出现芙蓉意象。并且这些芙蓉意象全部都与姑苏女子相关。后40回中除了在追念晴雯时数次随口提到她做了芙蓉花神之外，对芙蓉意象不再提及。我们就从姑苏女子与芙蓉意象的联系入手，或许可以梳理出80回本与120回本在思想主旨方面的又一差异。

甄英莲名字寓意书中所有女子"真应怜"。名字本来就含有"莲"——水芙蓉意象，在第五回册子上又以判语"根并荷花一茎香"再次与水芙蓉意象

---

① 《脂砚斋重评石头记》（庚辰本），人民文学出版社2010年版，第1973页。
② 《脂砚斋重评石头记》（庚辰本），人民文学出版社2010年版，第6页。
③ 《脂砚斋重评石头记》（庚辰本），人民文学出版社2010年版，第6页。

相连。

林黛玉第一次与芙蓉意象相连是第六十三回《寿怡红群芳开夜宴　死金丹独艳理亲丧》："只见上面画着一枝芙蓉，题着'风露清愁'四字。"众人笑说："这个好极。除了他，别人不配作芙蓉。"① 第二次是第七十九回中，宝玉把《芙蓉女儿诔》修改为"茜纱窗下，我本无缘；黄土垄中，卿何薄命"，② 将"芙蓉女儿"与林黛玉再次明确联系起来。

十二女伶中藕官、药官名字与芙蓉意象相连：藕是莲根；药是莲子；龄官是外貌、性情、遭际极像同是姑苏女儿的林黛玉，是黛玉形象的一个影射。从名字上说蕊官、芳官也都相关：蕊是花蕊；芳是花香。

从黛玉形象的影射的意义上说，晴雯应该也算是一个姑苏芙蓉女儿。晴雯被称为芙蓉花神，属芙蓉女儿无疑。晴雯的籍贯，《芙蓉女儿诔》中说："其先之乡籍姓氏，湮沦而莫能考者久矣。"③ 也就是"不知籍贯"。第七十七回中说："这晴雯当日系赖大家用银子买的。那时晴雯才得十岁……贾母见她生得伶俐标致，十分喜爱。故此赖嬷嬷就孝敬了贾母使唤。"④ 在"不知籍贯"和"买的"这两个方面，晴雯与甄英莲（香菱）相似。第七回周瑞家的问香菱"几岁投身到这里"、"你父母今在何处？今年十几岁了？本处是那里人？"香菱都摇头说："不记得了。"⑤ 书中叙述香菱是姑苏女子，自幼被拐子拐卖他乡，但香菱自己与薛家、贾家诸人都不知道。晴雯也是如此，只是没有说明籍贯是否是姑苏。

妙玉与芙蓉意象的联系，主要从芙蓉"出淤泥而不染，濯清涟而不妖"（周敦颐《爱莲说》）的特性而来。第五回妙玉判词："欲洁何曾洁，云空未必空。可怜金玉质，终陷淖泥中。"⑥ 从"洁"和"泥"的对照中凸显妙玉和芙蓉意象的联系。林黛玉《葬花词》："未若锦囊收艳骨，一抔净土掩风流。质本洁来还

① 《脂砚斋重评石头记》（庚辰本），人民文学出版社 2010 年影印版，第 1496 – 1497 页。
② 《脂砚斋重评石头记》（庚辰本），人民文学出版社 2010 年影印版，第 1934 – 1935 页。
③ 《脂砚斋重评石头记》（庚辰本），人民文学出版社 2010 年影印版，第 1926 页。
④ 《脂砚斋重评石头记》（庚辰本），人民文学出版社 2010 年影印版，第 1881 页。
⑤ 《脂砚斋重评石头记》（庚辰本），人民文学出版社 2010 年影印版，第 156 页。
⑥ 《脂砚斋重评石头记》（庚辰本），人民文学出版社 2010 年影印版，第 108 页。

洁去，强于污淖陷渠沟"，① 反复强调"净"、"洁"与"污淖"的不相容。这些地方都能说明妙玉与林黛玉精神相通。

可以说 80 回本中存在一个比较明显的"芙蓉"主题。这个"芙蓉"主题的内涵是什么呢？

纵观林黛玉、妙玉、晴雯、香菱、龄官、藕官、蕊官、蕊官、芳官一流人物的言语举止，再加上对《芙蓉女儿诔》内涵的仔细解读、深刻领会，可以发现，《红楼梦》中与芙蓉意象相关的人物，都具有"出淤泥而不染，濯清涟而不妖"的性格特征。过高过洁，为世不容。

第五回中《红楼梦》十二支曲中的第六支，是咏妙玉的：

> ［世难容］气质美如兰，才华阜比仙。天生成孤癖人皆罕。你道是啖肉食腥膻，视绮罗俗厌，却不知太高人愈妒，过洁世同嫌。可叹这青灯古殿人将老，辜负了红粉朱楼春色阑。到头来依旧是风尘肮脏违心愿。好一似无瑕白玉遭泥陷。又何须王孙公子叹无缘。②

从象征的层面上，"太高人愈妒，过洁世同嫌"，"风尘肮脏违心愿"，"无瑕白玉遭泥陷"，"王孙公子叹无缘"，正是所有这些芙蓉女儿的整体写照。

综上，可以看出 80 回本和 120 回本《红楼梦》在结构布局方面的巨大差异：80 回抄本系统应当有一个相对统一、贯穿始终的芙蓉女儿主题。120 回本第八十回回目都改为《美香菱屈受贪夫棒　王道士胡诌妒妇方》，取代了 80 回本回目中的"娇怯香菱病入膏肓"、"娇香菱病入膏肓"的结局意义。120 回刻本系统后 40 回芙蓉意象缺失，消解芙蓉女儿主题，深化并完成了家庭主题、社会主题。

---

① 《脂砚斋重评石头记》（庚辰本），人民文学出版社 2010 年影印版，第 625 页。
② 《脂砚斋重评石头记》（庚辰本），人民文学出版社 2010 年影印版，第 116－117 页。

本文观点，并不一定认为 80 回已完，只是从姑苏女子的出场与退场、以及现存诸抄本第八十回回目文字中，发现 80 回本中可能存在一个完整的姑苏女子线索。这条线索在 120 回本的后 40 回中消失了。

（原载《红楼梦学刊》2010 年第 4 期）

"成"也孤独，"败"也孤独
——林黛玉形象成因的一个侧面

不可否认，在《红楼梦》中，凝聚着作者美好理想的艺术形象，是"诗人"林黛玉。自从《红楼梦》问世以来，林黛玉以她清灵卓异而又多疑多妒的性格特质，在精神生活领域被人倍加赞叹、敬仰，在世俗生活领域又使人唯恐避之不及。孤独无依的生活境遇，是成就林黛玉性格特质的主要方面。林黛玉爱情和婚姻生活的成与败，也都与她的孤独境遇有关。从黛玉形象中，读者可以窥见存在于作者心目中的一种理想人格、这种理想人格得以产生和保持的孤独环境，以及作者意识到这种理想人格绝不可能在现实中得到保全而感到的深重悲哀。

一、孤标傲世偕谁吟——孤独成就的"理想人格"

存在于作者心目中的那种理想人格，应当是体现在林黛玉性格深处的"独立自由、天真率直"，是未被那个时代的世俗力量所扭曲的自然人格，而不是体现在林黛玉性格表层的"多疑多怨、孤独清高"，不是这种自绝于生存环境的悲剧性格。而在林黛玉这个人物形象身上，这种自然人格和悲剧性格又是紧紧地纠合在一起、不可分割的。所以，在黛玉身上所体现出的"理想人格"，是被当时那个时代严重扭曲了的、带点畸形的人格，是应当加上引号的"理想人格"。

从作者所描绘的黛玉的成长环境中，我们可以看到，成就黛玉这种"理想人格"的，是她的生存环境：孤独无依。失去母亲之后，父亲就把黛玉送入贾府，没有承担养育她的责任。如果不是自幼寄人篱下，如果身边随时都有父母双亲的爱抚和训导，如果有侍奉长辈、留意家务的世俗责任需要承担，林黛玉就不会成长为林黛玉，而会成长为另一个薛宝钗：端庄持重，只能在"扑蝶"这种极为偶然的场合下，才一露天真自由的童年心迹。因此，我们可以说，"黛玉不幸作者幸"，作者为"世外仙姝"的存在安排了一个残酷的"理想"环境：丧失所有直系亲属，寄人篱下，孤独多病。

从接受当时的世俗教育的角度来说，在黛玉的身边，形成了一个教育的真空。正是这个教育的真空，成就和保持了黛玉的自然人格。也正是这个教育的真空，形成和加固了黛玉的悲剧性格，使她终生都被摒弃在世俗的幸福之外。

在《红楼梦》中，我们可以看到，体现这种"独立自由、天真率直"的性格特质的人物形象，除了"质本洁来还洁去"的病潇湘，还有"霁月光风耀玉堂"的憨湘云，有"根并荷花一茎香"的呆香菱，有"气质美如兰，才华阜比仙"的槛外人妙玉，有"心比天高，身为下贱"的大丫头晴雯，有怡红院的"耶律雄奴"芳官。而所有这些人物，都有着一个共同点：孤独无依。不是自幼失去父母，就是自幼远离双亲，身边没有一个足以对自己实施世俗教育的直系亲属。可以说，远离家庭，是当时形成和保持理想人格的一个必要条件。这一点，从大观园的存在中也可以体现出来。《红楼梦》中的大观园，之所以能够形成一个与世俗世界相对峙的理想世界，就因为大观园是一处稍稍远离了家长监控的年青人的乐园。

让我们仍以黛玉为例，来观照那个时代中形成和保持"理想人格"的"理想环境"。林黛玉之所以能够成长为林黛玉，有三个必要条件：因丧失所有直系亲属而形成的世俗教育的真空状态，因寄人篱下而养成的孤僻多疑的内向性格，因体弱多病而得以远离世俗纷扰的清高心境。

因孤独无依而形成教育真空，是林黛玉和薛宝钗走上两条截然不同的生活道路的关键所在。第四十回《史太君两宴大观园 金鸳鸯三宣牙牌令》中，在贾府家宴上行酒令的时候，林黛玉当着贾母、王夫人等人的面，脱口说出两句《牡丹亭》《西厢记》中的唱词："良辰美景奈何天"、"纱窗也没有红娘报"。对于当时的贵族少女来说，这可以说是相当严重的失态。第四十二回《蘅芜君兰言解疑癖》中，宝钗就此郑重向黛玉提出警告。由于这段话对论证本文的观点至为重要，乃不避烦难，引录如下：

> 宝钗见他羞得满脸飞红，满口央告，便不肯再往下追问，因拉他坐下吃茶，款款告诉他道："你当我是谁？我也是个淘气的。从小七八岁上也够个人缠的。我们家也算是个读书人家，祖父手里也极爱藏书。先时人口多，姊妹兄弟都在一处，都怕看正经书。弟兄们也有爱诗的，也有爱词的，诸如这些《西厢》《琵琶》以及《元人百种》，无所不有。他们背着我们偷看，我们却也背着他们偷看。后来大人知道了，打的打，骂的骂，烧的烧，才丢开了。所以咱们女孩儿家，不识字的倒好……既认得了字，不过拣那正经的看也罢了，最怕见些杂书，移了性情，就不可救了。"一席话，说的黛玉垂头吃茶，心里暗服，只有答应"是"的一字。①

从宝钗的坦白中，读者可以看到：正是由于家长教导的有无和对家庭的责任感的缺失与否，使得幼年时同样聪慧过人、天真烂漫的钗、黛，由于成长环境的不同而分道扬镳，一个朝向世俗的世界发展，一个朝向精神的世界深入。第四十二回《蘅芜君兰言解疑癖　潇湘子雅谑补馀香》之后的黛玉，经宝钗指教之后，表现出相当明显的回归世俗世界的倾向。这就使读者心有余悸地想到：假如黛玉身边一直有一个"负责任"的直系女性亲属（男性亲属很少进入内庭，对女儿的影响力较小）——母亲或者姐姐，大观园中还能够产生这么一位遗世独立的世外仙妹吗？

孤独无依，相对来说，也自然缺少了一份对家人的责任感。宝钗在父亲去世之后，因兄长不肖，自觉地担当起承欢慈母、操心家庭事务的责任。这种对于家庭的责任感，使得宝钗深深地陷入世俗世界，而对精神世界的态度淡漠、疏离。相反，林黛玉正是由于家庭责任感的缺失，才有可能深入自己的心灵世界并保持灵魂的无羁无绊、独立自由。"潇湘妃子"的称号也邪乎得可以：一个深闺少女公然称自己为妃，自命是一个著名的爱情故事（舜的两位妻子死后化

---

① 曹雪芹原著，程伟元、高鹗整理，张俊、沈治钧评批：《新批校注红楼梦》，商务印书馆 2013 年版，第 761 页。

为湘妃竹）中的人物。若有父兄母姊，断然不许。

因孤独无依而形成寄人篱下的生活状态，是林黛玉区别于史湘云的关键所在。湘云虽也自幼失去父母，但她的身后毕竟还有强大的史府。第二十二回《听曲文宝玉悟禅机　制灯谜贾政悲谶语》中，湘云因生宝玉、黛玉的气，赌气道："明儿一早就走。在这里作什么？看人家的鼻子眼睛，什么意思！"① 可以说，湘云能够保持豪爽坦荡的个性，与她背后的那个史府还是很有关系的。林黛玉在贾府痛感"一年三百六十日，风刀霜剑严相逼"，② 可是，她能赌气说"走"吗？她能走到哪里去？她只有走进自己的内心世界，走入诗词的文字世界，在这两个世界之间泣诉自己的凄苦愁怨。

孤独无依而又体弱多病，使林黛玉可以更大限度地逃避俗务，拥有宽松的个人空间。在那个以群体意志代替个体意志的时代，若要保持个体意志的独立与自由，必须孤独多病。林黛玉因多病而不用作女工（第三十四回袭人语），因多病而可以拥有清寂的个人空间（第四十五回"所以总不出门，只在自己房中将养。"）③ 这样她才有充裕的时间体味感情，并凝聚入诗。在诗中，连爱情的感受也可以自由地表达（题帕三首），外人也很少进潇湘馆来打扰（都知她性情怪僻），可不用对俗人语、被俗人包围。

如果是在现代社会，宝黛爱情基本上不会遇到人为的阻力，他们要结婚就结婚，谁也无权阻止。大不了需要宝玉放弃"宝二爷"的地位，像那些"不爱江山爱美人"的现代显贵人物一样。同样，要成就这种"独立自由、天真率直"的理想人格，除了在那个以泯灭个人意志、顺从家族意志为荣、为必需的时代里，都不会需要这种残酷的、畸形的"理想环境"。因此，成就林黛玉理想人格的这个理想环境——孤独无依，同样也是一种加上引号的"理想"。

---

① 《脂砚斋重评石头记》（庚辰本），人民文学出版社2010年影印版，第490页。
② 《脂砚斋重评石头记》（庚辰本），人民文学出版社2010年影印版，第624页。
③ 《脂砚斋重评石头记》（庚辰本），人民文学出版社2010年影印版，第1039页。

二、尺幅鲛绡劳解赠——孤独成就的爱情理想

"独立自由、天真率直"的理想人格，具体到那个时代的一个深闺少女身上，主要通过她追求恋爱、婚姻的过程体现出来。正是由于这种不容于那个时代的"理想人格"的存在，导致林黛玉在恋爱的道路上只能收获爱情而丧失婚姻。她在恋爱过程中的种种表现，足以使她被摒弃在她心中的理想婚姻之外。"成就"她的爱情理想和"摧毁"她的婚姻理想、并在这个成与毁的过程中充分展示出她的理想人格的，正是她的生存环境——孤独无依。

因为没有直系亲属的指教与监护，黛玉才得以与宝玉忘形地亲昵，相对自由地发展他们之间的爱情。这种境遇难以分清是好是坏。好在加深了黛玉与宝玉两小无猜、耳鬓厮磨的感情；坏在玷污了黛玉在家长们眼中的纯洁形象，加深了她的婚姻危机。

从成就爱情的方面来说，孤独无依的生存状态，为黛玉的爱情提供了理想的场所和心境。从场所上来说，对照第八回《比通灵金莺微露意 探宝钗黛玉半含酸》和第十九回《情切切良宵花解语 意绵绵静日玉生香》中宝玉分别和宝钗、黛玉单独相处的两处场景，就可以看出，潇湘馆给宝黛爱情提供了在那个时代尤为难得的自由空间。在第八回中，宝玉去梨香院探望生病的宝钗，他们互相观看对方的通灵宝玉和随身金琐，宝玉闻到并且要求尝尝宝钗的冷香丸。此情此景也十分亲密。然而，宝钗接待宝玉的地方是"里间"，"外间"有薛姨妈带领众丫鬟们打点针黹。在这样的空间场所，宝玉和宝钗基本上是在坐着说话。而第十九回中，宝玉怕黛玉"睡出病来"，去潇湘馆将黛玉唤醒。此时的情景是：黛玉"将自己枕的推与宝玉，又起身将自己的再拿了一个来，自己枕了，二人对面躺下。黛玉回看宝玉左边腮上有钮扣大小的一块血渍，便欠身凑近前来，以手抚之细看"；"宝玉总未听见这些话，只闻得一股幽香，却是从黛玉袖中发出，闻之令人醉魂酥骨。宝玉一把便将黛玉的袖子拉住，要瞧笼着何物"；宝玉"说着翻身起来，将两只手呵了两口，便伸手向黛玉膈肢窝内两肋下乱挠。

黛玉素性触痒不禁，宝玉两手伸来乱挠，便笑的喘不过气来"。① 这些描写，让我们充分感受到宝黛之间天真无邪的相亲相昵。已成长到青年初期的宝黛俩人，还能重新领略到童年时期两小无猜的肌肤相亲，不能不说与黛玉孤独（从而也相对自由）无依的境遇有关。薛姨妈入住潇湘馆后，此种情景当永不会再有。

从心境上说，宝玉似乎很习惯于把黛玉视为"自己人"。除了自幼耳鬓厮磨的原因之外，他还自命是孤独无依的黛玉的"保护神"。他总是处处引人称赞黛玉，时时关心身体娇弱的黛玉。一般来说，男人会爱上让自己产生强大感的女人。每次来到贾府都有一群史府仆人护送、自身又生性豪爽的湘云让他敬畏，如对好友，是共同淘气的伙伴。母兄俱在身边的宝钗本来年龄就长于他，又处处以教导人的姿态自居，她的所作所为只能得到贾府长者和所有与她的爱情无关的人们的欣赏与拥戴，同时又只能增加她和宝玉之间的心灵距离。

在宝玉和黛玉爱情发展过程中，孤独无依又总使黛玉觉得自己受到了宝玉的"欺负"。第二十三回《西厢记妙词通戏语　牡丹亭艳曲警芳心》中，黛玉与宝玉共读《西厢》之后，宝玉笑道："我就是多愁多病身，你就是那倾国倾城貌。"黛玉羞恼交加道："你这该死的胡说！好好的把这淫辞艳曲弄了来，还学了这些混话来欺负我。我告诉舅舅舅母去。"② 黛玉受"欺负"的感觉并不是所来无因。比较而言，宝钗有母兄，湘云身后有一个强大的史府。宝玉就是想对她们轻薄，也会产生不自觉的顾及与犹疑。第二十八回《蒋玉菡情赠茜香罗　薛宝钗羞笼红麝串》中，宝玉要看宝钗的红麝串，看到宝钗"雪白一段酥臂"，自恨没福得摸，暗暗想道："这个膀子要长在林妹妹身上，或者还得摸一摸，偏生长在他身上。"③ 为什么只有林妹妹可以任由他亲昵呢？以往的研究者只强调宝黛的两小无猜、亲密无间，却忽视了宝玉潜意识中的另一重心理根由：林妹妹是无家可归的，只能寄住在贾府，无形中宝玉早已把她当作"自己人"，无论他怎么对待她，也不会因此而得罪任何人，造成任何麻烦的后果。正为如此，第五十七回《慧紫鹃情辞试莽玉　慈姨妈爱语慰痴颦》中，宝玉一听说黛玉要

① 《脂砚斋重评石头记》（庚辰本），人民文学出版社2010年影印版，第427—430页。
② 《脂砚斋重评石头记》（庚辰本），人民文学出版社2010年影印版，第524页。
③ 《脂砚斋重评石头记》（庚辰本），人民文学出版社2010年影印版，第655页。

离开贾府，犹如被釜底抽薪一般，登时就发了呆病。因此，黛玉屡次与宝玉斗气，以眼泪来捍卫自己作为一个女孩子的尊严，并不完全是出于初恋期情人之间情绪的"阴晴无定"。在某种程度上，黛玉受"欺负"的感觉是对的，她似乎在宝玉心中失去了深闺少女的神秘疏离或高不可攀的尊严，然而她的失去是有补偿的：她得到了宝玉刻骨铭心的爱情。

第三十四回《情中情因情感妹妹　错里错以错劝哥哥》中，宝玉遣晴雯给黛玉送去"半新不旧的两条手帕子"。黛玉"体贴出手帕子的意思来，不觉神魂驰荡……也想不起嫌疑避讳等事，便向案上研墨蘸笔，便向那两条旧帕子上题笔农牧民道……"。① 作者没有直接写出这"手帕子的意思"到底是什么。其实，宝玉送给黛玉旧手帕，就是含蓄地告诉她：宝玉一直是把黛玉当作"自己人"来看待的。不但过去一直如此，而且将来永远如此。由于孤独无依的生存状态，使林黛玉得以从小和贾宝玉一同住在贾母身边，两小无猜，耳鬓厮磨，为他们日后深挚的爱情故事打下了深厚的基础。黛玉孤独的生存状态，无论在宝黛爱情的萌芽时期，还是在宝黛爱情的发展时期，都为他们的爱情提供了适宜的场所和心境。《红楼梦》问世后，林黛玉和贾宝玉的爱情故事，就成为中国古代爱情故事中的最佳模型。而无疑地，林黛玉孤独无依的生存境遇，是成就这个爱情故事的一个重要侧面。

三、眼空蓄泪泪空垂——孤独摧毁的婚姻理想

从丧失婚姻希望的角度来说，正是孤独无依的生存状态、世俗教育的缺失，使成长到青年初期的黛玉一步步失欢于家长，在这些能够左右宝玉婚姻的人面前丧失入选的资格。可以说，正是孤独的环境和心境，"摧毁"了黛玉的婚姻理想。

宝玉、黛玉的爱情，本来在贾府上下尽人皆知，宝黛"二玉"的婚姻，一度似乎已成为顺理成章的事情。第三十六回《绣鸳鸯梦兆绛芸轩　识分定情悟梨香院》中，宝钗代替袭人守在熟睡的宝玉身边，"忽见宝玉在梦中喊骂说：

---

① 《脂砚斋重评石头记》（庚辰本），人民文学出版社 2010 年影印版，第 779－780 页。

'和尚道士的话如何信得？什么是金玉姻缘，我偏说是木石姻缘！'"① 宝玉在说梦话时表达了自己否定"金玉良缘"、固守"木石前盟"的坚定心志，等于向宝钗亮明了自己非黛玉不娶的态度。第五十七回《慧紫鹃情辞试莽玉　慈姨妈爱语慰痴颦》中，宝玉因听了紫鹃"你妹妹回苏州家去"的话，突发呆病，等于向全家表明了终生与黛玉厮守一处的心愿，迫使薛姨妈说出"四角齐全"的话来。② 第六十六回《情小妹耻情归地府　冷二郎一冷入空门》中，贾琏仆人兴儿在向尤二姐、尤三姐品评贾府人物时，提到宝玉的婚事："将来准是林姑娘定了的。因林姑娘多病，二则都还小，故尚未及此。再过三二年，老太太便一开言，那是再无不准的了。"③ 兴儿的这段话，反映贾府上下人等的普遍看法。小说写到这里，宝黛婚姻似乎已成定局，不应该再有什么意外的变动了。

那么，为什么宝黛最终竟不能如愿以偿呢？可以说，某种程度上正是黛玉自己的孤独处境和"率真自然"的言行举止，使自己丧失了意愿中的婚姻。第四十二回之前，黛玉在与宝钗的争锋之中，因无人"教诲"，屡屡当众有失态和失言的表现。这些都应该被贾母王夫人等看在眼里、记在心中，从而致使黛玉的婚姻希望一步步被自己所摧毁。

能够决定宝玉婚姻大事的人物，在贾府中，有掌握家务实权的贾母、王夫人、王熙凤三个，在贾府外，还有一位身居皇宫的贾元春。贾元春、王夫人是坚决的拥薛派。从第二十八回《蒋玉菡情赠茜香罗　薛宝钗羞笼红麝串》元春分给宝钗和宝玉相同的端午节礼中，可以看出贾元春是完全支持"金玉良缘"的。对王夫人来说，宝钗是王夫人亲姊妹薛姨妈的女儿。从王夫人对袭人和晴雯一爱一憎判然分明的态度中，我们可以看到，即使没有这层亲缘关系，单纯从个人"品性"方面，王夫人也是赏识宝钗而排斥黛玉的。王夫人峻责金钏"好好的爷们，都叫你教坏了"（第三十回），④ 痛恨模样肖似黛玉的晴雯的"狂

---

① 《脂砚斋重评石头记》（庚辰本），人民文学出版社 2010 年影印版，第 823 页。
② 《脂砚斋重评石头记》（庚辰本），人民文学出版社 2010 年影印版，第 1338 页，1361页。但薛姨妈此语再无下文。薛姨妈的态度耐人寻味。
③ 《脂砚斋重评石头记》（庚辰本），人民文学出版社 2010 年影印版，第 1577 页。
④ 《脂砚斋重评石头记》（庚辰本），人民文学出版社 2010 年影印版，第 696 页。

样儿"（第七十四回），都流露了压抑在心头的对黛玉"轻狂"表现的严重不满。王熙凤对宝黛婚姻的态度，只能是顺从贾母和王夫人、贾元春等人的意旨。而贾母呢？第二十九回《享福人福深还祷福　痴情女情重愈斟情》中，在清虚观打醮时，贾母当众让张道士替宝玉寻亲事，条件是"只要模样性格儿难得好的"，似乎是表明不承认元春的选择。第三十回《宝钗借扇机带双敲　龄官划蔷痴及局外》中，贾母为"二玉"吵闹之事，抱怨自己一个"老冤家"遇到两个"小冤家"，以至于泪下，似乎表现了既不愿违背"二玉"意志、又不便违背元春意旨的烦难情绪。第五十回《芦雪庵争联即景诗　暖香坞雅制春灯谜》中，贾母欲为宝玉求配宝琴，则又似乎否定了宝钗、黛玉两人的入选资格。不管贾母心中的"宝二奶奶"究竟是宝钗，是黛玉，还是另外的女孩子，有一点是肯定的：对男性亲属沾花惹草的下流举止相当宽容的贾母，对青年女子追求爱情的举动却异常反感。贾母必定不会赞同黛玉的某些"轻狂"举止。第五十四回《史太君破陈腐旧套　王熙凤效戏彩斑衣》中，贾母在批评"这些书都是一个套子"时说：

> 把人家女儿说的那样坏，还说是佳人，编的连影儿也没有了。开口都是书香门第，父亲不是尚书就是宰相，生一个小姐必是爱如珍宝。这小姐必是通文知礼，无所不晓，竟是个绝代佳人。只一见了一个清俊的男人，不管是亲是友，便想起终身大事来，父母也忘了，书礼也忘了，鬼不成鬼，贼不成贼，那一点儿是佳人？便是满腹文章，也算不得是佳人了。①

从这一段话可以看出，贾母最是彻底反对"书香门第"的女子自作主张谈恋爱的。黛玉和宝玉之间的爱情，恰恰正属于贾母所说的"不管是亲是友，便想起终身大事来"。贾母当众所说的这番话，必定会在黛玉心中产生惊心动魄的效果，成为林黛玉在静夜独泣之时心中痛感前途茫茫、痛感"风刀霜剑严相逼"的又一压力来源。可以说，"木石前盟"最终被"金玉良缘"所取代，个中原因固然很多，而林黛玉孤独无依的生活境遇以及由此产生的一些性格特质，确实是摧毁她的婚姻理想的诸多原因中的一个重要侧面。

---

① 《脂砚斋重评石头记》（庚辰本），人民文学出版社 2010 年影印版，第 1266 – 1267 页。

就这样，在"凤尾森森，龙吟细细"的潇湘馆中，林黛玉宁静而深刻地体验着生命的孤独感觉。这种孤独无依的境遇，成全了她"独立自由，天真率直"的理想人格，成全了她深挚缠绵的爱情生活，同时又毫不留情地摧毁了她的婚姻希望，以及她那如昙花一现般短暂而亮丽的美好生命。

黛玉进入青年初期不久就结束了生命。或许作者不知该怎样描写婚后的黛玉？她应该是不容许宝玉的"泛爱"和"博爱"的。这一点可以和同样不允许丈夫"泛爱"的王熙凤的婚姻生活相互参照。假如黛玉真的作了"宝二奶奶"，她将和"琏二奶奶"面临着同样的烦恼：在当时的礼教、风俗允许或者不允许的范围内，在"宝二爷"和"琏二爷"的身边，源源不断地出现各种女性，参与和瓜分她们的爱情、婚姻。当时的妇德要求王熙凤与尤二姐、秋桐、鲍二家的等和平共处。嫉妒、欲独霸丈夫，是王熙凤一桩显著的罪恶：辱死鲍二家的，谋死尤二姐，用计使秋桐失宠。王熙凤在维持自己婚姻的道路上总是充满了血腥。更严重的是，与尤二姐相关的张华事件，是致使贾府被抄的导火索之一。或许林黛玉和王熙凤本来就是截然不同的两种类型，相同的境遇也不会导致相同的作为。但无论如何，读者都很难想象，敏感高傲的林黛玉，婚后如何与袭人（事实上已经成为宝玉的"屋里人"）、晴雯（假如按照贾母的原意、而又不遭难早死的话）、也许还有紫鹃（按照王熙凤与平儿所代表的当时的惯例）平分宝玉。何况尤二姐（假如贾琏不是违制"服中偷娶"，尤二姐就是名正言顺的"二房"）、秋桐（因办事有功，父亲像赏赐玩物一样赏赐给贾琏的妾。又因为是父亲的赏赐，贾琏和王熙凤还要对这个妾礼遇有加）之类的人还会随时出现。要想不违背黛玉的性格逻辑，又不损害黛玉轻灵美好的艺术形象，作者只有安排黛玉早死，不进入当时的婚姻生活。

在孤独环境中成长，又匆匆在孤独环境中凋谢，是"世外仙姝"林黛玉的唯一来路和去路。大观园中的"世外仙姝"的动人形象，只能产生于孤独无依、寄人篱下、体弱多病的生存状况，只能维持在青年初期、嫁人之前，这是生活于那个时代中的作者的最清醒的认识和最彻底的无奈。

（原载《海南大学学报》2001 年第 1 期）

《红楼梦》中钗黛形象与传统才德观

　　《红楼梦》代表着中国古典小说的最高成就，其塑造的人物形象人各一面、生动丰满，薛宝钗、林黛玉两个艺术形象更是深入人心。自《红楼梦》诞生以来，读者就有"拥薛派"与"拥林派"之分。究其原因，与钗黛形象中蕴含的传统文化渊源有密切关系。

　　《红楼梦》第五回《游幻境指迷十二钗　饮仙醪曲演红楼梦》中，通过人物判词和十二支《红楼梦曲》昭示各个人物的性格及命运。其中薛宝钗和林黛玉在判词和《红楼梦曲》中都是合写、合咏的。判词前两句为："可叹停机德，堪怜咏絮才。""停机德"指薛宝钗，"咏絮才"指林黛玉。

　　"停机德"典故出自《后汉书·列女传·乐羊子妻》："羊子尝行路，得遗金一饼，还以与妻。妻曰：'妾闻志士不饮盗泉之水，廉者不受嗟来之食，况拾遗求利，以污其行乎！'"羊子妻劝其夫做人要有高洁品格，羊子听从，远出寻师求学。但羊子一年就归来了，理由是"久行怀思，无它异也"。羊子妻就拿刀把自己正在织的布匹割断，又用自己织布辛苦、一旦断织前功尽弃的道理，劝其夫外出求学不要半途而废，以免"捐失成功，稽废时月"。① 判词把薛宝钗比作东汉时期品德高尚又善于规劝其夫的乐羊子妻。

　　"咏絮才"典故出自《世说新语·言语》："谢太傅寒雪日内集，与儿女讲论文义。俄而雪骤，公欣然曰：'白雪纷纷何所似？'兄子胡儿曰：'撒盐空中差

---

　　① 范晔撰，李贤等注：《后汉书》，中华书局1999年版，第1886页。

可拟。'兄女曰：'未若柳絮因风起。'公大笑乐。"① 晋代谢安让侄子侄女咏雪，侄女谢道韫的诗句用风中飘飞的柳絮比拟漫天飞舞的白雪，神韵具足。后人遂以"咏絮才"指称富有诗才的女子。《红楼梦》中描写诸多富有诗才的女子如薛宝钗、史湘云、贾探春等。但其中才华最高的是"诗人"林黛玉。判词把林黛玉比作晋代才女谢道韫。

一、薛宝钗与"停机德"

《红楼梦》中屡次写薛宝钗劝贾宝玉用心读书，言其有"停机德"甚为恰当。薛宝钗也主张"女子无才便是德"。第四十回《史太君两宴大观园》写贾府家宴行酒令时，林黛玉当着贾母、王夫人等人的面，脱口说出两句《牡丹亭》《西厢记》中的两句唱词："良辰美景奈何天"，"纱窗也没有红娘报"。② 对于当时的贵族少女而言，这可说是相当严重的失态。第四十二回《蘅芜君兰言解疑癖》中，宝钗就此郑重向黛玉提出警告："咱们女孩儿家不认字的倒好……既认得了字，不过拣那正经的看也罢了，最怕见些杂书，移了性情，就不可救了。"说得黛玉"心里暗服"。薛宝钗不教香菱学诗，也是出于这个立场。

薛宝钗日常应不化妆。第八回《比通灵金莺微露意》描写其外貌："唇不点而红，眉不画而翠。"薛宝钗也不讲究服饰，居家穿半旧的服装。第八回写宝玉探病，看到宝钗住处"吊着半旧的红绸软帘"，宝钗"坐在炕上作针线"，穿的衣服"一色半新不旧，看去不觉奢华"。

薛宝钗平时不多说话："罕言寡语，人谓装愚。"但她有时候话也很多，并且说得非常到位，在大观园中可谓学问第一。最典型的是第二十二回向宝玉宣讲禅宗语录、第四十二回为惜春画大观园图列举需购画器单子，都是长篇大论。薛宝钗博学多才，谨慎世故。脂批中有一条说宝钗："一生所误，惟在博知。"

---

① 刘义庆著，刘孝标注，余嘉锡笺疏：《世说新语笺疏》，中华书局 2011 年版，2015 年 4 刷，第 116 页。

② 曹雪芹原著，程伟元、高鹗整理，张俊、沈治钧评批：《新批校注红楼梦》，商务印书馆 2013 年版，第 731 页。本文引用原文均出自此版本，下文不再一一赘注。

颇有些高处不胜寒的味道。

薛宝钗的住室布置风格极为简淡。第四十回写薛宝钗所居蘅芜苑中的房屋："雪洞一般,一色的玩器皆无。案上止有一个土定瓶,瓶中供着数枝菊,并两部书,茶奁、茶杯而已。床上只吊着青纱帐幔,衾褥也十分朴素。"

薛宝钗的性情是"安分随时,自云守拙"(第五回),也可用"淡"字概括。薛宝钗的"淡",有她有意为之的成分。第三十七回宝钗咏白海棠诗有"珍重芳姿昼掩门""淡极始知花更艳"句。薛宝钗常吃的"冷香丸",也是为了抑制"从胎里带来的一股热毒",抑热求淡。薛宝钗形象"淡"的形成原因,有天性成分,有人工成分,还有作者暗示其日后寡居的叙事需要。

薛宝钗行事很有教养。贾母为其过十五岁(及笄之年)生日时,薛宝钗特意点烂甜食、热闹戏,投合贾母的爱好。这是对老人的孝敬、对主人的尊重,并不是虚伪。

薛宝钗一贯秉持积极的生活态度。第七十回写大观园中众人吟咏柳絮词时,宝钗笑道:"终不免过于丧败。我想,柳絮原是一件轻薄无根的东西,依我的主意,偏要把他说好了,才不落套。"宝钗的这首《临江仙》词为:"白玉堂前春解舞,东风卷得均匀。蜂团蝶阵乱纷纷。几曾随逝水,岂必委芳尘?

万缕千丝终不改,任他随聚随分。韶华休笑本无根。好风频借力,送我上青云!"词中意境形象地体现了薛宝钗随和大度、积极向上的精神追求。

对应林黛玉的纯真自然,薛宝钗的形象笼罩着一层"伪"的迷雾。然而正如黛玉所说:"我素日只说她藏奸,谁知她真正是个好人。"第四十二回之后,宝钗之德彻底感化了黛玉敏感孤独的心灵,两人尽释前嫌,亲如姐妹。

薛宝钗屡次劝说贾宝玉多读经世致用的书籍、多结交仕途中人,却因此遭到贾宝玉的厌弃。由于秉持不同的价值观念,拥有不同的生活追求,薛宝钗没有得到贾宝玉的爱情,金玉良缘在心灵层面落空了。

第六十三回《寿怡红群芳开夜宴》中,宝钗抽到的签上"画着一支牡丹,题着'艳冠群芳'四字"。又注着:"在席共贺一杯,此为群芳之冠。"《红楼梦》作者将薛宝钗誉为"群芳之冠",对其评价是极高的。

二、林黛玉与"咏絮才"

"咏絮才"虽是典故，林黛玉却真有因"咏絮"而大受称赞之事。第七十回黛玉填《唐多令》词："粉堕百花洲，香残燕子楼。一团团逐对成球。飘泊亦如人命薄，空缱绻，说风流。草木也知愁，韶华竟白头。叹今生谁舍谁收。嫁与东风春不管，凭尔去，忍淹留?"① 柳絮之态与飘泊之愁浑融一体，情韵相生，婉曲动人。

林黛玉的诗才，在第三十七回咏白海棠诗中有臻于极致的展现："半卷湘帘半掩门，碾冰为土玉为盆。偷来梨蕊三分白，借得梅花一缕魂。月窟仙人缝缟袂，秋闺怨女拭啼痕。娇羞默默同谁诉，倦倚西风夜已昏。"最初众人"都道是这首为上"。后来李纨评道："若论风流别致，自是这首。若论含蓄浑厚，终让蘅稿。"探春首先回应说"这评的有理"，到最后只有宝玉坚持"蘅潇二首还要斟酌"，却被李纨压制："再有多说者必罚。"② 在李纨、探春等众人眼中，林黛玉的"才"稍逊于薛宝钗的"德"。

林黛玉是大观园中当之无愧的"诗魁"。第三十八回回目是《林潇湘魁夺菊花诗》。黛玉的诗被宝玉称为"潇湘体"。黛玉的一曲《葬花吟》，不但使书中听众贾宝玉"恸倒山坡上"，还感动了当时及后世无数的读者。元妃省亲时黛玉替宝玉写的应制诗《杏帘在望》被元妃判为第一名。大观园各处建筑的命名，有不少是黛玉拟的，如"凸碧堂""凹晶馆"等，并且凡是黛玉命名的匾额，贾政都一字不改采用了（第七十六回）。在咏菊诗中感叹"孤标傲世携谁吟"的林黛玉，其诗才、文才得到贾府众人的公认。

林黛玉也有自炫才高的表现。第三十七回写道："李纨才要推宝钗这诗有身分，因又催黛玉。黛玉道：'你们都有了?'"③ 等别人都写完之后才一挥而就，显出自己才思敏捷。写完"掷与众人"，"诗人"林黛玉的孤傲个性呼之欲出。

与薛宝钗对"女子无才便是德"的推崇不同（其实宝钗自己也很有才，只

---

① 《脂砚斋重评石头记》（庚辰本），人民文学出版社 2010 年影印版，第 1679 – 1680 页。
② 《脂砚斋重评石头记》（庚辰本），人民文学出版社 2010 年影印版，第 846 – 847 页。
③ 《脂砚斋重评石头记》（庚辰本），人民文学出版社 2010 年影印版，第 846 页。

是很注意轻易不要表现出来），林黛玉不仅自己在诗词创作中倾注真情与心血，还一片热忱教香菱学诗，对诗法及教诗法也都颇有心得。

林黛玉潇湘馆的居所布置，不像闺房像书房："书架上放着满满的书"（第四十回），昭示她沉迷诗书的日常生活，侧面烘托她的"咏絮才"。

除了与"咏絮才"谢道韫相比，小说中还将黛玉比作比干、西子："心较比干多一窍，病如西子胜三分。"（第二回）说黛玉比商纣王时有"七窍玲珑心"的比干还要"多一窍"，更加聪明；比捧心西施的病态美还要柔弱，更加动人。

林黛玉的病态美不止在于她身体的柔弱，还在于她的敏感、尖刻与猜忌。《红楼梦》庚辰本第二十回批注云："自古及今愈是尤物，其猜忌愈甚。若一味浑厚、大量涵养，则有何可令人怜爱护惜哉。"[①] 这条批注的观点自有可商榷之处，却也从一个侧面道出了林黛玉与薛宝钗的不同性格与不同命运。

第六十三回《寿怡红群芳开夜宴》中黛玉抽中的签上"画着一枝芙蓉，题着'风露清愁'四字。那面一句旧诗，道是：'莫怨东风当自嗟。'"注云："自饮一杯，牡丹陪饮一杯。"[②] 让"牡丹陪饮一杯"，突出钗黛优于常人的禀赋。

三、钗黛形象的辩证关系

《红楼梦》中钗黛形象一直并列描写，"双峰对峙，二水分流"。清代陈其泰认为："非宝钗则黛玉之精神不出"，"写黛玉处皆是写宝钗处"。"钗黛合一"还是"钗黛对峙"也成为红学界和普通读者相当关心的一个话题。

小说原文中"钗黛合一"的倾向非常明显。不但判词与《红楼梦曲》都合写、合咏钗黛，更有警幻仙子之妹"兼美"昭示钗黛形象的内在联系。第五回贾宝玉梦游太虚幻境时见到的"其鲜艳妩媚，有似乎宝钗；风流袅娜，则又如黛玉"的"兼美"，是警幻仙子受贾宝玉祖父灵魂之托、派来警示宝玉不要流连儿女情长的。《红楼梦》庚辰本第二十二回批语云："将薛、林作甄玉、贾玉看

---

① 《脂砚斋重评石头记》（庚辰本），人民文学出版社 2010 年影印版，第 443 页。
② 《脂砚斋重评石头记》（庚辰本），人民文学出版社 2010 年影印版，第 1496 – 1497 页。

书，则不失执笔人本旨。"①

《红楼梦》将"停机德"与"咏絮才"两种禀赋分别融入钗黛形象之中。薛宝钗形象更多的展现出真实的历史生活与理性的生活态度，林黛玉形象则更多地展现出诗意的精神追求与对情感的执着态度。

对于《红楼梦》中塑造的钗黛形象，我们不应恶意猜测薛宝钗是否"伪"善，也不应片面挑剔林黛玉的感伤、柔弱、尖刻、"小性儿"。这两个文学形象中蕴含的传统文化渊源，是我们深入探索作者思想及创作意旨的途径，也是我们深入了解传统文化的一个途径。

（本文收入《微语红楼——红楼梦学刊微信订阅号选萃》，文化艺术出版社2016年版）

---

① 《脂砚斋重评石头记》（庚辰本），人民文学出版社2010年影印版，第484页。

下编 **03**

| 研究史论 |

丁耀亢研究小史述略

20 世纪 80 年代以来，关于明清之际文学家丁耀亢的研究，有渐趋热烈之势，有一部全集、三部专著和数十篇论文。① 1997 年《丁耀亢研究的回顾与思考》文第一次做丁耀亢研究状况综述②。本文拟勾勒 20 世纪丁耀亢研究的历史面貌。

丁耀亢研究史呈现出比较明显的阶段性，可以划分为三个阶段：一、肇始期——《续金瓶梅》研究阶段。20 世纪初直到 20 世纪 80 年代，有关丁耀亢的研究几乎全部围绕着其小说作品《续金瓶梅》展开。二、发展期——丁耀亢是否是《醒世姻缘传》作者的探讨阶段。20 世纪 80 年代中后期以后，学术界开始"《醒世姻缘传》作者是否是丁耀亢"的探讨和争论，有人肯定，有人否定，并由此带动了对丁耀亢家世生平的研究。三、繁荣期——丁耀亢家世生平及其戏曲诗词杂著等作品研究阶段。20 世纪 90 年代以后，丁耀亢研究进入繁荣期。关于《续金瓶梅》的研究走向深入，对于"丁耀亢是否是《醒世姻缘传》作者"的探讨仍在继续。同时，一些学者陆续开始研究丁耀亢的戏曲作品，对丁耀亢家世生平的研究也逐渐升温，出现了丁耀亢研究的专著和论文集，并编选了一部《丁耀亢全集》和一部《丁耀亢年谱》。在此基础上，关于丁耀亢诗词、

---

① 李增坡主编、张清吉校点：《丁耀亢全集》，中州古籍出版社 1999 年版。张清吉：《〈醒世姻缘传〉新考》，中州古籍出版社 1991 年版。张清吉撰：《丁耀亢年谱》，南京大学出版社 1996 年版。李增坡主编：《丁耀亢研究——海峡两岸丁耀亢学术研讨会论文集》，中州古籍出版社 1998 年版。

② 张兵：《丁耀亢研究的回顾与思考》，《中国文学研究》1997 年第 4 期。

杂著的研究，也逐步展开。

一

20 世纪 80 年代以前，丁耀亢研究基本上只限于对其小说作品《续金瓶梅》进行研究。80 年代以后，研究延展到家世生平、戏曲作品、诗词杂著等方方面面的研究领域。与此同时，对《续金瓶梅》的研究工作也从未停步，逐步深入。

1923 年出版的鲁迅《中国小说史略》一书，对《续金瓶梅》作了简单的评述，开启 20 世纪丁耀亢与《续金瓶梅》研究的先河。关于《续金瓶梅》的创作时期和版本情况，《〈续金瓶梅〉的刻本、抄本和改写本》一文从刻本、抄本、改写本三个角度入手，疏理了《续金瓶梅》极为复杂的版本系统。① 《〈续金瓶梅〉的作期及其他》文考证出《续金瓶梅》作于顺治十七年（1660），并考证出《续金瓶梅》的评者"湖上钓史"和《续金瓶梅集序》的作者"西湖钓史"是查继佐。②

关于《续金瓶梅》与《金瓶梅》以及《隔帘花影》等书的关系，一些学者也有探索。《从〈续金瓶梅〉看〈金瓶梅〉的版本及作者》文认为丁耀亢看的是词话本《金瓶梅》，并根据《续金瓶梅》的有关内容，推断丁耀亢读过的是初刊本《金瓶梅词话》，而不是《新刻金瓶梅词话》。③ 《论〈续金瓶梅〉及其删改本〈隔帘花影〉和〈金屋梦〉》文，评析了《续金瓶梅》及其删改本《隔帘花影》和《金屋梦》的成败得失。④ 《评〈金瓶梅〉的续书〈隔帘花影〉》文分析了《隔帘花影》的作品来源和艺术特点。⑤

---

① 孙言诚：《〈续金瓶梅〉的刻本、抄本和改写本》，《金瓶梅艺术世界》，吉林大学出版社 1991 年版。
② 石玲：《〈续金瓶梅〉的作期及其他》，《金瓶梅艺术世界》，吉林大学出版社 1991 年版。
③ 叶桂桐：《从〈续金瓶梅〉看〈金瓶梅〉的版本及作者》，《吉林大学社会科学学报》1989 年第 2 期。
④ 朱眉叔：《论〈续金瓶梅〉及其删改本〈隔帘花影〉和〈金屋梦〉》，《明清小说论丛》（1），春风文艺出版社 1984 年版。
⑤ 余嘉华：《评〈金瓶梅〉的续书〈隔帘花影〉》，《湖北时代学院学报》（哲社）1989 年第 4 期。

对《续金瓶梅》的思想内容和创作艺术的研究，更是丰富多彩。《〈续金瓶梅〉所表现的爱国主义精华》文认为"丁耀亢的《续金瓶梅》站在爱国的立场上，表现了强烈的民族思想和民主思想"。① 《〈续金瓶梅〉主旨索解》一文认为"作者的主要兴趣及全书主体内容，是借宋金喻明清，以易代之际乱或掠影，全方位地描绘形形色色的社会众生相与社会风情"。② 《丁耀亢的〈续金瓶梅〉创作及其小说观念》文认为丁耀亢"造就了小说作品的另一种类型"，"综合经史、笔记、长篇小说于一体。就小说而言，又综合世情、神魔、演义于一体。不拘格套，自成体制。"③ 《两副臭皮囊，一副丑嘴脸——〈续金瓶梅〉〈金瓶梅〉中应伯爵形象谈》文以一个帮闲人物形象为例，在与《金瓶梅》里同一人物形象的对比中，探讨了《续金瓶梅》的人物塑造艺术。

1988 年齐鲁书社出版的《金瓶梅续书三种》一书所附黄霖的《前言》，对《续金瓶梅》的思想、艺术及与其作者关系等方面作出综合考察的。④ 该文对丁耀亢的生平、思想、文学成就以及《续金瓶梅》的思想、艺术作出评价。周钧韬、于润琦《丁耀亢与〈续金瓶梅〉》一文简述了丁耀亢的生平，分析了《续金瓶梅》思想和艺术上的成败得失⑤。1997 年浙江古籍出版社出版了张俊《清代小说史》，将《续金瓶梅》归入明清之际世情小说中的续补前书类，认为《续金瓶梅》的思想和艺术，"无疑均不能与《金瓶梅》相提并论，但也有其一定意义和独到之处"。其意义和独到之处主要有三个方面：首先，作品立意，是"借因果报应，劝人止恶为善，发展了《金瓶梅》题旨"。其次，作品还写了兵火离合、桑海变迁的时事，"表现了作者忧患时局、痛悼故国之情。比之《金瓶梅》，政治色彩更为浓重"。最后，《续金瓶梅》的框架结构及人物描写，也与

---

① 时宝吉：《〈续金瓶梅〉所表现的爱国主义精华》，殷都学刊 1991 年 2 期。

② 罗德荣：《〈续金瓶梅〉主旨索解》，李增坡主编：《丁耀亢研究——海峡两岸丁耀亢学术研讨会论文集》，中州古籍出版社 1998 年版，第 168 页。

③ 王汝梅：《丁耀亢的〈续金瓶梅〉创作及其小说观念》，李增坡主编：《丁耀亢研究——海峡两岸丁耀亢学术研讨会论文集》，中州古籍出版社 1998 年版，第 162 页。

④ 《金瓶梅续书三种》，齐鲁书社 1988 年版。

⑤ 周钧韬、于润琦：《丁耀亢与〈续金瓶梅〉》，《明清小说研究》1992 年第 1 期。

《金瓶梅》不同，颇有特色。①

二

《醒世姻缘传》一书的作者"西周生"究竟是何许人？学术界主要有六种说法：一、陕西人士说。清代光绪年间李葆恂《旧学庵笔记》中，有此臆测："惜不知作者为谁，署名西周生，或是陕人耶？"② 二、章丘人说。《〈醒世姻缘传〉作者非蒲松龄说》文提出此说，③ 《论〈醒世姻缘传〉及其和〈金瓶梅〉的关系》文认为此说为是。④ 三、河南人士说。《〈醒世姻缘传〉后记》中提出这一说法。⑤ 四、兖州贾凫西说。《〈醒世姻缘传〉作者和语言考论》一书中，提出了这种说法。⑥ 五、蒲松龄说。清代乾隆年间，已有《醒世姻缘传》作者是蒲松龄的传闻。胡适在《〈醒世姻缘传〉考证》一文中，⑦ 断定《醒世姻缘传》作者是蒲松龄。孙楷第也以此说为是，⑧ 并在其著作《中国通俗小说书目》中，在"书目索引"《醒世姻缘传》书条下明确写上作者为蒲松龄。80 年代以前几乎所有的文学史、小说史和辞典都采用此说。⑨ 一些海外学者也接受此说，

---

① 张俊：《清代小说史》，浙江古籍出版社 1997 年版，第 41 - 42 页。

② 李葆恂：《旧学庵笔记》，义州李氏刻本，1916 年刊。

③ 金性尧：《〈醒世姻缘传〉作者非蒲松龄说》，朱东润等主编：《中华文史论丛》（第 4 辑），上海古籍出版社 1980 年版。

④ 徐朔方：《论〈醒世姻缘传〉及其和〈金瓶梅〉的关系》，《社会科学战线》1989 年第 2 期。收入徐朔方：《小说考信编》，上海古籍出版社 1997 年版。

⑤ 童万周：《〈醒世姻缘传〉后记》，《醒世姻缘传》，中州古籍出版社 1982 年版。

⑥ 徐复岭：《〈醒世姻缘传〉作者和语言考论》，齐鲁书社 1993 年版。

⑦ 胡适：《〈醒世姻缘传〉考证》，亚东版《醒世姻缘传》附录，广州出版社 1996 年版。收入《胡适学术文集·中国文学史》，中华书局 1998 年版

⑧ 孙楷第：《一封考证〈醒世姻缘传〉的信》，亚东版《醒世姻缘传》附录，或名《与胡适之论醒世姻缘书》，收入《沧浪后集》，中华书局 19985 年版。

⑨ 参见刘大杰：《中国文学发展史》，古典文学出版社，1958 年版；游国恩等主编：《中国文学史》，人民文学出版社 1963 年版；谭正璧：《中国小说发达史》，启业书局；柳存仁：《中国小说史》，香港大众书局；北京大学中文系：《中国小说史稿》，人民文学出版社 1973 年版；《辞海》，上海辞书出版社 1979 年版。

如捷克斯洛伐克汉学家普实克、美国汉学家蒲安迪等。① 这一说法自 50 年代起遭到挑战，80 年代之后，持此说的人已经不多。六、丁耀亢说。最早提出"丁耀亢说"的是台湾学者刘阶平。② 1962 年中国科学院文学研究所《中国文学史》中，关于《醒世姻缘传》作者问题，有一条小注："有人认为是丁耀亢所作。"80 年代以后，"丁耀亢说"有方兴未艾之势。

如上所述，20 世纪 60 年代以来，逐渐有人提出《醒世姻缘传》的作者是丁耀亢。80 年代以后，持"丁耀亢说"的大陆学者增多。1982 年，《河南大学学报》上发表《〈醒世姻缘传〉的作者是丁耀亢》文，从成书年代、作者籍贯、作者的艺术修养、作者的社会地位和主要性格特征、"西周生"与丁耀亢字"西生"之间的联系、丁耀亢的生平与《醒世姻缘传》的关联、《醒世姻缘传》与《续金瓶梅》的类同比较等方面进行分析，得出"《醒世姻缘传》作者是丁耀亢"的结论。③ 这是第一篇明确论证"《醒世姻缘传》作者是丁耀亢"的学术论文。《〈醒世姻缘传〉作者是丁耀亢》一文，也附和这一说法。④

1997 年《文汇报》发表《〈醒世姻缘传〉作者是丁耀亢》一文，认为《醒世姻缘传》作者是丁耀亢。⑤《"西周生"即丁耀亢——〈醒世姻缘传〉辑著者证》文中认为《醒世姻缘传》中的人物刑皋门是丁耀亢自己的化身，而刑皋门与西周生在名字上有关联，因此，丁耀亢就是西周生。⑥ 对于反对"丁耀亢说"的学者所提出的"作者籍贯和生活区域不合"、"言语风格特征不合"等问题，⑦

---

① 蒲安迪：《逐出乐园之后：〈醒世姻缘传〉与 17 世纪中国小说》，见乐黛云等主编：《北美中国古典文学研究名家十年文选》，江苏人民出版社 1996 年版。
② 见台湾学者王素存：《醒世姻缘传作者西周生考》，《大陆杂志》17 卷第 3 期。
③ 田璞：《〈醒世姻缘传〉的作者是丁耀亢》，《河南大学学报》（社科版）1982 年第 5 期。
④ 张清吉：《〈醒世姻缘传〉作者是丁耀亢》，《徐州师范学院学报》1989 年第 3 期。
⑤ 凌昌：《〈醒世姻缘传〉作者是丁耀亢》，《文汇报》1997 年 7 月 29 日第 12 版。
⑥ 此论的依据是刑皋门名刑宸（星辰），丁耀亢的"亢"就是星辰的名字；晋潘岳《西征赋》中有"秣马皋门，税驾西周"之语，因而刑皋门与西周生有关联；此外，刑皋门这个人物形象与丁耀亢有相似之处。冯春田：《"西周生"即丁耀亢——〈醒世姻缘传〉辑著者证》，李增坡主编：《丁耀亢研究——海峡两岸丁耀亢学术研讨会论文集》，中州古籍出版社 1998 年版，第 43～53 页。
⑦ 语出徐复岭：《〈醒世姻缘传〉作者丁耀亢说平议》，徐复岭：《〈醒世姻缘传〉作者和语言考论》，齐鲁书社 1995 年版。

此文中的解释是:《醒世姻缘传》作者署名是"西周生辑著",而不是"西周生著",因此,丁耀亢是在别人创作的基础上"辑著"而成,出现书中内容与丁耀亢身世相矛盾的情况,是"毫不可怪"的。

反对"丁耀亢说"的学者,主要是孙玉明、徐复岭等。孙玉明在《丁耀亢是〈醒世姻缘传〉作者吗?》《〈醒世姻缘传〉作者"丁耀亢说"驳议》文中,①分别对上述文中的论证方法加以驳斥认为将丁耀亢生平总结为五个方面、并与《醒世姻缘传》一一对照印证,从而就得出作者是丁耀亢的结论,这个等式是"难以成立的",是犯了混淆普遍性与特殊性的逻辑错误。认为张清吉的论证方法也是犯了"逻辑推理性的错误","《新考》中的《"化名"考》一章,则更是随意性极强的文字游戏",《新考》中的《方言简释》一章,也是"错误百出"。②孙玉明更进一步举出《醒世姻缘传》中的一些内证,说明其作者不会是丁耀亢③。《〈醒世姻缘传〉作者丁耀亢说平议》一文中,从"该书的成书年代"、"作者里贯和所用方言问题"、"该书与《续金瓶梅》的语言风格和言语特征问题"、"'某些''本事'问题"等方面,反驳了对《〈醒世姻缘传〉新考》中的重要论据,从而否定《醒世姻缘传》作者是丁耀亢的说法。④

另外,《西周生与北京》文中,从《醒世姻缘传》作者对当时北京的熟悉程度的角度,考证出"西周生绝没到过北京,也没有认真读过《帝京景物略》之类的书",认为"编选过《帝京景物略》的蒲松龄"不应当是西周生。⑤根据这篇文章的考证,在北京居住多年的丁耀亢,就更不应当是《醒世姻缘传》的作者了。

丁耀亢究竟是不是《醒世姻缘传》的作者"西周生"?目前尚未形成定论,

① 孙玉明:《〈醒世姻缘传〉作者"丁耀亢说"驳议》,《明清小说研究》1994 年第 2 期。
② 孙玉明:《丁耀亢是〈醒世姻缘传〉作者吗?》,《蒲松龄研究》,1993 年第 3－4 期合刊。
③ 孙玉明:《丁耀亢是〈醒世姻缘传〉作者吗?》,《蒲松龄研究》,1993 年第 3－4 期合刊。
④ 徐复岭:《〈醒世姻缘传〉作者丁耀亢说平议》,徐复岭:《〈醒世姻缘传〉作者和语言考论》,齐鲁书社 1995 年版。
⑤ 姜纬堂:《西周生与北京》,《明清小说研究》1992 年第 2 期。

有待继续探索研究。

三

20 世纪 90 年代以后逐渐展开对丁耀亢其人身世的研究。1997 年 5 月在丁耀亢家乡山东诸城举办的"海峡两岸丁耀亢学术研讨会",是丁耀亢研究史上的一大盛事,产生了第一部丁耀亢研究论文集——《丁耀亢研究——海峡两岸丁耀亢学术研讨会论文集》。该书收集论文十九篇,是丁耀亢研究成果的汇报,也推动了丁耀亢研究的进一步蓬勃发展。1995 年出版的《〈醒世姻缘传〉新考》可以说是丁耀亢研究领域首次出现的"半部专著",因为该书使用将近一半的篇幅考证了丁耀亢的家世生平和个性特质。丁耀亢研究领域的第一部专著,是 1996 年南京大学出版社出版的张清吉撰《丁耀亢年谱》。1999 年中州古籍出版社出版发行的《丁耀亢全集》,则标志着丁耀亢研究进入了新的阶段,为丁耀亢研究提供全面的文本资料基础。

1991 年 7 月,吉林大学出版社出版《金瓶梅艺术世界》一书,收有孙玉明《丁耀亢其人其事》一文,该文从三个方面论述丁耀亢家世生平:一、家世与生平,认为丁耀亢生于明万历二十七年己亥(1599),卒于清康熙八年己酉(1669)。二、传说考辨,对在诸城流传的关于丁耀亢的五个传说逐一加以考辨。三、作品杂谈,联系丁耀亢的生平,评述其有关作品。

1991 年 11 月,中州古籍出版社出版张清吉《〈醒世姻缘传〉新考》,从作者化名考、本事考、方言考、与《续金瓶梅》的相似性、成书年代等方面,考证出《醒世姻缘传》作者是丁耀亢,并在书中附了《丁耀亢传》,成为海内外第一部研究丁耀亢生平的专著。

1996 年南京大学出版社出版的张清吉撰《丁耀亢年谱》,内容为:一、《琅琊丁氏家乘·族谱序》;二、丁耀亢正传及行述;三、丁耀亢友人及后学赞咏;四、丁公石祠碑文录;五、丁耀亢著作书目及序跋选;六、丁耀亢后嗣裔孙。为丁耀亢研究提供了必要而珍贵的资料基础。

1999 年 3 月,中州古籍出版社出版李增坡主编、张清吉较点《丁耀亢全集》。《丁耀亢全集》分上、中、下三册。上册收编了丁耀亢的六种诗集和四种戏曲作品。六种诗集是：《陆舫诗草》五卷；《椒丘诗》二卷；《江干草》一卷；《归山草》一卷；《听山亭草》一卷；《逍遥游》二卷。四种戏曲作品是：《化人游词曲》一卷；《西湖扇》二卷；《赤松游》三卷；《新编杨椒山表忠蚺蛇胆》二卷。中册收编丁耀亢小说《续金瓶梅》十二卷。下册收编了丁耀亢的四种杂著：《天史》十卷（附《管见》一卷，《集古》一卷，《问天亭放言》一卷）；《家政须知》一卷；《出劫纪略》一卷；《增删补易》十五卷。《丁耀亢全集》的出版，对于丁耀亢研究具有划时代的意义，为丁耀亢研究的进一步深入发展提供了文献基础。

　　20 世纪 80 年代以后，随着古典文学戏曲研究的深入发展，对丁耀亢戏曲创作的研究工作，也有逐渐加强的趋势。对于丁耀亢现存的四部戏曲作品——《化人游》《赤松游》《西湖扇》《表忠记》，都有人作出分别或综合的研究。孙永和《清代戏剧家丁耀亢及其创作》文评述了丁耀亢戏曲作品的总体成就。①郝诗仙、郭英德《丁耀亢生平及其剧作》文的第四部分"戏曲创作简评"中认为："丁耀亢由明入清，躬逢沧桑之变……因而其剧作皆有一种乱世氛围、悲愤情感"，"喜好道家之学是其为人的一大特点，也是其剧作的一大特点"，"作为遗民作家，集中表现在《西湖扇》里的是丁氏的'遗民人格'"，"丁氏的传奇作品，是地地道道的诗人之剧，案头之剧……但作为诗人之剧，却有其突出的艺术特色。一、他以诗人特有的史识、史笔作传奇，增强了传奇的历史性……二、在戏剧结构上注意到以一人一事为主脑，使主要线索清晰明朗。……三、在曲词方面，也显示了丁氏作为诗人的特长……"② 1999 年出版的郭英德《明清传奇史》一书中认为："丁耀亢堪称清朝前期明遗民人格的又一种类型……他的传奇作品便清晰地显示出逐渐解脱遗民情结而诚心效忠新朝统治的思想演变轨迹。"③

---

① 孙永和：《清代戏剧家丁耀亢及其创作》，《戏剧丛刊》1988 年第 6 期。
② 郝诗仙、郭英德：《丁耀亢生平及其剧作》，《齐鲁学刊》1989 年第 6 期。
③ 郭英德：《明清传奇史》，江苏古籍出版社 1999 年版，第 427 页。

　　有关丁耀亢现存剧作内容方面的研究，① 最早有周贻白《丁耀亢〈蚺蛇胆〉》一文，具体分析了丁耀亢的四种戏曲作品之一《蚺蛇胆》（又名《表忠记》）。② 郭英德《明清传奇综录》一书中，对此四部作品"辑其版本，辨其作者，述其情节，考其本事，评其得失"，"辨章学术，考镜源流"，作出了扎实的考证。③ 石玲《蛇神牛鬼，发其问天游仙之梦——〈化人游〉初探》文中，对丁耀亢的四部剧作之一——《化人游》的思想内涵，作了具体的解读。④ 石玲《丁耀亢剧作论》文则对丁耀亢的四部剧作的思想内涵分别加以研究。该文分为四个部分：一、蛇神牛鬼，发其问天游仙之梦——《化人游》；二、借史言志，仇闯恋明，怀旧归隐——《赤松游》；三、为他人作嫁衣裳，亦冀自嫁——《西湖扇》；四、没有成效的表忠献策——《表忠记》。⑤ 孔繁信《丁野鹤戏曲创作简论》文主要论述了三个问题：一、关于爱情剧《西湖扇》；二、《表忠记》是丁氏历史剧的杰作；三、关于历史剧《赤松游》和幻想剧《化人游》的一些看法。⑥

　　对于丁耀亢戏曲艺术成就方面的研究，《试论丁耀亢的戏曲创作》文认为丁耀亢的剧作在内容上表现了浓厚的遗民情结，反映了入世精神和出世情怀的矛盾，艺术上富有表现力，曲词优美，讲究结构布局，塑造了生动真实的艺术形象，意境宏阔新颖。⑦ 关于丁耀亢剧论方面的研究，80 年代末，《丁耀亢剧作剧论初探》

————————

①　丁耀亢现存四部戏曲作品是《化人游》《赤松游》《西湖扇》《表忠记》（又名《蚺蛇胆》），另有两部《非非梦》《星汉槎》仅存篇目，内容已佚。见郭英德《明清传奇综录》，河北教育出版社 1997 年版。

②　周贻白：《丁耀亢〈蚺蛇胆〉》，《周贻白戏剧论文选》，湖南人民出版社 1982 年版。

③　聂石樵：《序》，郭英德：《明清传奇综录》，河北教育出版社 1997 年版。

④　石玲：《蛇神牛鬼，发其问天游仙之梦——〈化人游〉初探》，《山东师范大学学报》（社科）1990 年第 3 期。

⑤　石玲：《丁耀亢剧作论》，收入李增坡主编：《丁耀亢研究——海峡两岸丁耀亢学术研讨会论文集》，中州古籍出版社 1998 年版。

⑥　孔繁信：《丁野鹤戏曲创作简论》，收入李增坡主编：《丁耀亢研究——海峡两岸丁耀亢学术研讨会论文集》，中州古籍出版社 1998 年版，第 203－218 页。

⑦　陈美林、吴秀华：《试论丁耀亢的戏曲创作》，收入李增坡主编：《丁耀亢研究——海峡两岸丁耀亢学术研讨会论文集》，中州古籍出版社 1998 年版，第 183－195 页。

一文中作了初步的探索。① 90 年代后期，黄霖《略谈丁耀亢的戏曲观》文中，从自然观、布局论、悲喜剧论等几个角度，探讨了丁耀亢的戏曲观。②

20 世纪 90 年代以后，关于丁耀亢诗词杂著的研究也开始引起人们的重视。对于丁耀亢诗词方面的研究，有《丁耀亢佚诗〈问天亭放言〉考论》文，考证了诗集《问天亭放言》的写作时间、总体风格以及在丁耀亢创作史的地位，认为本诗集表明"此时的野鹤情趣上耽于田园，而其内心深处，却仍然有着一种慷慨不平之气"；"作者隐居期间外界社会所发生的一些重大事情，也在诗集中得到反映"；"《问天亭放言》中的诗歌，也为我们提供了不少野鹤早年交游的情况。这无论对明季社会风习的研究，还是对鼎革前后文人心态的把握，都具有重要意义"；"《问天亭放言》中的诗歌，就其总体风格而言，的确与野鹤后来的亢厉激越颇不一致。但也不尽然"；"野鹤诗风之变，在其早年诗作中已露端倪"；"集末所附录的《山居歌》和《田家歌》各一首，也是很值得注意的两篇作品"；"这虽是不同于《问天亭放言》中所有其他诗篇的另外一类诗歌，然而却成为野鹤此后小说和戏曲等通俗作品创作的先声。例如，野鹤戏曲中大量通俗、幽默而又极富生活情趣的曲词，以及《续金瓶梅》中的若干对偶俚语，都是沿着这两首歌谣的路子在进行创作的"。③

对于丁耀亢的诗词杂著等作品，《丁耀亢著述考》文对丁耀亢一些主要著述的写作时期、主要内容、版本情况作出提示性的辨误和疏理考证的丁耀亢著述有：《逍遥游》二卷；《陆舫诗草》五卷附陆舫诗补遗；《椒丘诗》二卷；《江干草》一卷；《归山草》一卷；《听山亭草》一卷；《丁野鹤诗抄》十卷；《出劫纪略》一卷；《续金瓶梅》前后集；《天史》十卷。④

《野火烧不尽，春风吹又生——写在〈丁耀亢全集〉出版发行之时》，介绍了丁耀亢著作在清代的刊刻、著录以及被禁的情况，并指出"孙殿起的《知见

---

① 秦华生：《丁耀亢剧作剧论初探》，《戏曲研究》(31)，文化艺术出版社 1989 年版。
② 黄霖：《略谈丁耀亢的戏曲观》，收入李增坡主编：《丁耀亢研究——海峡两岸丁耀亢学术研讨会论文集》，中州古籍出版社 1998 年版，第 196－202 页。
③ 张崇琛：《丁耀亢佚诗〈问天亭放言〉考论》，收入李增坡主编：《丁耀亢研究——海峡两岸丁耀亢学术研讨会论文集》，中州古籍出版社 1998 年版，第 253－265 页。
④ 鲁海：《丁耀亢著述考》，《山东图书馆季刊》1991 年第 1 期。

录》著录的《丁野鹤遗稿》与周妙中《清代戏曲史》著录的《丁野鹤先生遗稿》应该是一本书";肯定丁耀亢是"诗人、剧作家、小说大师",并肯定中州古籍出版社 1999 年版的《丁耀亢全集》是"珍贵的版本",在学术史上具有"崇高的地位";认为一系列丁耀亢研究论文和论著的出现,使"长期淹没于历史尘埃中的丁耀亢终将回到人间",认为"恢复起丁耀亢在文学史上的应有的地位已成为历史的必然。"①

纵观丁耀亢研究小史,丁耀亢的小说和戏曲作品的研究工作已初具规模,诗词、杂著等方面的研究也已有了开端。这些成果,对研究明清之际的历史文化和丁耀亢文学成就本身,都具有重要的意义和价值。但就目前来看,对于丁耀亢的小说戏曲作品,还有进一步深入研究的余地,而有关丁耀亢家世生平以及诗词杂著等方面的研究,则有待全面展开。

(原载《江淮论坛》2001 年第 1 期)

---

① 赵新:《野火烧不尽,春风吹又生——写在〈丁耀亢全集〉出版发行之时》,《明清小说研究》1999 年第 4 期。

《西游补》作者与成书时间研究述评

　　《西游补》是《西游记》众多续书中的一部，也是续书中最为人关注的一部。《西游补》作者与成书时间的确定，是研究《西游补》小说首先需要讨论的问题；本文主要对有关《西游补》作者与成书时间的各种观点进行归纳整理。知其人论其世，关于作者生平、成书时间等方面的探究，将更有助于对整部小说立意的深入理解和把握。

　　《西游补》作者被认定为董说，在很长一段时间并无异议。20 世纪 80 年代后，学术界展开了一场较为激烈的论争，学者们从作者生平、交游、性格、癖好、创作心理等各方面分析论证，形成了董说作和董斯张作说两种观点。

　　关于《西游补》小说的作者，最早的辛巳序本本署名为静啸斋主人。与作者生活时代相近的清初文人钮琇，在《觚剩续编》卷二中提到董说是《西游补》的作者："吴兴董说字若雨……余幼时曾见其《西游补》一书，俱言孙悟空梦游事……"① 空青室刊本所附《天目山樵序》与《读西游补杂记》都明确提到了《西游补》的作者。《天目山樵序》："南潜本儒者，遭国变，弃家事佛。""南潜"即董说，朱彝尊《明诗综》云："董说字若雨，乌程人，晚为僧，名南潜，字宝云，有丰草庵等十八集。"② 《读〈西游补〉杂记》："按钮玉樵《觚剩续编》云……知《西游补》乃董若雨所作。"③ 民国时期蒋瑞藻《小说考

---

① 《觚剩》自序云："壬午闰六月立秋日书"。最早的刊本是清临野堂刻本。1911 年国学扶轮社辑本《觚剩续编》，第 42 页。
② 朱彝尊：《明诗综》，第七册卷八十一，中华书局 2007 年版，第 4005 页。
③ 朱一玄，刘毓忱：《西游补资料汇编》，中州书画社 1983 年版，第 313 页。

证》亦引《瓠剩续编》中的说法。①

近代刘复和鲁迅等对《西游补》作者并未提出质疑。鲁迅《中国小说史略》:"《西游补》十六回,天目山樵序云南潜作;南潜者,乌程董说出家后之法名也。"② 刘复《〈西游补〉作者董若雨传》还以《丰草庵诗集》为据,提到"《诗集》卷二有若雨庚寅作漫兴诗十首,第三首中有句云:'西游曾补虞初笔,万镜楼空及第归。'自注云:'与十年前曾补《西游》,有《万镜楼》一则。'"③因此认定《西游补》是作于明亡之前。此后孙楷第、郑振铎等人在关于《西游补》研究的著述中都延续了作者是董说的说法,孙楷第《中国通俗小说书目卷五·明清小说部乙·灵怪第二》:"明董说撰写、题静啸斋主人著。"④ 徐扶明1956年发表于《文学遗产·增刊二辑》的《关于〈西游补〉作者董说的生平》文也毫不质疑董说作为《西游补》作者的说法。

1985年12月高鸿均在天津师大学报上发表了《〈西游补〉的作者是谁》一文,第一次提出了《西游补》的作者是董斯张的说法,并由此引发了关于《西游补》作者究竟是谁的论争。据《湖州府志》和《南浔志》所载,董斯张是董说之父,字遐周,明万历十四年(1586)生人。清羸善病,独行孤啸,故又自号"瘦居士","斯张拙于生计,独耽于书,手录不下百帙。"⑤ 所著书15种,包括《静啸斋存草》十二卷、《静啸斋遗文》四卷、《吹景集》等14卷。⑥

认为《西游补》作者是董说之父董斯张的,主要有傅承洲《〈西游补〉作者董斯张考》及《董斯张:〈西游补〉原本十五回考》、高洪钧《〈西游补〉作者是谁之再辩——答冯保善同志》及《冯梦龙家世探秘》、王洪军《董斯张:〈西游补〉的作者》等。此时支持作者为董说的,主要有冯保善专门针对高文的《也谈〈西游补〉的作者》、胡绪伟《董说和他的〈西游补〉》、冯保善《董说交

① 蒋瑞藻:《小说考证》,商务印书馆1984年版,第61页。
② 鲁迅:《中国小说史略》,人民文学出版社2006年版,第179页。
③ 刘复:《〈西游补〉作者董若雨传》,1927年刘半农校点本。藏国家图书馆。
④ 孙楷第:《中国通俗小说书目卷五·明清小说部乙·灵怪第二》,作家出版社1957年版,第168页。
⑤ 汪曰桢:《南浔镇志·人物(二)》卷十二。
⑥ 汪曰桢:《南浔镇志·著述(一)》卷二十九。

游考》、徐江《董说〈西游补〉考述》、苏兴《〈西游补〉的作者及写作时间考辨》等。另外还有一种观点,以田干生《〈西游补〉作者之谜》文为代表,认为双方"论证多是旁证推论,缺乏充足确凿的依据,在理论上也不能说周密切实,因此既不足以否定董斯张是《西游补》的作者,也不足以确认《西游补》必为董说所作。"①

首倡董斯张说的高文,首先依据《西游补》的内容和董说生平提出了四点可疑之处:其一,董说二十一岁前未见有风流韵事需自戒,也不存在色空思想,不符合"书意主于点破情魔"(天目山樵序);其二,《西游补》多佛家语,而董说虽自小受到佛门影响,但早年重在研究经史,三十七岁出家后才对佛学有深的见解;其三,小说中穿插有律诗和弹词,而董说"少未尝为诗",其诗作自二十七岁后始见(《丰草庵诗集》自序);其四,董说在《丰草庵诗集》自序里说过:"著书当编年……"而在他自编的著述书目里却并未提及有《西游补》一书。之后则以对"静啸斋主人"的身份辨识为据,通过董斯张的生平所学、交游、著作等资料来论证他做为《西游补》作者的合理性。②

对此,冯文中提出六点质疑:首先认为不能将"有万镜楼一则"理解为"董说补写《西游》仅有一节",且"万镜楼空及第归"一句中的"万镜楼"也与第四回回目《一窦开时迷万镜　物形现处我形亡》相吻合;其次纠正最早提及董说为作者的并非高文所说"清咸丰三年(1853),亦即癸丑孟冬天门山樵作序",而是始于钮绣《觚剩续编》记载的"吴兴董说字若雨……余幼时曾见其《西游补》一书……",以此作为董说乃作者的力证;然后针对董说"二十一岁前未见有风流韵事需自戒"提出《西游补》之情非宣扬因色悟空而是泛指七情六欲;之后引用范来庚《南浔镇志》和乾隆本《乌程县志》证明董说有言"佛家语"和作"律诗弹词"的能力。提出"静啸斋"虽然是董斯张的室名,但因为董说八岁就在董斯张生前的书斋读书,亦完全有可能以此为纪念。关于崇祯十四年本《西游补》正文与回目的矛盾,将其归结为"误笔"并认为这种情况

---

① 田干生:《〈西游补〉作者之谜》,《文史杂志》2003年第3期。
② 高洪钧:《〈西游补〉作者是谁?》,《天津师大学报》1985年第12期。

在古典小说版本中有很多的。除此六点，还提出冯梦龙作为董斯张好友，又是小说名家，如果说董斯张创作了《西游补》，那么他不可能不在自己的作品中提及。①

高鸿均又针对冯保善的《也谈〈西游补〉的作者》发表《〈西游补〉作者是谁之再辩——答冯保善同志》文以反驳其质疑，主要观点：《西游补》是否曾别名《万镜楼》存疑；钮琇《觚剩续编》提到的董说为作者不具有说服性；"静啸斋"是董斯张的书斋室名，且斯张有许多著作是以"静啸斋"题名的（如《静啸斋存草》《静啸斋遗文》《静啸斋呓语》《静啸斋集》等），因而更有可能是"静啸斋主人"；版本和回目的不一致不能仅仅看做是冯保善所假设的"作者的'游戏笔墨'"。②

《〈西游补〉作者董斯张考》文中用四个论据论证了《西游补》作者不是董说而是其父董斯张："第一，《西游补》明崇祯刻本署'静啸斋主人著'。静啸斋是董斯张的室名别号，董斯张的诗文集多用静啸斋命名，其评点冯梦龙的散曲《怨离词》就用别号"静啸斋"；第二，董斯张的好友闵元衢作《寄董遐周文》，明确记载董斯张曾作小说；第三，《西游补》刻于崇祯十四年，董说时年二十一岁，而《西游补》的写作应在崇祯十四年之前。董说年龄尚小，涉世不深，对明代社会的认识不可能如《西游补》那样深刻，且董说当时正忙于科举，应无暇写作小说；第四，董说自己说'我少未尝为诗'……一个未尝作过诗的年轻人，不可能写出开篇就是诗的《西游补》。"③

《董斯张〈西游补〉原本十五回考》文，则从小说版本的角度申论董斯张当为此书作者，以刻本《西游补》作为依据，认为董斯张作《西游补》原本为十五回、现存十六回本系董斯张过世后由他人增补、改订的，提出并论证了这多出来的一回是正文中的第十一回"节卦宫门看账目愁峰顶上抖毫毛"，至于这

---

① 冯保善：《也谈〈西游补〉的作者》，《明清小说研究》1988 年第 5 期。

② 高洪钧：《〈西游补〉作者是谁之再辩——答冯保善同志》，《明清小说研究》1989 年第 4 期。

③ 傅承洲：《〈西游补〉作者董斯张考》，《文学遗产》1989 年第 3 期。

一回的增补者则"可能是董说，也可能是董说或书坊请人增补、修订"。①

《董斯张：〈西游补〉的作者》文，也从董说创作说溯源、董说之为作者置疑、董斯张为作者之证明等三部分论证《西游补》的作者是董斯张，提出"静啸斋"主人绝非董说、成书时间有疑、目文不符、情感基调不同、董说少未作诗这五个疑点，并亦从正面分五点论述了静啸斋主人即董斯张、董斯张与冯梦龙的关系考证、《西游补》第八第九第十回愤叹宋史的内容与董斯张幼年记忆的联系、小说中流露的心忧国事与董斯张诗作的感情色彩的吻合、董斯张读书礼佛的生平背景以及与"三言二拍"等通俗小说作家的师友关系对《西游补》创作动机的影响，从而得出《西游补》的作者是董斯张的结论。②

《〈西游补〉作者及写作时间考辨（上）》文列述前人记载，认为后来的辩驳软弱无力少根据，"董说作《西游补》，不必怀疑"。③

《董说〈西游补〉考述》一文综合内证外证进行考辨，主要就《〈西游补〉作者董斯张考》中对"静啸斋主人"的质疑展开反驳，引用董说《高晖堂家语》中的《书先君赠非翁长歌墨迹后》一文所记董斯张遗事，认为董说虽以高晖堂代指其父，仍偶尔自称己为"高晖生"，因而自称"静啸斋主人"也并非没有可能。④

《董说和他的〈西游补〉》文，对董说的生平经历、不同时期和形式的作品等做了相应的深入考究，认为《西游补》的作者是董说，同时还认为董说"托名静啸斋主人所作的《西游补》答问……"。⑤

《〈西游补〉作者董说新证》文，结合董说生平作品和写作习惯与《西游补》的行文进行比较，认为《西游补》与《丰草庵前集》都罗列大量同类型短语和排比句子、《西游补》所写行者之梦境与董说其他著作所记之梦多有相似之

---

① 傅承洲：《董斯张：〈西游补〉原本十五回考》，《文献》2006 年第 1 期。

② 王洪军：《董斯张：〈西游补〉的作者》，《广州大学学报》（社会科学版）2003 年第 9 期。

③ 苏兴：《西游补的作者及写作时间考辨（上）》，《文史》（第四十二辑），中华书局编辑部编。

④ 徐江：《董说〈西游补〉考述》，《中国社会科学院研究生院学报》1993 年第 8 期。

⑤ 胡绪伟：《董说和他的〈西游补〉》，《荆州师专学报》1991 年第 6 期。

处、《西游补》中出现的更近于董说而非董斯张的口吻与思想等，以此三点为证说明《西游补》为董说所作。①

《董说与〈西游补〉三题》文，提出清人沈炳桓为友人沈登瀛所作的《书南浔著述后》中记载董说是《西游补》作者，并考证了沈登瀛生平和与董说的关系，还围绕"静啸斋主人"是谁这个问题，根据董说曾在静啸斋读书，以及董说批点归有光《震川先生集》等事实，反驳高鸿均提出的董斯张说。②

关于《西游补》的写作时间，主要有作于明代崇祯年间和清代顺治年间两种看法。分歧的关键在于对《西游补》嶷如居士序末署"辛巳中秋嶷如居士书于虎丘千顷云"中"辛巳"年份的看法。一种观点认为是崇祯辛巳即 1641 年（此年董说 21 岁），并据此认为嶷如居士序本为"崇祯本"；另一种观点认为是康熙辛巳即 1701 年。

清末黄摩西《小说小话》说：董若雨"身丁陆沉之祸，不得以遁为诡诞，借孙悟空以自写其生平之历史，云谲波诡，自成一子"，"其系于三调芭蕉扇之后者，以火焰山寓朱明焉，俗称本朝为清唐国，故曰'新唐世界'"。③"陆沉"意国土沦丧，以此看黄摩西是认为《西游补》作于明亡之后。蒋瑞藻《小说考证·西游补第十八》说："先生当鼎革后，目击世变，腥膻遍地，书中所云青青世界，及杀青大将军等，颇寓微意。"④ 也认为《西游补》作于明亡之后。郑振铎也说："细读（《西游补》）全书，纯是一团悲愤。如不作于清初，似不必如此的躲躲藏藏。明末小说，其作风类皆古质裸露写情之作……固无需更托以幻觉也。"⑤

---

① 赵红娟：《试论〈西游补〉作者董说的嗜梦卧游癖》，《南京师范大学学报》（社会科学版）2004 年第 7 期。
② 杨峰：《董说与〈西游补〉三题》，《温州大学学报》（社会科学版）2007 年第 7 期。
③ 黄摩西（蛮）《小说小话》初载自《小说林》第一卷（1907），收入阿英：《晚清文学丛钞·小说戏曲研究卷》中华书局，1960 年排印本，第 356—357 页。
④ 蒋瑞藻编，江竹虚标校：《小说考证·西游补》，商务印书馆 1984 年版，第 61 页。
⑤ 郑振铎：《清初到中叶的长篇小说的发展》，载于《申报月刊》1934 年三卷七号、八号。收入《郑振铎古典文学论文集》，上海古籍出版社 1984 年版，第 455 页。

鲁迅则认为"全书实于讥弹明季世风之意多，于宗社之痛之迹少，因疑成书之日，尚当在明亡以前。"① 刘复以董说于庚寅（顺治七年，公元 1650）年所作漫兴诗十首之第三首句下所注："余十年前增补西游，有万镜楼一则"等为证据，考定董说是于明崇祯十三年（1640 年）写作这部小说的，此时还是明亡之前，因此认为"许多人以为《西游补》是明亡后所作，从而有种种的揣测，现在找到了这个证据，可以把所有的揣测一扫而空了。"② 此后，"原先的说法便鲜为人提及矣。"③ 如徐扶明《关于〈西游补〉作者董说的生平》说："关于'西游补'著作年代，过去是有争论的。现据董说的'漫兴'诗和嶷如居士序，可证它是作于崇祯十三、四年间。"④

1993 年，苏兴在中国古代小说国际研讨会上又提出新的观点，认为《西游补》实作于顺治六至七年，作者当书刻板时倒填年月，并在其诗文中为写作时间的伪造施放烟幕是"为了避文字之祸"。苏兴《〈西游补〉作者及写作时间考辨（上）、（下）》文中认为：《西游补》作于明清鼎革前的说法值得怀疑，通过黄道周与董说的师徒关系、黄道周抗清经历在《西游补》中的隐喻（"范围天地而不过"等）、对行者之子与董说之子的考证等，论证《西游补》是作于明亡之后，提出"未来世界历日的先晦后朔等是指清历对明历的倒置"；又联系甲申乙酉之际董说活动的模糊记载，推测《西游补》具体可能写于顺治六至七年。⑤

综上，对《西游补》的作者，学界有三种看法，即董说所作、董斯张所作及二人共同完成。对《西游补》写作时间的认定，争议集中在作于明亡之前或作于亡国之后。对《西游补》作者及写作时间的探究，将有助于深入探索小说

① 鲁迅：《中国小说史略》，人民文学出版社 2006 年版，第 180 页。
② 刘复：《〈西游补〉作者董若雨传》，参阅 1927 年刘半农农校点本。
③ 孙逊：《〈西游补〉寓义试探》，《阜阳师范学院学报》（社会科学版）1986 年第 3 期。
④ 徐扶明：《关于〈西游补〉作者董说的生平》，《文学遗产增刊》（二辑），1956 年 8 月刊
⑤ 苏兴：《〈西游补〉的作者及写作时间考辨（上）》，《文史》（第四十二辑），中华书局 1997 年版。苏兴：《西游补的作者及写作时间考辨（下）》，《文史》（第四十三辑），中华书局 1997 年版。

主旨、确切理解作者思想及感情倾向。这两个话题能否达成共识，还有待于更多的学术探究。

（原载《淮海工学院学报》（社科版"《西游记》研究"栏目）2013 年第 13 期）

20世纪《聊斋志异》研究论辩

自《聊斋志异》诞生以来，对蒲松龄和《聊斋志异》的研究已经有三百年的历史。20世纪以来，蒲松龄研究成为一门显学。百年间的学术研究伴随着一些有意义的论争，推动研究工作逐步走向深入。

20世纪对蒲松龄和《聊斋志异》研究论争，主要集中在几个方面：蒲松龄是哪族人？蒲松龄有无"第二夫人"（《聊斋志异》中动人的爱情故事有无生活原型)？《醒世姻缘传》是否为蒲松龄所作？《聊斋志异》原稿的编次及成书过程情况如何？《聊斋志异》创作中有无民族思想？《聊斋志异》的思想内容和艺术成就应当怎样评价？

这些论争大都开端于20世纪中叶之后，大多一直延续到90年代末。50年间的切磋琢磨，有些话题得到澄清，已无继续讨论的必要；有些话题则仍然如雾里看花，真相犹未现身，并没有随着20世纪的结束而终止。

一

蒲松龄是哪族人？学界共提出回族、女真族、蒙古族和汉族四种说法，至今未能达成统一意见。有趣的是，这四种说法最重要的根据都是蒲松龄自作的《族谱序》中的一段话。怎样理解这段话的含义关系重大，有详加辨析的必要。蒲松龄在《族谱序》中说：

> 按明初移民之说，不载于史。而乡中则迁自枣、冀者，盖十室而九焉。
> 独吾族为般阳土著，祖墓在邑西招村之北，内有谕葬二：一讳鲁浑，一讳

居仁，并为元总管，盖元代受秩不引桑梓嫌也。然历年久远，不可稽矣。
相传倾覆之余，止遗藐孤。吾族之兴，自洪武始也。①

这段话说明蒲松龄自认为是般阳土著，并不像乡中大多数家族一样是明初
移民而来的。但蒲松龄对自己家族的历史并不十分清楚，用上了"盖"、"相
传"这样不确定的字眼，并在具体讲述中表示"历年久远，不可稽矣"。蒲松龄
自己的审慎态度，加上家族史本身包含的疑团，使这段话显得扑朔迷离，歧义
多出。

这段话引起论争之处主要有四点：一是"般阳土著"，有的论者认为"般阳
土著"即是蒲松龄自认为是汉族的意思；② 二是蒲松龄两位祖辈的名字："一讳
鲁浑，一讳居仁"，后者是一般汉人名字，可能取自《孟子》的"居仁由义"，
而前者则不象一般汉人名字，"居仁"是一个词组，符合汉人取复名的习惯；
"鲁浑"作为一个词组意义似不可解，作为一个复音词意义也不可解，更像是音
译而来的异族名称，具体是哪个少数民族的名称？论者各有见地；三是"元总
管"，论者多认为元代总管之职不可能由蒙古族人担任，但当时担任元总管的是
汉人、女真人、契丹人，还是回族人，则有不同意见；四是"倾覆之余"，为何
倾覆？何时倾覆？《族谱序》既无明示，后世论者也未达成统一见解。

大家由于对这四处文字见解不同，遂从共同的原文推断出不同的结论。下
面我们主要以时间为序，对此命题中涌现的各种论争加以梳理辨析。

关于蒲松龄的民族成分，20世纪50年代到80年代初就有了不同的说法。
最早提及蒲松龄民族成分这一问题的是路大荒。1957年，路先生在《前哨》月
刊（1月号）上发表的《蒲松龄》文中说："我访问过许多姓蒲的人，都有他们
是蒙古族的传说。"此文后又收入1980年齐鲁书社版路先生的著作《蒲松龄年
谱》。此说并没有引起争论，有四种可能：一是被学界忽略；一是大家认可了；
一是认为没有探讨的必要；一是限于资料无从探讨。③ 1978年，《呼和浩特文
艺》（第5期）上发表《蒙古族文学家蒲松龄和〈聊斋志异〉》一文，也认定蒲

---

① 路大荒整理：《蒲松龄集》卷三，上海古籍出版社1986年版。
② 汪玢玲：《七十年来的蒲松龄研究》，《蒲松龄研究》1994年第2期。
③ 王庆云：《蒲松龄民族成分研究补说》，《蒲松龄研究》1997年第3期。

松龄是蒙古族后裔。1979 年南开大学中文系编著的《中国小说史简编》在《〈聊斋志异〉的作者蒲松龄》一节中说："蒲松龄祖先是蒙古人。"1987 年北京大学出版社出版的《中国文学史纲要》在《蒲松龄生平》一节中说："他的祖先蒲鲁浑在元代担任过般阳路总管，蒲鲁浑可能是蒙古族名氏的汉译音，而淄川有很多蒙古族人。"

对蒲松龄的民族成分，域外学者也有推测。1973 年，美国张春树认为："很久以来，学者们曾经推测蒲松龄的祖先不是中国血统，他可能是蒲寿庚——一位曾经服务于宋元两代并在十三世纪积累了一笔惊人财富的著名阿拉伯人的后裔，也可能是土耳其或蒙古人的子孙。"首次提及蒲松龄的远祖可能是阿拉伯人或土耳其人的后裔。① 1980 年，日本前野直彬认为："蒲松龄的远祖为元朝的般阳路总管，明初改姓隐身，因而推定是色目人。"首次提及蒲松龄的远祖是色目人。②

20 世纪 80 年代初，具体于 1980 年底到 1981 年 8 月，蒲松龄民族成分问题成为一个论争热点。论争有两个阵地，第一个阵地是《北京晚报》，是地方性报纸，可能影响较小，以前论者提及的不多；第二个阵地是《人民日报》和《光明日报》两个大报，引人注目，多为研究者关注。

第一个阵地的论争起因是中国历史博物馆通史展览中有一幅蒲松龄的画像，下面的文字说明是："蒲松龄，蒙古族著名的文学家。"这条说明引起了质疑。经询问得知通史研究所的根据是蒲松龄自作的《族谱序》，但质疑者认为《族谱序》中"能作为蒲松龄是蒙古族的证据的只有两条"，而这两条证据并不就能证明蒲松龄是蒙古族人，1980 年 11 月 30 日《北京晚报》第三版《夜读识零》版发表文章《蒲松龄是哪族人?》，对这两条证据提出辩驳，并提出自己的观点：

---

① 张春树是美国密执安大学历史系教授，《蒲松龄〈聊斋志异〉的思想境界：对明清易代之际的知识分子与文学现象的考察》文原为他与骆雪伦合著的《明清易代之际的文学与社会》书的一章，曾以英文选载于《香港中文大学中国文化研究所学报》六卷二期（1973 年），又由骆雪伦译为中文，发表于《蒲松龄研究》1994 年第 4 期。

② ［日］前野直彬：《〈聊斋志异〉研究在日本》，《蒲松龄研究集刊》第一辑，齐鲁书社1980 年版。

"蒲松龄是女真人的后裔，或者说，是被汉族同化了的女真族人。"① 第一个论据是《元史·世祖本纪》。《元史·世祖本纪》中记载，至元二年二月元世祖下令"以蒙古人充各路达鲁花赤，汉人充总管，回回人充同知，永为定制。"元朝把人分为四等，即蒙古人、色目人、汉人（包括北方汉、契丹、女真、高丽等族）、南人（南宋遗民）。据此记载，元朝的总管是由汉人、女真人和契丹人等担任的，故"并为元总管"的蒲氏祖辈不可能是蒙古族人。第二个论据是"蒲鲁浑"的名字。据蒙古族人说，如果这三个字没有写错字音的话，肯定不是蒙古语。《蒙古秘史》和《元史》中也都没有发现与此名字相同的蒙古人。倒是《金史》中有几位同名的女真人。据《金史·金国语释》，蒲卢浑在女真族语言里是"布囊"的意思。

第一个论据值得重视也值得商榷。如果元世祖的命令真的得到执行而且"永为定制"，那么"并为元总管"的蒲氏祖辈就肯定不是蒙古族人。但此命令的具体执行情况如何呢？此文中又说："至元五年，元世祖下令罢诸路女直（女真）、契丹、汉人为达鲁花赤者"。由此可见，至少在至元二年到至元五年这三年中间，元世祖的命令并没有得到严格地执行，仍然有非蒙古人而充达鲁花赤者。我们可以推论，达鲁花赤既可由非蒙古人充当，总管也未必全由汉人充当。女真、契丹、汉人既可为达鲁花赤，蒙古人也未必不可作总管。正因为至元二年的命令没有得到很好地贯彻，元世祖才再次下令予以纠正。这是此命令最初颁布的几年中的情况。至元五年以后的执行情况如何我们不得而知。但既然此命令的执行情况比较复杂，这第一个论据就不能得出蒲氏祖辈不可能是蒙古族人的必然结论。

第二个论据同样值得重视，但也可商榷。在《金史》中发现的三位"同名"的女真人，其实只有"蒲察通，本名蒲鲁浑"的那个人与"一讳鲁浑"的蒲氏祖辈同名。单凭一个同名就得出"蒲松龄是女真人的后裔"的结论，未免轻率。

---

① 宗春启：《蒲松龄是哪族人?》，《北京晚报》1981 年 11 月 30 日《夜读识零》版（第三版）。

针对宗文的推断，1980 年 12 月 20 日《北京晚报》的《夜读识零》版发表反驳文章《蒲松龄应是回族人》，同意蒲松龄不属蒙古族的论断，但认为说蒲松龄是女真人则证据不足。首先指出宗文"当总管的只有可能是汉人、女真人和契丹人"断语的不确，举例说明元代回族人做总管的不乏其例；接着指出"蒲察"和"蒲"不是一回事；然后用四条论据说明蒲氏祖辈应该是回族人：一、"蒲"是阿拉伯语的汉译，意思是"尊者"、"父亲"，在中国信仰伊斯兰教的阿拉伯人、波斯人名字前多冠有"蒲"字，其中一些便以"蒲"为姓。岳珂《桯史》中就记载："番禺有海獠杂居，其最豪者蒲姓。"二、元代回族人总的趋势是逐渐改用汉姓汉名，一般是取父名中的一个字（多为第一个字）为姓。蒲鲁浑的名字当是阿拉伯人名的汉译，蒲居仁则是取其父名的第一个字为姓的汉姓汉名。三、《八闽通志》卷二十七记载蒲居仁曾任福建等处转运盐使，这类主管盐铁酒醋专卖及市舶司的官吏当时多由回族人中担任。四、福建《蒲氏族谱》谓"世秉清真教，天下蒲姓皆一脉。"

四条论据中，第一条和第四条看起来比较有说服力，但在中国信仰伊斯兰教的阿拉伯人、波斯人中有一些以"蒲"为姓，并不就能说明所有以"蒲"为姓的都是回族，当然也不能说明蒲松龄的祖辈就是回族人。第二条属于推测，没有根据。第三条正如后来论者指出的那样：《八闽通志》中记载的蒲居仁是否就是蒲松龄的祖辈尚需证实，不能排除同名同姓的可能性。况且福建转运盐使多由回族人中担任，也并不能说明蒲居仁一定就是回族人。

《北京晚报》1981 年 1 月 14 日第三版发表文章《蒲松龄不象回族人》，主要说明两个问题。一、不同意白崇人"蒲察"和"蒲"不是一回事的说法，认为正如"冒顿"到元代变为"冒""顿"两姓、复姓"脱脱"后也成为"脱"字单姓一样，双姓"蒲察"变成单姓"蒲"并不是不可能。说蒲松龄是与汉族同化的蒙古族或女真族还说得过去。二、说蒲松龄是回族人需要审慎。回族所信仰的伊斯兰教是一神教，对于多神教的诸神是绝口不谈的。蒲松龄在《聊斋志异》中对佛教、道教等无不谈及，毫不顾忌，况且还在《聊斋志异·自序》中说自己初生时，父亲梦一僧人托梦，并自谓生平遭际与僧人相似。与回族的身份大不相称。三、有人前往淄川实地调查，蒲松龄的同族从未说是回族。第一条论据不易驳倒，可资参考。第二条论据是不可忽视的内证。第三条论据是值得注意的外证，与路大荒所说"我访问过许多姓蒲的人，都有他们是蒙古族的传说"并无冲突。

1981年第2期《中央民族学院学报》发表《蒲松龄先世为回回说——畏兀儿村读书札记之一》文，主要论据有二：一、据《元史·百官志》中记载达鲁花赤多以蒙古人为之；总管以下，始由色目、汉人充任，认为"蒲鲁浑和蒲居仁官总管官，而非官达鲁花赤官，则二人必不属蒙古籍，又且姓名不类汉人，盖色目人焉，而色目人中回回居多"。二、"蒲鲁浑"首字即阿拉伯语之Abu，即"尊者"、"父亲"，"鲁浑"当是阿拉伯语之ruh，译"灵魂"、"魂魄"。该文所附"马寿千同志意见"认为蒲松龄先世确为回族人无疑，"关键就在蒲鲁浑三字，其他都比较次要（正如海瑞的先世也为回族人海答儿一样，也只三个字）"。此论断很是武断。

蒲松龄民族成分之争的第二个阵地的论争起因是《人民日报》1981年3月19日《爱国主义是建设社会主义的巨大力量》一文下面的那一条注，注中说："我国历史上为中华民族的发展作出杰出贡献的人物很多，本文不能把具有代表性的人物一一列举。作为举例，只列了以上几十人。其中李贽、蒲松龄、曹雪芹、郑和、成吉思汗、松赞干布、爱新觉罗·玄烨是少数民族。"这条注把蒲松龄归入少数民族，可能是受是蒲松龄自作《族谱序》和中国历史博物馆通史展览蒲松龄画像的文字说明以及《北京晚报》陆续发表的几篇争论文章的影响。《北京晚报》的争论文章虽然各有结论，但都不认为蒲松龄是汉族。

针对《北京晚报》的争论文章和《人民日报》的那条注，蒲松龄纪念馆感到有澄清事实的必要。《光明日报》1981年7月26日第4版发表蒲松龄纪念馆撰写的《蒲松龄不是少数民族》，坚持蒲松龄是汉族。主要论据是：一、断定蒲松龄的民族成分还是以蒲松龄的《蒲氏族谱》为据，族谱序言中已明确地说明蒲氏祖先是般阳（淄川）土著，连蒲鲁浑和蒲居仁也是当地人，因此才说"元代受秩不引桑梓嫌也"。其族谱的撰修是经"搜故抄而询黄发"而成，有一定依据。二、不能因为蒲鲁浑象个蒙古族的汉译名就推断蒲松龄是蒙古族，或者因为蒲居仁在福建任过都转运盐使，而任这种职的都是回族，从而断定蒲松龄是回族，更不能以福建另一部《蒲氏族谱》中写有"世秉清真教，天下蒲姓皆一脉"这样一句话来断定蒲松龄的民族。三、宋代以来定居在中国的阿拉伯人、波斯人中有一些以蒲为姓，就证明姓蒲的都是回族，是很牵强的。宋代以前姓蒲的名人就很多。四、回族的风俗习惯有其独特传统，一般较难改变，"我们不知道蒲氏族先怎样演变成为汉族的"，蒲松龄的作品里也反映不出他是回族来。因此，就目前可资考证的资料看，得不出蒲松龄是少数民族的结论。

第一条论据有可商榷之处。我们在上文说过，中国自古以来的民族同化现象十分复杂，汉地"土著"并不一定就是汉族。有的论者指出，《族谱序》中的"般阳土著"很可能是针对"明初移民"而言，只是说明蒲家在明初以前就定居般阳而已。联系上下文，不难看出此说颇有道理。第二条所说则很有道理。第三、四条论据也是不易驳倒的。

针对蒲松龄纪念馆的说法，《人民日报》1981 年 8 月 14 日发表国家民委政策研究室的文章《蒲松龄民族成分的四种说法》，表明不同的态度。该文认为蒲松龄民族成分回、女真、蒙古、汉四种说法各有道理，但"总的说来说蒲松龄是少数民族是比较有道理和根据的"，不过"当然这不能作为定论。"这说明国家民委有一个倾向性看法，但不是定论，可以再行研究。有意思的是，对蒲松龄民族成分的探讨此时可能已经逸出学术范围，引起了蒲松龄现在后裔的重视，故此文在结尾处特别强调"这种探讨不应影响到蒲松龄的现在后裔的民族成分"，"不论蒲松龄民族成分属于哪个民族，都不决定、也不影响他现在后裔的民族成分。"

与蒲松龄纪念馆同样持汉族说的还有张志中、李障天。他们在 1982 年《淄流》第四期上发表了《蒲松龄民族成份初探》，依据有二：一、蒲松龄自撰的《族谱序》中说的"独吾族为般阳土著"、"盖元代受职不引桑梓嫌也。"二、据《姓氏考略》上说："蒲一系出女以姓，有扈氏后，世为四羌酋长。"《路史》上说："蒲，侯国、齐地有蒲如氏，一云即蒲姑，盖其分派也。"《广韵》说："齐人蒲卢胥，善弋，亦姜姓。"淄川汉以前叫般阳，属齐郡。因此此文认为"齐地有蒲姓，且渊源久长……淄川蒲家庄的居民，都认为他们是汉人，既不知道也不相信他们的先祖曾是少数民族的说法……连点传闻的痕迹都没有。相反他们以老住户自矜，认为比起淄川的其它姓氏来，他们历史最久，渊源最深。"最后得出蒲松龄一族原本是汉人、现在仍然是汉人的结论。

第一条论据前文已论及，不再赘述。第二条引用《姓氏考略》《路史》《广韵》中的资料，值得重视。但说淄川蒲家庄的居民"既不知道也不相信他们的先祖曾是少数民族的说法……连点传闻的痕迹都没有"，此说与"家距蒲松龄故居蒲家庄只有八华里"的路大荒的说法相矛盾，不知孰是。

1982 年出版的《蒲松龄研究集刊》第三辑收有苏兴《蒲松龄的远祖约是女真人》一文，主要根据仍是"蒲鲁浑是金女真族习用的名字"。但苏兴的观点其实很通达，他说："即或蒲鲁浑是不折不扣的女真族，蒲松龄也算不上是女真族作家。""蒲松龄做为清初的作家，应算是汉族作家。"1985 年第二届全国蒲松龄学术讨论会上，苏兴仍坚持自己的观点。

1984 年《山东师大学报》第 4 期载《蒲松龄年谱几点质疑》文，说蒲松龄后裔有人说家内传为蒙古族，但对外一致称汉族。此说与路大荒先生的说法相同。但蒲泽《关于蒲松龄的民族成分问题》文指出此说源于误会。元明之交，淄川地区蒲家的祖先蒲璋临终前嘱咐子孙将一块石鼓形状的柱础石埋在墓前，有"石鼓为记"之事，代代相传中先误为"蒙鼓为记"再误为"蒙古为记"。此说属于推测，尚待证实。

20 世纪 90 年代，蒲松龄民族成份之争仍在持续。1995 年《蒲松龄研究》"纪念蒲松龄诞辰三百五十周年专号"上，辑有《蒲松龄及聊斋志异在国外》一文，文中对日本两位学者——竹田晃和前野直彬的研究成果和观点作综合介绍之前，有对蒲松龄及其《聊斋志异》作总体评述的一段文字，其中说："据说，蒲家的祖先是元代随蒙古来到中原地区的阿拉伯人，曾任元代般阳路总管（辖山东省的蒲台、淄川等县），一位名叫蒲鲁浑，一位名叫蒲居仁。"持回族者说。

王庆云支持蒙古族之说，在《蒲松龄研究》1997 年第 3 期发表的《蒲松龄民族成分研究补说》中，认为路大荒是蒲松龄的同邑人，家距蒲松龄故居蒲家庄只有八华里，其教书先生就是蒲松龄的同族后裔蒲国政，路先生的研究绝非穿凿。① 至于何以蒲松龄所纂族谱又自认汉族，王文认为，正因为蒲姓此支元末遭灭，"止遗藐孤"，这幼小的孤儿自然被人收养，因而与刘、郭"有同宗之义焉"，因而其原南方蒲姓之"世秉清真教"（福建《蒲氏族谱》）的民族宗教信仰及其风俗特征，在他们般阳淄川这一支，自此"藐孤"之后，也就不会再得到传承了，也即自然被汉化了。至蒲松龄再修族谱，因"历年久远，不可稽矣"，既知其祖上元时即为般阳总管，而"乡中则迁自枣、蓟者十室而八九焉"，所以认为"独吾族为般阳土著"，也就是自然而然的事情了。②

20 世纪蒲松龄民族成分论争的殿军之作，是蒲喜章的《也谈蒲松龄远祖的民族成份》，文中对回族说、女真族说、汉族说一一加以驳斥，而倡蒙古族说。蒲喜章又提出一个新的观点："蒲松龄的远祖不仅是蒙古族，而且还是蒙古族中的皇族。"他的主要论据有三：一、元代淄川蒙古族确系很多，当时元统治者确实把淄川作为他的"腹心"来看待。所以在委任官员到般阳路任职的总管就非蒙古族莫属了。在民族矛盾、阶级矛盾异常尖锐的元代，般阳路"腹心"之地的总管，除了蒙古族人不可能有其他民族来担任，就是有也是为数极少的，何况蒲鲁浑、蒲居仁二人均任呢？二、关于蒲松龄远祖是蒙古族的传说很多。始祖茔是蒲璋的墓地，在蒲璋墓碑前面安放一石鼓（此鼓现已移置蒲松龄墓地），"鼓"意指祖先是蒙古族，意思是不忘祖，让蒲氏子孙永远记住自己的祖先是蒙古族。蒲文认为传说虽不可靠，但璋祖碑前安放一石鼓，除此一讲外，"我看再也没有其他方面的解释了"。"关于蒲姓是否是蒙古族，璋祖最清楚了，又嘱托其后代在此碑前安放一石鼓，意思就不言而喻了。目前，在淄川地区还没听说其他姓氏茔田内有安放石鼓的传说！"三、元代宁顺年间（宁帝只在位三个月）皇族之间围绕皇位的斗争相当激烈，淄川蒲鲁浑、蒲居仁的后代在宁顺年间的夷族之祸，可能与宫中的皇族之间的斗争有关。③

第一条论据应当说是有一定道理的，可资参考。但第二条论据就有主观随意之嫌。墓碑前面安放一石鼓，就一定是"鼓"意指祖先是蒙古族吗？安知不

① 王庆云：《蒲松龄民族成分研究补说》，《蒲松龄研究》1997 年第 3 期。
② 蒲喜章：《也谈蒲松龄远祖的民族成分》，《蒲松龄研究》1999 年第 2 期。
③ 蒲喜章：《也谈蒲松龄远祖的民族成份》，《蒲松龄研究》1999 年第 2 期。

是单纯为立一特殊标记便于子孙寻找？何况"鼓"只谐音"古"，"古"比较容易让人联想到"古老"、"古旧""古代"、"千古"，单单很难令人联想到"蒙古"！单字"古"与双字"蒙古"相差何止千万里！"淄川地区还没听说其他姓氏茔田内有安放石鼓的传说"，这也不能证明有安放石鼓传说的家族就是蒙古族。第三条论据更有风牛马之嫌。蒲鲁浑、蒲居仁的后代在宁顺年间遭遇了夷族之祸，就一定与宁顺年间皇族之间争夺皇位的斗争有联系吗？即使真有联系，难道就不能是受牵累、受波及的普通官员甚至普通子民，为什么一定就是处于斗争旋涡中心的"皇族"呢？从这样的论据和思路中推测出来的蒲氏族辈是"蒙古族中的皇族"的说法，令人难以接受。

综观 20 世纪（主要是后半叶）对于蒲松龄民族成分的种种论争，我们就会发现，无论是蒙古族说、回族说、女真族说还是汉族说，都缺乏有足够说服力的确凿证据。蒙古族说的主要根据是其祖先蒲鲁浑在元代担任过般阳路总管，蒲鲁浑可能是蒙古族名氏的汉译音，而淄川有很多蒙古族人，以及许多姓蒲的人都有他们是蒙古族的传说。但蒲鲁浑也被认为是回族和女真族名氏的汉译音，元代担任路总管的不只是蒙古人，有人论述姓蒲的人有他们是蒙古族的传说属误传。蒙古族说若要令人信服，还需要有确凿的根据。至于蒲喜章提出的蒲松龄远祖是蒙古族中皇族的说法，更需要证据的支持。

回族说的主要根据是蒲鲁浑的名字当是阿拉伯人名的汉译，《八闽通志》记载蒲居仁曾任福建等处转运盐使这类当时多由回族人担任的官职，以及福建《蒲氏族谱》中"世秉清真教，天下蒲姓皆一脉"的说法。蒲鲁浑的名字众说纷纭，不足为据，蒲居仁曾任当时多由回族人担任的官职也并不能够表明他本人就是回族，而福建《蒲氏族谱》中的说法也并不严密，因为不秉清真教的天下蒲姓也有很多。因此，这些证据也不能直接证明蒲松龄的远祖是回族。况且《聊斋志异》中的内证以及蒲松龄同族后裔对家史记忆的外证，都难以令人相信回族说。

女真族说的主要根据是元代总管由汉人、女真人和契丹人等担任，《金史》中有几位与蒲鲁浑同名的女真人。如上所述，这两条证据都不能证明蒲松龄的远祖是女真族。

　　汉族说的主要根据是蒲松龄的《蒲氏族谱》序言中说明蒲氏祖先是般阳土著，连蒲鲁浑和蒲居仁也是当地人，因此才说"元代受秩不引桑梓嫌也"。其族谱的撰修经过认真搜求，有一定依据，但"般阳土著"很可能只是相对于"明初移民"而言，目前的证据并不能完全排除蒲松龄远祖是少数民族的可能性。

　　20世纪结束了，但对这一问题的争论远远没有结束。在新的有说服力的证据发现之前，关于蒲松龄民族成分的几种分歧意见无法互相说服。

二

　　蒲松龄家世生平的研究中，关于蒲松龄的爱情经历问题，即他是否有过一个名叫陈淑卿的第二夫人，在20世纪80年代曾掀起过一场论争。

　　蒲松龄在《聊斋志异》中，塑造了许多轻灵曼妙的青年女子的美好形象，描写过许多美丽动人的爱情故事。文学研究工作从来都有知人论世的传统，文学史上又多有文如其人、人如其文的个案。在阅读《聊斋》那一篇篇情趣盎然的人鬼、人狐恋爱故事时，我们可能会猜想作者是一位什么样的才子？他自己有过什么样的爱情经历？观其文，想其人。我们愿意相信作者是一位有着不寻常感情经历的多情才子。蒲松龄"少负异才"，取字"留仙"，常年离家处馆，又曾游幕江南，至老才返家。他的诗文、俚曲及《聊斋志异》涉及情恋的内容极多，设想他除正式婚姻之外，另有一番隐秘的爱情经历，也在情理之中。而蒲松龄作品中偏偏就有这么一篇骈文《陈淑卿小像题辞》，叙述了一场叛经离道、缠绵凄婉、令人荡气回肠的爱情事迹，与《聊斋》中大多数违礼任情恋爱故事有着高度的精神契合，又没有注明是代人所作，令人很愿意相信这是作者本人的一段曲折深挚的感情经历。这是这场论争之所以发起的心理背景。

　　1980年，田泽长发表《蒲松龄和陈淑卿》文，认为《聊斋文集》中的《陈淑卿小像题辞》（以下简称《题辞》）一文，记录的是蒲松龄的真实事迹，是他在康熙元年至康熙十年（1622年）的一段生活经历。[①] 田文对《陈淑卿小像题

------

　　① 田泽长：《蒲松龄和陈淑卿》，《蒲松龄研究集刊》第一辑，齐鲁书社1980年版。

辞》作了认真详尽的校注，认为这篇情感贯注的骈体文即是蒲氏为其恋人所作的小传，从中可见蒲松龄生活的一个方面，并对了解他作品中的某些篇章大有补益。

《题辞》内容是这样的："我"于兵乱之中躲进深山，"随舟纵棹"，来到一个桃花源一般幽僻的村庄，"扣门求浆"，开门的是一位美丽的女子。两个年轻人一见钟情，私自结合成夫妇。半年后，烽烟罢警，携归家门，却由于"因乱成婚"、"为欢废礼"，大失家长之意，被迫仳离。后得有书信往来，再后来秘密同居，生了孩子，寄养在别人家里。最后终于可以重归家门，骨肉团圆，过起劳碌艰苦却温馨欢乐的家庭生活。谁知造化弄人，美惠贤淑的陈淑卿过早去世，只剩下肝肠寸断的"我"观其写真小像聊寄思念。"薄赘骈词，即充小传"。

田文注意到后人所写蒲松龄行述、祭文、墓碑、家谱中都没有提到此事。需要为其寻找证据，找到的证据有三：一、《题辞》中所指的地点。《题辞》中说："游龙之人，宛同洛水；射雀之客，旧本琅琊。"上句用曹植《洛神赋》"翩若惊鸿，婉若游龙"之典，将陈淑卿比作宓妃；下句用潘岳《射雉赋》序"余徙家于琅琊。其俗实善射"成典的同时，"旧本琅琊"正与蒲氏的原籍相合。因为琅琊是秦置郡名，属旧山东兖、青、沂、莱四州，而淄川属莱州府。二、事件发生的时间。田文认为《题辞》中所说"兵方兴于白水"、"乱适起于黄巾"指的是顺治十八年（1661）青州都统率领满汉军剿于七的战争。三、他们别后又同居的时间应是康熙九年（1670）。此时蒲松龄在孙蕙（字树百）幕中。因为在蒲松龄父母去世之前，除了这个机会之外他们没有其他机会可以安稳地同居在一起。文认为康熙十年（1671）蒲松龄诗《元宵后与树百赴扬州》中"昧爽归来寿细君"的"细君"指的就是陈淑卿。因"细君"只适合称呼自己的妻妾。另外，《题辞》不会是代人所作，认为蒲松龄代人之作或为友某所作都无不标明，唯独这篇《题辞》并未说明另有所属。况且"射雀之客，旧本琅琊"，把自己比作貌丑的贾大夫，多么谦虚，把陈淑卿比作宓妃，两相映照，对陈赞美备至，怎么能说是代人之作呢？至于蒲氏传记及蒲氏墓表、行述、祭文中亦未提此事，不过是"尽量把这位刺世疾邪，追求自由的文学家打扮成道貌岸然的老先生。"对蒲松龄生平研究的这一轶事，人们非常关注。但在无任何史料旁证的情况下，仅据一篇《题辞》就对陈淑卿的身份作出判断，自然难以服众。田文的推论没有得到公认，却引来较多的质疑。

1981年，王枝忠即对田泽长的论断提出异议。① 1982年，邹宗良从以下五个方面驳论田文观点。② 一、关于"兵方兴于白水"、"乱适起于黄巾"。邹宗良认为顺治十八年（1661）青州都统率领满汉军剿于七时不会绕道至淄川一带，淄川一带也没有可以行船的河流，"随舟纵棹"得遇淑卿的不会是蒲松龄。根据蒲松龄为妻子所作《述刘氏行实》，他也没有于顺治十八年到康熙元年遭遇兵乱逃难在外与家人失散的经历。因为根据路大荒先生所撰《蒲柳泉先生年谱》，蒲松龄的长子出生在康熙元年，如果刘氏怀孕期间遭此大变，《述刘氏行实》中不会一句不提。二、关于"旧本琅琊"。邹文查考《大明一统志》《大清一统志》、清陈芳绩《历代地理沿革表》等书中的淄川一地的建置沿革，发现淄川并不属莱州所治，更不属秦置琅琊郡，那么"旧本琅琊"的"射雀之客"当非蒲松龄。三、私会和子女问题。邹宗良认为康熙元年前后与淑卿私会的"我"没有可能是蒲松龄。根据有三：其一，《述刘氏行实》中说他"岁岁游学"，正是热衷于功名科举、准备应举乡试的时候。其二，路大荒先生所撰《年谱》中有康熙三年"先生读书于李希梅家"的记载。其三，蒲松龄自作《醒轩日课序》中，详尽叙说自己数载寄读在李子希梅家，当时还有外甥赵晋石"假馆同居"，自然不可能再与淑卿同居。至于淑卿所生寄养在外的几个孩子，田文推断可能于松龄归家之时寄养在孙树百家了，邹宗良也认为不可能：一是于情于理难以说通，二是《述刘氏行实》中，松龄提到他与刘氏共生四男一女；《蒲氏世谱》、松龄墓表碑阴署名、蒲箸的祭父文、王洪谋《柳泉居士行略》中，都只记载松龄四个儿子的名字。田文长认为诸文不载是为尊者避讳，邹文认为不是这样。因李尧臣《处士公行略》和松龄《述刘氏行实》都提到松龄之父有四个儿子，其一庶出。蒲松龄以及当时社会舆论都不反对纳妾，他不以父亲有庶出之子为非，为何对自己的庶出之子讳莫如深？合理的解释只有一个，即松龄除与

① 王枝忠：《对〈蒲松龄和陈淑卿〉的几点商榷》，《宁夏大学学报》1981年第3期。
② 邹宗良：《对〈蒲松龄和陈淑卿〉一文的几点质疑》，《蒲松龄研究集刊》第3辑，齐鲁书社1982年版。

刘氏所生四男一女外，并没有其他孩子。四、关于南游期间同居的问题。针对田文所举有关陈淑卿南游的证据，邹文一一予以辩驳。比如关于"细君"，邹文列举《汉书　东方朔传》、扬雄《解嘲》、韩愈《岳阳楼别窦司直》诗、苏轼《上元侍饮诗》等资料，说明"细君"都是指自己的妻而言，并没有指妾为细君的说法。然后又列举资料说明"细君"的另一种解释是指诸侯的妻或别人的妻。所以"昧爽归来寿细君"应当是寿孙树百的妻妾。因此，陈淑卿是否南游很值得怀疑。五、关于陈淑卿名不见碑传的问题。邹文认为在蒲松龄所处的时代，纳妾并非什么不光彩的事情，毋庸避讳。故此推论有两种可能：其一，可能是一篇虚构的作品。其二，并不能排除代人之作的可能。《题辞》没有说明是代别人而作，是因为蒲松龄没有想到二百年后有人为他编集传世，《题辞》并不是他自己收入集中的。《题辞》中第一人称的偶尔运用是出于骈体对偶特点的需要，并不能说明其不是代人之作。"射雀之客，旧本琅琊"一句，重在运用善射的故实，也没有强调"贾大夫恶"的意思。

邹文在最后提出一个非常有价值的设想："旧本琅琊"的射雀之客可能是与蒲松龄有着某种关系的一个人，他倾慕松龄的文名，把自己一段悲剧性爱情经历告诉松龄，求他在自己曾经深爱过的淑卿的画像上题一篇类似小传的文字。

邹文的论述非常严密，难有歧义，但怀疑《题辞》是虚构作品则不能为人接受。因为一般说来没有必要采用《题辞》这种记实的形式，虚构这么一篇作品。如果是虚构，采用《聊斋志异》中小说的形式，更方便谱写这么一篇缠绵悱恻的爱情故事。邹文在最后提出的设想则很受人重视，后来的研究者正是沿着这个思路，明确了陈淑卿的真实身份。

1985 年，马振方宣布自己的新发现：陈淑卿是王篆永的儿子王敏人的原配妻子，"聘而未娶"，因逃难而私自同居。① 根据是王培荀的《乡园忆旧录》。马文钩索出王敏人的身世：他擅长绘画，能"自写侍亲图"，堪供"名贤题赠"；与蒲松龄友情深厚；与陈氏妻曲折离合的故事在《淄川县志·孝友传》中有记载。至此，学界对陈淑卿的身分已无异议。1986 年，邹宗良又对马文的考证在

① 马振方：《〈陈淑卿小像题辞〉考辨》，《文学遗产》1985 年第 1 期。

史实考察上作一些订补。蒲松龄与陈淑卿的关系得以澄清。①

蒲松龄与陈淑卿的关系虽然已经得以澄清，这一话题却也象蒲松龄的民族成分话题一样，继续在学术研究中浮现。一些有关蒲松龄逸事的材料以及电视剧中，常常穿插一段若有若无的恋爱故事，应当与《蒲松龄和陈淑卿》有关。正如我们前文说到的那样，人们很愿意相信《聊斋志异》的作者本人有一段曲折深挚的感情经历。

三

蒲松龄是否为《醒世姻缘传》的作者，是蒲松龄研究的一个重要命题。《醒世姻缘传》是一部近百万字的长篇白话小说，叙述了一个冤冤相报的两世姻缘的故事。徐志摩推崇这部书"是我们五名内的一部大小说"、"是一部以'怕老婆'作主干的一部大书"。②《醒世姻缘传》的作者署名西周生。西周生是谁呢？很长一个时期内，很多人认为就是蒲松龄。20世纪80年代，这一说法受到严峻的挑战，开始了长达几十年、吸引众多学者加入的学术论战。

最早提及《醒世姻缘传》作者为蒲松龄的是《昭代丛书》癸集杨复言《梦阑琐笔》中的记载："鲍以文云留仙尚有《醒世姻缘》小说，盖实有所指。"鲍以文即代赵起杲刊刻《聊斋志异》的鲍廷博，乾隆间人。后李慈铭《越缦堂读书记》载："醒世姻缘，清蒲松龄撰。"山东师范大学图书馆藏同治庚午本《醒世姻缘传》批语中也说："作者必是蒲松龄无疑。"李永祥认为评点者是光绪年间人。③

20世纪首倡《醒世姻缘传》作者"蒲松龄说"的是胡适。胡适首先觉得《醒世姻缘传》的结构实在太像《聊斋志异》中的《江城》一篇，提出《醒世

---

① 邹宗良：《〈陈淑卿小像题辞〉考辨订补》，《文学遗产》1986年第3期。对这一问题发表意见的还有蒲泽《关于蒲松龄的第二位夫人》，《沈阳师范学院学报》1983年第三期。杨海儒：《蒲松龄并无第二夫人》，《东岳论丛》1990年第3期。
② 徐志摩：《〈醒世姻缘传〉序》，《醒世姻缘传》上海古籍出版社1981年版。
③ 李永祥：《蒲松龄与〈醒世姻缘传〉——兼与兼与金性尧同志商榷》，《中华文史论丛》，1984年第1期。

姻缘传》的作者可能是蒲松龄，或者是他的朋友的"大假设"。然后用了几年的时间比较两部书的内容，想寻出一些"内证"。胡适也深知"内证"毕竟不是有力的证据，故到处寻求证据。谁知忽然见到邓之诚《骨董琐记》中提到的"鲍以文云留仙尚有《醒世姻缘》小说，盖实有所指"的记载，真是喜出望外。但胡适对此记载的态度还是非常谨慎的，深恐有误，细加辨析之后，认为此记载比较可信。

为了证实或者否证自己的假设，胡适还做了三项"小心求证"的工作：一、请研究古典小说掌故的孙楷第稽考《醒世姻缘传》中所记地理、灾祥和人物。二、请来他家校谈《醒世姻缘传》标点本的亚东图书馆编辑胡鉴初，把《醒世姻缘传》中的土话与《聊斋白话曲文》用归纳方法作比较研究。三、查一查《醒世姻缘传》主角狄希陈在蒲松龄《聊斋全集》中有没有影子。这项工作需要逐字逐句去稽查，但当时却没有一部完整的《聊斋全集》，还必须先编一本比较完整的《聊斋全集》出来。胡适借了两部《聊斋全集》的钞本——清华大学图书馆藏本和淄川马立勋藏本，把这项工作交给罗尔纲做。这三项工作的研究角度都是寻找作品中的内证。①

求证结果对胡适的假设有利。孙楷第将《醒世姻缘传》所记的地理、灾祥、人物等与济南府属各县的地方志相互比较，得出书中的地理实是章丘、淄川两县、著书时代在崇祯至康熙年间的结论。孙楷第结论为："因地域时代相当，以为蒲留仙作，颇有可能性，否亦必为明、清季章丘人或淄川人所作。"② 此论断比较周密，确定了一个正确的探索范围，没有认定必然是蒲松龄。胡鉴初重新校读《醒世姻缘传》标点本和十几种聊斋白话曲文，把这些书里奇特的山东土话列举出来，用归纳法进行比较研究之后，认为《醒世姻缘传》是蒲松龄的著作。

---

① 胡适：《〈醒世姻缘传〉考证》，《醒世姻缘传》附录，亚东出版社 1933 年版。收入姜义华主编《胡适学术文集》中《中国文学史》（下），中华书局 1998 年版。

② 孙楷第：《一封考证〈醒世姻缘传〉的信》，又名《与胡适之论〈醒世姻缘传〉书》，《醒世姻缘传》附录，亚东出版社 1933 年版。收入孙楷第：《沧州后集》，中华书局 1985 年版。

于是，胡适就将自己倾注数年心力的《〈醒世姻缘传〉考证》附在 1933 年亚东图书馆出版的标点本《醒世姻缘传》之后。《考证》以命意、情节、方言等为内证，以《梦阑琐笔》中的记载为外证，得出西周生即为蒲松龄的结论。他的主要论据有四：一、《醒世姻缘传》与《聊斋志异》的主要内容契合。在《聊斋志异》中，蒲松龄非常关注夫妇尤其是"悍妇"问题，除《江城》外，《马介甫》《孙生》《大男》《张诚》《吕无病》《锦瑟》《邵女》《珊瑚》中，也都出现悍妇形象。而《醒世姻缘传》主要写一个冤冤相报的两世姻缘故事。关于妇女、婚姻问题的反映是内容的一个基本方面。《醒世姻缘传》中素姐、寄姐虐待丈夫的情节与《江城》等篇的悍妇形象比较相似。胡适认为《聊斋志异》的一系列悍妇形象，实际上是奇悍的素姐、寄姐形象的"炭画小稿本"。"江城和杨尹氏就是素姐的影子，高蕃和杨万石就是狄希陈的胚子"，"我们若用两部书里描写悍妇的详细节目来相比较，就可以看出这两部书的描写方法很有相同之点；就可以看出《聊斋志异》的写法全都采用在《醒世姻缘传》的后六十回里，只不过放大了，集中了，更细密了，更具体了，使人更觉得可怕。"《醒世姻缘传》可以视作《江城》等篇的扩大与改写。二、《醒世姻缘传》描写的自然灾害，与济南、淄川等地方志、《蒲松龄文集》记载的淄川县的灾害多所吻合。三、民国十八年，北平朴社印了一册《聊斋白话韵文》，共有六篇鼓词及十一种聊斋遗著，其中戏剧体的《禳妒咒》是由古文小说《江城》改编的。这十几部白话曲词，可以证明蒲松龄除善于创作文言小说之外，还能够著作白话文学。从这些曲词里也可以寻出文字学上的证据，证明这些曲词和《醒世姻缘传》是同一个人的作品。《醒世姻缘传》所用的语言是蒲松龄家乡一带的土语方言。以蒲氏所写的通俗俚曲《寒森曲》等与小说相对照，有不少奇特的土话在通俗俚曲和小说中写法相同，这证明两者同出一人之手。（四）罗尔纲找出邓之诚《骨董琐记》中提到的"鲍以文云"出自《梦阑琐笔》。胡适认为可信。虽然鲍刻《聊斋》已在蒲留仙去世五十年之后，但当时鲍廷博听见的传说必是从山东传来的，可证实当时确有人知道《醒世姻缘传》是蒲松龄所做。

综观胡适的论据，其实都不很可靠。前三条是或然性论据，只能论证作者"可能是"蒲松龄，却不能证明"必然是"蒲松龄。第四条证据是据蒲松龄死后的后人传闻，未必可信。

胡适的《醒世姻缘传》作者"蒲松龄说"被广泛采纳。各地书局也乘机翻印贩卖，价格提高销路增广，掀起一次《醒世姻缘传》传播高潮。孙楷第《中国通俗小说书目》认为此说"比较可信"，"书名索引"中径云《醒世姻缘传》作者为"蒲松龄"。后来的游国恩等主编《中国文学史》《辞海》等都尊重此说。但他们的态度还是谨慎而有所保留的。游国恩等主编《中国文学史》在蒲松龄作品名下并没有列出《醒世姻缘传》，只是在论及《醒世姻缘传》作者时认为"蒲松龄说"比较可信。《辞海》则只客观列出《梦阑琐笔》中的记载。北京大学中文系著《中国小说史》的论述是："有人即据此断定为蒲松龄所著，但仍嫌证据不足。"①

20世纪50年代，胡适的考证受到了挑战。1955年，路大荒在梳理蒲松龄年谱时，根据蒲松龄一生行实和著述状况，认为蒲松龄没有写过长篇通俗小说《醒世姻缘传》。他的论据主要有三点：一、蒲松龄的墓碑碑阴刻有著作目录，连千余言的《穷汉词》都列入其中，如此一部大著述，何以未列到里边？墓表、行述、行略、诗集、文集等等俱未提到。蒲松龄的《聊斋志异》和词集、文集都有朋友作的序跋，《志异》《日用俗字》等书都有他的孙子蒲立德的跋语，何以《醒世姻缘传》竟没有蒲氏友人几个字的题跋？二、《梦阑琐笔》中关于蒲松龄的记录错误多多，极不可信。三、胡适使用的土语对照考证法是不合理的。因为"土语是一个区域的人民共同使用的语言，不是某一个人的专用品"。胡适将《江城》篇中的人物和《醒世姻缘传》篇中的人物穿凿附会地结合起来，这种考证纯是臆测和穿凿。路大荒并且透露此种观点并非他一人独有，吴文祺也批评这是猜谜、拆字，决不是考据。②

1961年，王守义从避讳问题、小说反映的社会内容等方面，否定了"蒲

---

① 游国恩等主编：《中国文学史》，人民文学出版社1963年版。《辞海》，上海辞书出版社1979年版。北京大学中文系著《中国小说史》，人民文学出版社1978年版。

② 路大荒：《聊斋全集中的〈醒世姻缘〉与〈鼓词集〉的作者问题》附《蒲松龄年谱》，《光明日报》1955年9月4日"文学遗产"副刊；收入《文学遗产选集》1959年第2期。

作"说，认为《醒世姻缘传》是明人写明事，约成书于崇祯十三年（1640）到崇祯十七年（1644）春天之间。王文从不同于同德堂本、同治庚午年复本、亚东本的一个"更早的刻本"周绍良藏本入手，发现小说中不避讳康熙皇帝玄烨的"玄"字，却避讳崇祯皇帝朱由检的"由"字和"检"字。但王文也意识到"就凭刻本的避讳问题断定小说著于崇祯年间，似嫌证据单薄，说服力量不大"，又从小说中找到六处反映崇祯年间社会实事的例证，以加强自己的说服力度。王文从作品内证中得出对于小说成书年代的推断，有理有据，难有异议，也被后来的许多研究者接受。但他说"作者在付刻之前做过局部修改，把奴、虏等字删去，以也先代替了鞑子，以王振代替了魏忠贤"，论者多以为王振故事篇幅长而且符合史事，不像是在付刻之前以王振代替了魏忠贤。①

　　路大荒、王守义的挑战暂时没有继发热烈的响应。直到80年代才旧话重提，并逐渐形成了论争高潮。高潮的起因与时代的发展有关。长期的战乱和不断的政治斗争之后，20世纪80年代，中国开始恢复成为一个正常的社会。人们忽然发现世情小说的魅力。齐鲁书社、上海古籍出版社、中州书社相继重版《醒世姻缘传》。《醒世姻缘传》继30年代之后，又一次赢得读者阅读和研究的热情。

　　金性尧再次从避讳问题、《醒世姻缘传》反映的社会内容以及眷恋明王朝的情绪等角度，考辨《醒世姻缘传》的作者，认为不是蒲松龄，论据有三：一、蒲松龄生于崇祯十三年（1640），明亡之时才四、五年，未必会具有《醒世姻缘传》中对大明王朝的深厚感情。《聊斋志异》中称明王朝为"故明"、"明季"，称清兵为"大兵"，对明、清两朝的感情基调与《醒世姻缘传》不同。二、《醒世姻缘传》不避讳康熙皇帝玄烨的"玄"字，说明不可能是康熙年间创作的。三、蒲松龄一生没有到过北京，而《醒世姻缘传》作者对北京地理风土非常了解，连一些冷僻的所在都有记述，如第五回提到的锦衣卫的位置、格局等。但蒲松龄没有去过北京。② 金文的第三个论据值得重视。

---

①　王守义：《〈醒世姻缘传〉的成书年代》，《光明日报》1961年5月28日"文学遗产"副刊。

②　金性尧：《〈醒世姻缘传〉作者非蒲松龄说》，《中华文史论丛》1980年第4期。

　　徐北文却认为胡适考据基本可靠，在未提出更有力的反证之前，"蒲作"说理应保留。① 李永祥也支持"蒲作"说，从三个方面驳斥王守义和金性尧的论点：一、小说中提到的"典史"、"纳捐"及其他一些问题说明《醒世姻缘传》应当作于清初，而非作于明末。经查证《明会通》《明史》《清史稿》等典籍，李文认为"典史"在明朝掌管"文移出纳"，在清朝掌管"稽察狱囚"，职责不同。而《醒世姻缘传》中的两位典史柘之图和季典史都与监狱关系密切，柘之图在监牢里作威作福，季典史则被张瑞凤嫁祸为"日日下监"所为不法。因此《醒世姻缘传》中的"典史"合清制，作者应是清朝人。二、小说中提到的"条鞭之法"与赋税流弊论证此书为蒲松龄所著，证据是蒲松龄曾做过《淄川流弊》一文。三、将《江城》《禳妒咒》和《醒世姻缘传》进行比较，得出此书为蒲松龄所著的结论。②

　　李文的第一条论据中"典史"问题值得探讨。小说中说柘之图"三不知讨了监钥，自己走下监去"，似是说这位典史自己没有监钥，又不应当"自己走下监去"。其他问题也都有探讨余地，不能说是定论。第二条论据不值一辩，第三条论据则沿袭了胡适考证法的流弊。即使这三篇文章确实有明显的因袭演进之迹，基本纲目、具体场景、细枝末节的刻画有颇多一致的地方，也不能得出这些作品同是一位作者的结论。因为文学史上作品之间的因袭演进现象是一般规律，不同时代的作品也有不少神似甚至神形俱似的作品，难道都出自一位作者？时代地域相近的作者更容易因采纳近闻、相互借鉴而有神形俱似的作品。

　　李文又提出反驳否定论者的另外几条论据：一、举出蒲松龄遗著和《聊斋志异》中也可以找出避"明讳"而不避"清讳"的例证，认为避"明讳"问题可能是作者有意作伪或者是无意造成的，总之不足为据。这种说法有一定道理。二、古代文人做小说大多不署真名，因此"墓碑碑阴未刻"不足为怪。这种说法不合逻辑。其一，"文人做小说大多不署真名"与"做了小说之后其作品录中见不记载"是两回事，不能混为一谈。其二，蒲松龄并不讳言自己创作小说，

---

① 徐北文：《〈醒世姻缘传〉简论》，《醒世姻缘传》卷首，齐鲁书社1980年版。
② 李永祥：《蒲松龄与〈醒世姻缘传〉——兼与金性尧同志商榷》，《中华文史论丛》1984第1期。

他的其他小说都有记载，为什么单单不提《醒世姻缘传》？所有亲朋也都未直接提及，不免令人生疑。李文发现的山东师范大学图书馆藏同治庚午本《醒世姻缘传》批语中的证据，也因据蒲松龄生活时代过于遥远而可信度不强，很有可能是因袭乾隆间人鲍廷博的说法。三、蒲松龄没有去过北京，却曾编选刘侗的《帝京景物略》一书，其挚友张笃庆曾入北京国子监，蒲松龄应当对北京的风物习俗相当熟悉。这种说法可资参考，但通过如此间接地了解，就能够"对北京的风物习俗相当熟悉"吗？令人生疑。

李文的说法并没有得到共识。刘均杰、曹正义从胡适等人"方言土话"的考证方法入手，找到许多例证，证明《醒世姻缘传》不是蒲松龄所作。① 田璞也再次对"蒲作"说提出质疑。② 还有一些学者从寻找其他人为《醒世姻缘传》作者的角度，否定了"蒲作"说如童万周的"河南人说"、徐复岭的"贾凫西说"、田璞、张清吉等的"丁耀亢说"等。③ 曹大为推论《醒世姻缘传》成书于明崇祯十七年之前，崇祯十七年间又作了修改或誊清，蒲松龄时年5岁。徐朔方认为不是作于明末，而是作于清初，但非蒲松龄所作。④

90年代支持"蒲作"说的有严云受和肖维琪。严云受认为"蒲作"说不可颠覆的原因有四：一、《醒世姻缘传》未被刻进蒲松龄墓碑碑阴的著作目录的原因。严文认为《梦阑琐笔》中说《醒世姻缘传》"盖实有所指"，小说的人物、事件必然取自蒲松龄的亲人朋友，必然会得罪原型以及和原型关系密切的人。《梦阑琐笔》又说"书成，为其家所诋，至褫其衿"，其后代为避免家族矛盾而不把《醒世姻缘传》列入蒲氏的著作目录，其朋友也不为这种"实有所指"的

---

① 刘均杰：《从言语特征看蒲松龄跟〈醒世姻缘传〉的关系》，《语文研究》1988年第3期。曹正义：《近代文献与方言研究》，《文史哲》1984年第3期。
② 田璞：《〈醒世姻缘传〉为蒲松龄所作说质疑》，《殷都学刊》1985年第4期。
③ 童万周：《〈醒世姻缘传〉后记》，中州书社版《醒世姻缘传》。徐复岭于1990年《济宁师专学报》第三期发表三篇论文：一考成书于顺治初；二考作者为徐州府人；三考作者为贾凫西。田璞《〈醒世姻缘传〉作者新探》，《河南大学学报》1985第5期。张清吉：《〈醒世姻缘传〉作者是丁耀亢》，《徐州师院学报》1989年第3期。
④ 曹大为：《〈醒世姻缘传〉的版本流传和成书年代》，《文史》第23辑，1984年11月。徐朔方：《论〈醒世姻缘传〉以及它和〈金瓶梅〉的关系》，《社会科学战线》1986第2期。

讽世之书写序、跋，即使写也不署真实姓名。二、关于《醒世姻缘传》对北京的描写问题。严文认为小说对一个地方的描写不同于方志记述。《醒世姻缘传》对北京的描写只是在情节的进展中时有点缀，谈不上详细。小说中的皇姑寺、香岩寺等都是艺术虚构的世界。《醒世姻缘传》对北京地区的描写多有想象、虚构之笔，人们也就难以依据它来判断作者对北京的熟悉程度并进而考证作者的真实名姓。三、进一步探讨了《醒世姻缘传》和《聊斋志异》、聊斋俚曲的关系，得出"两种作品同出一人"的结论。四、又从蒲松龄的作品中另外找出不少例证，来证明《醒世姻缘传》与蒲松龄的关系。其所找的证据仍因袭胡适思路。①

严文的第一条证据在不可靠。《梦阑琐笔》"书成，为其家所讦，至褫其衿"的说法，已被路大荒批驳，证明蒲松龄生平绝无此事，又何来后代、朋友的讳莫如深？第二条证据虽然有些道理，却也得不出《醒世姻缘传》作者就是蒲松龄的结论。第三第四条证据仍然沿用胡适机械类比的考据方法，发现作品A和作品B相似就说"两种作品同出一人"，既不符合文学史的常识，又在推理逻辑上犯了大前提虚假的错误（这种推理方法的大前提是"如果作品A和作品B相似，那么两者必定是同一个人的作品"）。

肖维琪在胡适等人考证的基础上，又从盂城驿研究入手，考证出蒲松龄到过高邮州并且熟悉盂城驿，而《醒世姻缘传》第八十八回写到过盂城驿的情况。肖文认为这个证据可以"确证"西周生就是蒲松龄："一个淄川人或章丘人，生在明末清初，可能活到康熙四十三年（公元1704年）以后；文学功底很深，能熟练地运用奇特的山东土话创作白话小说；到高邮州工作过，对盂城驿情况很熟悉。此人是谁呢？是孙蕙吗？不是，因为他没有运用山东土话创作白话小说的记录；是蒲松龄的其他文朋诗友吗？也不是，因为他们没有到过高邮州，更不熟悉盂城驿的情况。因此，结论只能是：西周生非蒲松龄莫属。"②

肖文使用了排除法，认为孙蕙和蒲松龄的其他文朋诗友都不具备这个写作

① 严云受：《〈醒世姻缘传〉作者问题补考》，《明清小说研究》1997年第3期。
② 肖维琪：《〈醒世姻缘传〉的作者是蒲松龄补说》，《蒲松龄研究》1999年第2期。

条件，因此西周生就非蒲松龄莫属。这个推论是不能成立。

综上所述，蒲松龄是否为《醒世姻缘传》作者的问题，在 20 世纪没有达成共识。但通过论争，一些重要的问题其实已经得以澄清，譬如蒲松龄生前未提、亲友墓表等也从未说他做过《醒世姻缘传》；《醒世姻缘传》成书年代其实比蒲松龄的生活时代要早；等等。张俊《清代小说史》采用《醒世姻缘传》成书于崇祯年间的说法，当为不误。① 纵观此话题的百年争论史，我们应当可以相信：蒲松龄不是《醒世姻缘传》的作者。

四

20 世纪围绕《聊斋志异》的学术论争，主要话题是成书过程与原稿编次。《聊斋志异》是短篇巨制，卷帙浩繁。这样一部宏大的作品集，作者是何时动笔的？共用了多少年的时间？经历了什么样的创作过程？这些问题都吸引许多学者探究。《聊斋志异》原分多少卷？各卷编次如何？《聊斋志异》中有没有民族思想？是否反对科举制度？都曾掀起过论争高潮。

（一）成书过程与原稿编次的论争

一般而言，探讨作者的创作动机和作品的成书过程，是把握作品思想内涵和艺术成就的关键环节。对《聊斋志异》成书过程的论争是 20 世纪学术论争史上的一个重要话题。

关于成书过程的论争，主要集中在动笔时间和完成时间上。蒲松龄《聊斋自志》署康熙十八年，有人即认为此时已基本成书。蒲箬等《祭父文》谓"暮年，著《聊斋志异》八卷"。蒲箬《清故显考岁进士、候选儒学训导柳泉公行述》中又说"《志异》八卷，……积数年而成"，认为其父暮年开始动笔，数年之间完成创作。章培恒都不同意，而是根据对于《志异》原稿编次的推断，推论《志异》的写作过程是：康熙十一二年或稍后开始写作，大约在其逝世前不

---

① 张俊：《清代小说史》，浙江古籍出版社 1997 年版，第 41 页。

久完成，前后共四十年余。①

　　冯伟民则认为动笔时间大约在康熙七、八年间（其时蒲松龄三十岁左右），无论如何不会晚于康熙九年的江南之行。论据有三：其一，正如《聊斋自志》所云，《聊斋志异》绝不是"姑妄言之"的游戏之笔，而是寄托作者理想、抒发胸中块垒的"孤愤之书"，其写作应当在作者积了一肚子不如意的时候。冯伟民这个时候是蒲松龄功名上失败、生活担子加重的江南之行之前；其二，蒲松龄的某些诗文可以表明康熙九、十年间《志异》已经开始写作，如《途中》（其一）所云"途中寂寞姑言鬼，舟上招摇意欲仙"；又如《感愤》中的"新闻总入夷坚志，斗酒难消磊块愁"；其三，《聊斋志异》中某些作品也显然作于康熙十一、二年之前，如《地震》主要记作者在康熙七年六月十七日戌刻地震时的亲身经历，应当作于地震后不久。再如《莲香》，路大荒曾在《蒲松龄年谱》中据本文篇末所述定为康熙九年的作品，应无异议，章认为是虚构作品时间不确的说法倒是不大妥当。②

　　袁世硕的观点与两人都不相同，认为蒲松龄从二十余岁开始创作，年逾花甲方才辍笔。除袁世硕外，研究者多认为蒲松龄为《聊斋志异》写序时，《聊斋志异》已大体完成。③ 马振方则认为动笔在康熙九年、十年间。④ 王庆云通过多方考证，借鉴章培恒等的观点，推论《聊斋志异》经过六次成书过程：第一次成书：康熙元年至康熙八年（1664－1669年），蒲松龄25岁至30岁之间；第二次成书：康熙十八年（1679年），蒲松龄40岁时；第三次成书：康熙二十一年（1682年），蒲氏43岁时；第四次成书：康熙二十八年（1689年），蒲松龄54岁时；第五次成书：康熙三十八年（1699年），蒲氏60岁左右；第六次成书：

① 　章培恒：《〈聊斋志异〉写作年代考》，《蒲松龄研究集刊》第1辑，齐鲁书社1980年版。《献疑集》，岳麓书社1993年版。
② 　冯伟民：《关于〈聊斋志异〉写作过程的两个问题——兼与章培恒同志商榷》，《蒲松龄研究集刊》第4辑，齐鲁书社1983年版。
③ 　袁世硕：《〈蒲松龄评传〉序》，马瑞芳《蒲松龄评传》，人民文学出版社1986年版。
④ 　马振方：《蒲松龄生平述考》，《北京大学学报》1985年第6期。

康熙四十七年左右，蒲氏 69 岁、70 岁左右。①

　　关于《聊斋志异》原稿的编次，也是 20 世纪争鸣较多的问题。早在 60 年代，张友鹤就在《聊斋志异》三会本后记中提出蒲氏原定卷数是十二卷。1978 年上海古籍出版社新版的三会本，附章培恒新序，提出八卷说，否定了十二卷说。

　　1980 年，至少有五篇论文探讨这个话题。② 其中章培恒《〈聊斋志异〉写作年代考》反响最大，在 80 年代引发了这一问题的论证高峰。王枝忠和冯伟民都不同意章培恒的论证。③

　　任笃行同意章培恒的观点，认为原稿不是十二卷或十六卷。关于创作早晚和编次先后问题，他作了进一步分析论证，并认为应当提高对铸雪斋抄本总目的认识。④ 但 80 年代末 90 年代初，人民文学版《聊斋志异》全本新注本（1989）、岳麓书社白话本（1990）、上海古籍版白话全本（1992）、漓江出版社版评赏大成本（1992）以及武汉出版社版全本评赏本（1994）等，其编次仍然沿用张友鹤三会本。任笃行再次著文肯定八卷说，并作了具体细致的编次分析。⑤

　　袁健则认为蒲箬所说八卷和蒲立德所说十六卷都有可信性，在没有找到确

---

① 王庆云：《蒲松龄〈聊斋志异〉六次成书过程蠡测》，《青岛海洋大学学报》1995 年第 4 期。

② 李士钊译，［捷］雅·洛斯拉夫·普实克遗作：《蒲松龄〈聊斋志异〉最初定稿时间的探讨》，《东岳论丛》1980 年第 3 期；郑云波：《〈聊斋志异〉成书年代质疑》，《徐州师院学报》1980 年第 2 期；赵克：《谈〈聊斋志异〉的写作与成书》，《北方论丛》1980 年第 5 期；章培恒：《〈聊斋志异〉写作年代考》；任笃行：《一函不同寻常的〈聊斋志异旧抄〉》，《蒲松龄研究集刊》第一辑，齐鲁书社 1980 年版。

③ 王枝忠：《〈聊斋志异〉是按写作先后编次的吗？——与章培恒同志商榷》，《宁夏大学学报》1984 年第 2 期。冯伟民：《关于〈聊斋志异〉写作过程的两个问题——兼与章培恒同志商榷》，《蒲松龄研究集刊》第四辑，齐鲁书社 1984 年版。

④ 任笃行：《〈聊斋志异〉原稿编次初探》，《蒲松龄研究集刊》第 2 辑，齐鲁书社 1981 年版。

⑤ 任笃行：《浅谈〈聊斋志异〉的编次》，《蒲松龄研究》1995 年专号，总第十八期。

凿证据时，不能随意加以否定。① 邹宗良则主要依据朱绀借抄《聊斋志异》的书札，认为《志异》初稿为十六卷，其后蒲松龄在十六卷的基础上改订而成八卷。②

（二）《聊斋志异》有无民族思想

《聊斋志异》有没有反清拥明的民族思想？20 世纪共产生三种观点：有；无；有但非主流，仅个别作品中有。

早在五四初期，就有人通过"狐者胡也"的索隐，认为《聊斋志异》中有反清拥明的微言大义。他们认为《聊斋·孤嫁女》篇中的金爵从朱姓之家偷出，而明朝皇帝姓朱，狐可指胡人（满族的代称），这一篇的思想应当蕴涵了无法明言却极为深刻的民族思想，用寓言故事的方式表达了对满人窃取大明江山的愤懑之情。这种穿凿附会的索隐方法，为后来的研究者所不取。后来对此问题的讨论，大都建立在作品与历史资料对比的基础上。

张友鹤在《〈聊斋志异〉选》编选后记中，否认蒲松龄有民族思想。但据晋驼所说，张友鹤后来有修正了自己的看法，改而认为蒲松龄有民族思想。③

阿英《晚清小说史》中把《聊斋》看作排满的作品。④ 晋驼认为阿英把反清说成"排满"是错误的。晋驼自己是坚决地说"有"派。他的根据有两方面。一方面事先推定"有"，因为"在民族斗争你死我活的客观现实面前，不反映民族矛盾，或者民族矛盾不在作品中占据主导地位"，"《聊斋志异》还成什么现实主义作品？"另一方面，从以下几个角度寻找《聊斋志异》有无民族思想：对清兵的奸杀掳掠敢不敢反映？"这是客观现实赋予《聊斋》的起码政治课题"；⑤ 如何看待地主阶级拥清派与反清派？如何看待人民大众的反清运动？晋驼认为蒲松龄在《聊斋志异》中神化白莲教；把反清的政治要求寄托于人民起义；诅咒清政府——传播妖异。这些都是蒲松龄敢于反映现实、有民族思想的

---

① 袁健：《〈聊斋志异〉分卷与编次研究述评》，《国际聊斋论文集》，北京师范学院出版社 1992 年版。
② 邹宗良：《初稿本〈聊斋志异〉考》，《山东大学学报》1992 年第 2 期。
③ 晋陀：《聊斋志异的民族思想》，《蒲松龄研究集刊》第 2 辑，齐鲁书社 1981 年版。
④ 阿英：《晚清小说史》，作家出版社 1955 年版。
⑤ 同注③。

表现。显而易见，晋驼的观点和论证方法都带有文革前后政治挂帅的特点。说反映清兵奸杀掳掠、神化白莲教、描写人民起义、传播妖异等就是具有民族思想，而且"在作品中占据主导地位"，缺乏说服力。传播妖异就必定是诅咒清政府吗？只是长期战乱过后常常出现的民间现象而已。

50 年代是此争论的一个高峰期，林明均、蓝翎、章沛、邓潭州等相继发表有关论述。① 80 年代是此争论的又一个高峰期，参与讨论的有朱大成、冯金起、徐定宝、韩伟、诚夫、杨柳等人。② 大多数研究者以为《聊斋志异》有民族思想，但不占很大比重。

的确，蒲松龄创作《聊斋志异》时，距明末战乱年代渐远，社会已经进入康熙盛世，其民族思想当不会很深。但大乱刚刚过去，动乱之中种种奇闻仍然在广泛流传，《聊斋志异》也不可能没有一点民族思想。

关于《聊斋志异》思想内容的争论，除有无民族思想的话题之外，还有是否具有反封建反科举的精神、是否具有唯心主义及封建迷信等落后思想的话题。许多文章都认为其揭露了科举制度弊端。聂绀弩在多方寻求《聊斋志异》内证的基础上，论证小说具有反封建统治和反科举八股两种精神。但他也注意到蒲松龄对科举八股的双重态度，认为蒲松龄反对的是有才能考不上、无才能却一考就取的那种科举八股，而不反对全凭真才实学考取、无才无学就考不取的这种科举八股。魏克明也认为《聊斋》所揭露的只是科举制度实施中的一些弊端，

---

① 林明均：《〈聊斋志异〉所表现的民族思想》，《四川大学学报》1955 年第 2 期。蓝翎《〈聊斋志异〉的民族思想在哪里》，《光明日报》1956 年 2 月 5 日。章沛：《〈聊斋志异〉个别作品中的民族思想》，《文学遗产》增刊（第六辑），作家出版社 1957 年版。邓潭州：《关于〈聊斋志异〉的民族思想问题》，《学术论坛》1958 年第 4 期。
② 朱大成：《从〈聊斋志异〉看蒲松龄的民族意识》，《沈阳师院学报》1980 年第 1 期。冯金起：《〈聊斋志异〉有反清思想吗》，《泰安师专学报》1980 年第 2 期。徐定宝：《试论〈聊斋志异〉的民族思想》，《宁波师专学报》1981 年第 2 期。韩伟：《〈聊斋志异〉的政治思想》，《语文教学》（《烟台师专学报》）1980 年第 6 期；韩伟：《〈聊斋志异〉政治思想简论》，《蒲松龄研究集刊》第 2 辑，齐鲁书社 1981 年版。诚夫：《关于蒲松龄民族思想的分析》，《社会科学辑刊》1983 年第 3 期。杨柳：《〈聊斋志异〉研究》，江苏人民出版社 1985 年版。

其矛头并没有触及科举制度的本身。①

　　总之，在 20 世纪《聊斋志异》研究论争话题中，浦松龄是否为《醒世姻缘传》作者等已有共识，蒲松龄的民族成分等仍无定论。

　　（本文收入《中国古代小说研究论辩》（20 世纪中国学术论辩书系），百花洲文艺出版社 2006 年版）

----

① 聂绀弩：《略谈〈聊斋志异〉的反封建反科举精神》，《文学遗产》1980 年第 1 期。魏克明：《〈聊斋志异〉揭露了科举制度吗?》，《解放日报》1981 年 2 月 25 日。

《姑妄言》的发现与研究述评

　　《姑妄言》是清代雍正初年辽东文人曹去晶创作的长篇章回小说，但从未见于文献记载。20 世纪 40 年代，其残抄本在上海一露鸿爪，60 年代全抄本在前苏联发现，但国内学者尚无法看到，90 年代《姑妄言》全刊本在台湾面世，即引起学界轰动。《姑妄言》形式独特，内容丰富详瞻，包罗万象，对于研究中国古代文学史、文化史、民俗史乃至经济史等等，都具有重要的价值。在中国本土未见记载、在域外沉睡了一百五十多年的《姑妄言》的发现与出版，是中国古典小说研究史上的一件盛事，也是中俄学术交流史上的一段佳话。

一

　　1963 年，前苏联汉学家李福清教授开始调查苏联所藏中国章回小说及俗文学作品版本。这次调查收获颇丰，第一天就发现了东方研究所所藏《石头记》80 回抄本，即著名的"列藏本"《石头记》。接着，李福清教授发现不少俗文学目录未著录的俗文学作品（鼓词、弹词、子弟书、大鼓书等），还有一些章回小说的版本。这些作品，在孙楷第《中国通俗小说书目》和日本大冢秀高《增补中国通俗小说书目》中都未见著录。此刻，李福清教授清楚地意识到，自己正在做一件在中国文学研究史上意义重大的掘藏工作。随着调查的进展，1964 年，李福清教授在苏联最大的国家图书馆——列宁图书馆的抄本部门，又意外发现了一部奇特的章回小说——二十四卷全抄本《姑妄言》。

　　《姑妄言》是怎样的一部书？又是怎么来到俄国的？这更是一段曲折的传奇

故事。《姑妄言》在中国本土没有得到完整的保存，却完整地保存在域外，这要归功于俄罗斯的科学家康·安·斯卡奇科夫（Skachkov）。

1848 年，俄罗斯派遣在当时以博学著称的斯卡奇科夫到北京的俄罗斯东正教教馆为教馆设置天文台。斯卡奇科夫非常珍视这次了解古老的中国文化的机会。他来到北京之后，马上开始学中文并搜集中国书籍。他对书籍的兴趣广泛。为了完成俄罗斯帝国交给他的任务，他购买大量有关天文、地理、水理的著作。除此之外还购买文学、宗教、历史、经济、语言、哲学、民族学等诸多领域的书籍，还有各种历史地图。他甚至还购买了有名的一些藏书家如徐松、姚文田、姚元之等人的藏书。斯卡奇科夫不但购买当时刊刻出版的书籍，还购买未刊刻的旧抄本。正是由于他对中国书籍兼收并蓄的态度，全抄本《姑妄言》才得以被他购买并保存在俄国，并最终于一百五十多年后回归故土。

当年，全抄本《姑妄言》与斯卡奇科夫的所有藏书一起，回到俄罗斯，在俄国几经波折。1863 年，斯卡奇科夫回到俄国之后不久，就想把他收藏的中文书卖给教育部，但教育部不买。他又问询当时俄国唯一的研究东方文化的机构——科学院亚洲博物馆的态度。非常遗憾，尽管当时最有名的汉学家 V·P·Vasilev 也写信给科学院，证明斯卡奇科夫的一千五百多部中文藏书具有非常宝贵的价值，但科学院限于经费不够，最终也没有购买。1867 年，斯卡奇科夫把他的藏书交付给圣彼得堡皇家公共图书馆，请其代为暂时收藏。直到 1873 年，一个与中国做贸易（在汉口买茶叶）的西伯利亚城大商人 A·Rodionov，以获得政府的一枚勋章为条件，付钱购买了斯卡奇科夫的中文藏书。并捐赠给莫斯科 Runjantsev 博物馆。这个博物馆的图书馆就是列宁图书馆的前身，1990 年改名为俄罗斯国家图书馆。

斯卡奇科夫的中文藏书自此沉睡在图书馆的一隅，很多年都没有人去做整编目录的工作。1914 年、1925 年日本汉学家羽田亨博士和法国汉学家伯希和（P·Pelliot）教授分别到莫斯科看过斯卡奇科夫的中文藏书，但他们都是历史学家，只注意到斯卡奇科夫收藏的历史资料，并没有注意到包括《姑妄言》在内的文学作品。1937 年，列宁格勒博物馆的汉学家 V·N·Kozin 接受列宁图书馆的邀请，来此整理斯卡奇科夫的收藏。不幸的是第二次世界大战爆发，整理工作只好停止。Kozin 死于列宁格勒围城之时。二十多年之后，列宁图书馆邀请在东方研究所工作多年的老汉学家 A·I·Melnalknis 于业余时间到馆整理斯卡奇科夫收藏的旧抄本并编纂目录。1964 年，当李福清教授来到列宁图书馆抄本部门浏览此处所藏中文抄本之时，Melnalknis 从斯卡奇科夫收藏的抄本中取出几部文学作品，推荐给研究中国文学的李福清。李福清教授打开一个较大的纸盒子，里面放的就是 24 册抄本小说《姑妄言》。

深谙汉学的李福清教授，自然明白这些中文抄本的重要价值。他撰写了《中国文学各种目录补遗》一文，公布了包括《姑妄言》在内的一批未见著录的中国文学作品及版本，发表在《亚非民族》杂志 1966 年的初刊号上。可惜，由于当时中苏关系比较紧张等原因，这一发现可能根本就没有中国学者看到，更谈不上引起中国学术界应有的注意。1974 年，莫斯科东方文学出版社出版 Melnalknis 编的《斯卡奇科夫所藏中国手抄本与地图书录》，仔细记录斯卡奇科夫收藏的抄本及手绘的地图、风俗画 333 种。其中著录有《姑妄言》，注明抄本是几个人抄的，有人写楷书，有人写行书；第二卷、第二十一卷有中国收藏家的图章；用的纸是"仁美和记"和"仁利和记"两个纸厂的；注明每册缺哪一页（如第八册缺第十七页和第十八页）、哪一页撕掉一块等。Melnalknis 的著录非常详细，但他所编的目录却很少有人使用，苏联国内、国外的汉学家以及中国学者，也都几乎完全没有注意到。

在俄藏抄本《姑妄言》沉睡异域的同时，《姑妄言》残抄本在中国本土也曾一露鸿爪。1941 年，上海藏书家周越然见到一部"清初素纸精抄本"残篇，仅存 3 回。上海优生学会据以排印出版，并标有"海内孤本"字样。这就是残刊本《姑妄言》。这是《姑妄言》首次公开出版，但书前标明"会员借观，不许出售"，流通范围极小。残刊本《姑妄言》仅有第四十、四十一回，相当于全抄本的第十八回而不足。周越然所见抄本为 3 回，上海优生学会只刊印了两回。残抄本后来不知所终。同年，周越然《孤本小说十种》中的第六节谈《姑妄

言》残抄本，这是《姑妄言》首次见于公开著录的书籍。① 但残刊本《姑妄言》
和周越然的介绍文字都发表于孤岛时期的上海，一般人很难见到。当时的小说
版本目录专家孙楷第等人都没有见到，故而也未能引起学术界的注意。1984 年，
日本大冢秀高教授编印《中国通俗小说改订稿》，记录《姑妄言》是"？卷？
回，周越然旧藏"。1987 年增补时，著录的仍是周越然旧藏的"素纸精抄本，
存第四十至四十二回"。1990 年中国文联出版公司出版的《中国通俗小说书目
提要》，据周越然《孤本小说十种》著录了上海优生学会铅印残本，但未见该
书。1993 年北京中国大百科全书出版社出版的《中国古代小说百科全书》，才
介绍了残刊本的内容和居士山人序的大意。

　　因国内学者当时都无缘见到该书，《姑妄言》的真实面貌始终笼罩在一层神
秘的面纱之后。学者们根据自己的耳闻，对此产生一些猜测。李福清曾与孙楷
第通信，提到《姑妄言》。孙楷第回信说从未见过该书，因作者署名"三韩曹去
晶"，怀疑它是韩国人用中文写的作品。1993 年北京中国大百科全书出版社出版
的《中国古代小说百科全书》，怀疑该书是明末清初的作品。

　　《姑妄言》到底是怎样的一部书？，虽然 40 年代和 60 年代就有周越然和李
福清的著文介绍，但能够见到这些文章的人很少，能够见到残刊本和能够去列
宁图书馆翻阅全抄本的人就更少了。1997 年，法国学者陈庆浩、台湾学者王秋
桂得到列宁图书馆的授权，将俄藏全抄本《姑妄言》收入他们主编的《思无邪
汇宝》丛书（精装十册排印），由法国国家科学研究中心与台湾大英百科股份有
限公司合作出版，全刊本《姑妄言》从此面世。

---

　　①　周越然：《孤本小说十种》，《大众》第二期，1941 年十二月。收入周越然：《书书书》，
　　　　上海中华日报社 1944 年版，第 122 页。

二

《姑妄言》现存四个版本：

（一）俄藏全抄本《姑妄言》，抄于雍正年间，共二十四册。第一册先是《自序》，后为《曹去晶自评》，再后依次为《姑妄言目录》《林钝翁总评》《姑妄言首卷》，再以《秦淮旧迹·瞽妓遗踪》为《引文》，接下来是《姑妄言卷之一》，即第一回正文。以下每册一卷一回，共二十四卷。卷首《自序》题"雍正庚戌中元之次日三韩曹去晶编于独醒园"。卷首《林钝翁总评》署名为"庚戌中元后一日古营州钝翁书"。依此可知作者是曹去晶，书成于清朝雍正八年（公元1730年）。全抄本避康熙讳而不避乾隆讳，应当抄于乾隆之前。①

（二）上海优生学会据以排印的残抄本《姑妄言》，存第四十回、第四十一回、第四十二回，是清初素纸精写本，每半页九行，每行二十五字。第四十二回缺首两页。

（三）残刊本《姑妄言》（非卖品），1944年上海优生学会铅字排印。存1册，为第四十回和第四十一回，第四十回前缺。封面分三栏，右栏偏上写着双行小字"海内孤本"和大字"姑妄言"，中栏居中写着"优生学会逍遥子校"，左栏偏下写着"会员借观不许出售"。卷首有居士山人所写序和周越然所写序。

（四）全刊本《姑妄言》，台湾大英百科股份有限公司1997年1月初版。共10册，收入《思无邪汇宝》丛书之中。内容主要以俄藏全抄本为主，以上海优生学会残刊本为参校。第一册卷首有《〈姑妄言〉出版说明》，并附有影印的俄藏抄本和残刊本的一些页面。第十册以李福清先生撰写《〈姑妄言〉小说抄本之发现》做为后记。

《姑妄言》是一部从形式到内容都非常奇特的长篇章回小说。形式上引人注目的有两点：其一，小说引文一卷，正文有二十四回，每回三、四万字，全书

---

① 《〈姑妄言〉出版说明》，《姑妄言》第一册，《思无邪汇宝》，台湾大英百科股份有限公司1997年版，第25页。

正文字数九十多万，加上五万左右评点的文字，将近一百万字。一般来说，中国古代章回小说回目是二十四回左右的，正文字数都不超过三十万字；正文将近一百万字的，回目都约有一百回到一百二十回之多。《姑妄言》洋洋近百万字却只有二十四回，就目前来说，在中国古代小说史上是绝无仅有的现象。其二，回目本身很奇特。《姑妄言》每一回的回目都有双重标题，各回除如一般章回小说以一对联语为回目外，又有另外一对联语为附目，这在中国古代小说史上也是独一无二的。

《姑妄言》的内容也很奇特。回前《引文》的标题为《秦淮旧迹·蓍妓遗踪》，介绍故事地点南京的地理、历史、风俗，详细叙述了明朝嘉靖以来当地盛行蓍妓的风俗及原因。全书叙述了一个完整的故事，但故事错综复杂，牵涉的人物非常之多，基本上是以许多个家庭为单位，一一叙述这些家庭的来龙去脉、身世经历。内容虽然繁杂，也有许多涉笔艳情、夸张怪诞之处，但整个故事脉络完整，时代背景突出，笔墨基本写实，情节新奇有趣，不失为一部皇皇巨著。

小说以梦为开头。明朝万历年间，南京应天府的闲汉到听（字图说）醉卧古城隍庙，梦见城隍神判断自汉至明朝嘉靖年间十殿阎君所未能解决的历史疑案，依据情理，按照情节轻重，将一些历史人物各判转世接受报应：董贤、曹植、甄氏、武三思、上官婉儿、杨太真、赵普、严世蕃等，转世生在普通平民家庭；李林甫转世为阮大铖，秦桧转世为马士英，明成祖永乐转世为李自成，忠于建文皇帝而被永乐杀害的诸大臣转世为史可法等明末忠臣。又有一白氏女子和四个男子的未了情案，也判他们各自转世再结情缘。书中主线就是这转世而来的一女四男的纠葛故事：蓍妓钱贵尚情重义，书生钟情忠孝侠义俱全，三个纨绔子弟宦萼、贾文物、童自大最终改邪归正。故事主线围绕着钟情、宦萼、贾文物、童自大这四个家庭展开。书中副线是那一干转世而来的忠奸人物，围绕着他们转世之后的家庭的遭际，依次显现明末魏忠贤专权、李自成造反入京、崇祯帝煤山自尽、弘光帝南京继位、马士英阮大铖把持朝政迅即败亡、满清朝廷入主中原等历史背景，最后以钟情缅怀故国抛妻别子入山甘作遗民为全书终结。

《姑妄言》的结构更是独具风格。书中独特的时间安排，在中国古代小说史独树一帜，值得注意。书中的时间安排初看颇显凌乱，其时间的安排似乎出现了大面积的错位现象。其实，这是一种独特的错落有致的时空安排，是将史书中编年体形式和纪传体形式揉和在一起产生的结果。书中主线中人物（钟情、钱贵、宦萼、童自大、贾文物）的故事，基本上按照编年体的形式展开。这是与绝大多数中国古代小说相一致的。因为深受史书文化的影响，中国古代小说从一开始（也可以说自始至终）都遵循着编年体的形式。从《三国演义》《水浒传》《西游记》《金瓶梅》到《红楼梦》，大致都有清晰的故事纪年可循。《姑妄言》中的主线故事也有清晰的故事纪年可循，但其副线故事的时间安排却如天马行空，随事生发，错综复杂。这是因为书中副线人物（二级主要人物）的故事是按照纪传体的形式展开的，往往将一个人物的主要故事集中起来叙述完毕，再回头叙述另外一个人物的主要故事，这其间故事时间就出现了超前和滞后的现象。其实这种时间安排并不是作者的独创，也不是作者无力把握作品结构而出现的瑕疵，而是吸收了史书中纪传体形式的结果。在中国古代小说史上，这种独特的结构和时间安排，不失为有益的创新和尝试，读来有耳目一新的感觉。

三

20世纪40年代，《姑妄言》残缺的一小部分刚刚复出，它的艺术风格和重要价值就使有幸阅读的学者大为惊叹。居士山人接到友人送来的《姑妄言》3回残抄本，情不自禁挑灯夜读，认为"虽残编剩简，犹醇醇有味"。[①] 他感到残存的《姑妄言》布局与《醒世姻缘传》有些相似，却没有《醒世姻缘传》的酸腐之气；《姑妄言》的叙事笔调像袁中郎的文风一样轻灵简洁，其中穿插的一些小词，也清新可诵。只是由于残存的《姑妄言》无头无尾，无法得知作者的情况。周越然也认为《姑妄言》文字的美雅，并不在《金瓶梅》之下。《金瓶梅》用北方土白，不易通晓，《姑妄言》用普通白话，更易明白。周越然还认为《姑

---

① 居士山人：《序》，《姑妄言》，上海优生学会1944年版。

妄言》的文笔和数量似都不在《金瓶梅》之下，但两书的命运却大不相同：《金瓶梅》流传颇广、多受推崇，《姑妄言》却是素无著录、寂默无闻，这是中国古代小说史上令人遗憾的一桩事情。①

《姑妄言》的价值是多方面的。首先，在中国古代小说史上，《姑妄言》具有较大的研究和利用价值。从《姑妄言》与其他小说的关系来说，依据成书于雍正六年的《姑妄言》，可以考证其他小说的成书年代。书中涉及大量早先或同时的小说。除《水浒传》《三国演义》《金瓶梅》《西游记》《封神演义》等书外，还有《如意君传》《后西游记》《灯草和尚》《锋剑春秋》等。《锋剑春秋》现存最早的是同治年间的版本，因此一般把它看作是乾隆以后的作品。有了《姑妄言》的记录，就可知《锋剑春秋》最迟在雍正年间就已经出现了。从中国古代小说史的发展脉络来看，《姑妄言》的地位也值得注意。一般来说，从《金瓶梅》《醒世姻缘传》《林兰香》到《红楼梦》《歧路灯》等，中国古代世情小说的发展趋势是由俗而雅，而成书年代与《红楼梦》相近的《姑妄言》，却逆历史潮流而行，似乎又表现出向《金瓶梅》"俗"的艺术风格的回归。这种倾向是《姑妄言》特有的呢，还是在古代小说史上犹自涌动着一股我们目前尚不十分了解的暗流？这些课题都值得进一步做深入的探究。从艺术形式上说，《姑妄言》还保留了中国古代小说在体制方面勇于尝试的特例。

其次，《姑妄言》在中国古代文化史上也具有重要地位。书中正文及批语中提到或引用很多善书、戏剧、小说、鼓子词、唱本、宝卷、吴歌等艺术作品，为我们研究当时的文化艺术形态提供了难得的鲜活的标本。尤其值得注意的是，书中保留了大量笑话、谚语、古语、俗语、歇后语等俗文化形态，为明末清初的俗文化研究保留了新鲜生动的史料。

另外，《姑妄言》还可以为其他相关学科提供研究素材。《姑妄言》中保存了丰富的社会史料，既有对当时人们生活情态、风俗制度的生动描述，还有对当时经济生活、社会生活等相对忠实的记载。不但可以从中研究明末清初以南

---

① 周越然《序》，《姑妄言》，上海优生学会 1944 年版；收入周越然《书书书》，上海中华日报社 1944 年版，第 122 页。

京为中心的江南社会生活，还可以对历史经济学、民俗学等相关学科提供有益的帮助。

作为继《金瓶梅》之后的又一部记录大量艳情内容的世情小说，《姑妄言》还反映了当时的复杂多样的性风俗和性心理，保存了一些房中理论，记录了许多具体例证，为当前方兴未艾的性文化研究提供了丰富的材料。

四

正因为《姑妄言》具有上述诸方面的重要价值，故而全刊本《姑妄言》一面世，就迅速引起有关学者的足够重视，相继发表了一些研究论著。

学者们首先对《姑妄言》的版本进行了探究。陈庆浩先生执笔的《〈姑妄言〉出版说明》，全面介绍了《姑妄言》的作者、评者（以林钝翁为主）、版本和内容。① 李福清先生撰写的《〈姑妄言〉小说抄本之发现》，详细报导了俄罗斯所藏全抄本的来历。② 这两篇文章载于台湾排印本《姑妄言》的首尾两册。王长友先生比较了残刊本和残抄本的异同，发现了残抄本有三回而残刊本只有两回的原因，即上海优生学会所印的非卖品排印小说，大多为艳情、淫秽之作如《浪史》等等，③《姑妄言》残抄本第四十回、第四十一回讲崔命儿淫乱丧生的故事，较为完整，第四十二回讲宦尊行善的故事且有残缺，故舍弃第四十二回不印。王长友先生认为残抄本当抄于乾隆年间，晚于抄于雍正年间的俄藏本数十年。他在比勘了俄藏本和残抄本（残抄本已遗失，但残刊本基本保持了残抄本原貌）之后，发现残抄本的删改主要体现在四个方面：1. 改体制，俄藏本每回4万字，一正、一附两对回目。残抄本则把原书的一回在情节转移接榫处锯解开来，把体制特异的《姑妄言》变得如常见的章回小说那样每回万把字，

① 陈庆浩：《〈姑妄言〉出版说明》，《姑妄言》第一册，《思无邪汇宝》，台湾大英百科股份有限公司1997年版。
② 李福清：《〈姑妄言〉小说抄本之发现》，《姑妄言》第十册，《思无邪汇宝》，台湾大英百科股份有限公司1997年版。
③ 周越然：《孤本小说考证》著录《浪史》云："余所见者，尚有优生学会排印本（非卖品），极精。"

一对回目；2. 去附加，俄藏本带有大量批语，在批语和正文之间穿插有大量诗词、小曲、故事和笑话，残抄本则删去了所有的批语和部分的艺术穿插。3. 删情节，牵涉明末清初时事的相关情节，在残抄本中都被删去；4. 改故事，残抄本的删改人根据自己对人物、情节的好恶，对原本的人物故事作了一定的修改。从版本研究的角度，王长友先生推测出《姑妄言》不传于世的原因，即"《姑妄言》既涉及明末历史，有大量违碍语，又有出格的淫秽描写，是双料禁止对象，嘉庆、道光以后当然难以存活。"①

《姑妄言》作者研究也初步展开。陈益源先生因担任《思无邪汇宝》的执行编辑，在校勘《姑妄言》俄藏抄本的过程中，觉察到作者曹去晶有利用大量现成素材的习惯，遂留心加以考证。通过广泛仔细的比勘，陈益源先生发现《姑妄言》直接拿来做为写作素材的《留溪外传》《滇游记》《黔游记》，竟同为江苏江阴人陈鼎的著作，陈鼎曾辑《明季殉难诸大臣姓名录》五卷、《东林外传》二十四卷，而《姑妄言》也痛斥魏忠贤党人，同情东林党人（如第八回），曹去晶和陈鼎的关系值得继续探讨。另外，《姑妄言》还大量采用《峒谿纤志》《滇行纪程》《东还纪程》做为写作素材，《峒谿纤志》作者陆次云曾任江阴县知县，《滇行纪程》《东还纪程》作者许缵曾是江苏华亭人，循着这些线索爬梳典籍，可能对研究《姑妄言》的作者以及成书过程大有帮助。② 王长友在 1998 年天津中青年学者红学会议上所做的发言中，认为曹去晶应当是丰润曹氏家族中的一员。因为丰润曹氏家族中，曹潜字去非，曹洁字去尘等等，依此类推，曹去晶的真名可能也是水偏旁的某字。③

至于长篇小说《姑妄言》的文学性质，陈庆浩、陈益源、黄卫总、何天杰等都认为是一部"集大成的艳情小说"。张俊先生在《清代小说史》中，

---

① 王长友：《关于周越然与〈姑妄言〉残抄本和残刊本》，《文献》2000 年 4 月第 2 期，第 127 页。

② 参见陈益源：《〈姑妄言〉素材来源初考》，陈益源：《从〈娇红记〉到〈红楼梦〉》，辽宁古籍出版社 1996 年版。陈益源：《〈姑妄言〉素材来源二考》，《明清小说研究》1997 年第 4 期。

③ 张蕊青：《会聚津门，解读红楼——首届"全国中青年红楼梦学术研讨会"综述》《明清小说研究》1999 年第 1 期。

根据《姑妄言》所反映的广阔的生活场景，把它归为世情小说中的家庭生活类作品。

《姑妄言》与时代相近的其他小说之间的比较研究，也陆续展开。如前所述，在《姑妄言》残抄本被发现的时候，居士山人就觉察到《姑妄言》与《醒世姻缘传》的布局相似而风格不同，周越然也觉察到《姑妄言》和《金瓶梅》的内容相近而语言风格不一。美国哈佛大学黄卫总也注意到《姑妄言》与《醒世姻缘传》的许多相似之处，他还发现《姑妄言》与《红楼梦》之间也有值得注意的关系，譬如两书的作者都来源于东北，都对江南生活很熟悉，故事主要发生地都是南京等等。① 王长友也认为《姑妄言》是与《红楼梦》靠得最近、关系最直接的一部长篇小说。比如，从作者的角度来说，《姑妄言》和《红楼梦》的创作、批点、传抄，都曾在一群亲友中进行，这简直成了由北而南的曹氏家族的风尚。从结构布局和思想内容上来看，《红楼梦》讲"假"与"真"，《姑妄言》讲"妄"与"不妄"；《红楼梦》以贾宝玉神游太虚幻境隐括全书，《姑妄言》以到听醉卧听城隍断狱暗伏故事，《红楼梦》和《姑妄言》都对现实持强烈的批判态度，都持尊女抑男的反传统观念。②

《姑妄言》在学术史上尤其是中国古代小说史上的重要地位，也有了初步的探讨。有人认为《姑妄言》的作者以因果轮回的观念来建构小说的框架，企图重建道德信仰体系，但却无力把这一思想贯彻到底，这种现象可以从对整个封建末世失望的伤感文学之潮的背景上去理解。而《儒林外史》《红楼梦》等现实批判主义巨著，正是在这一伤感主义之潮的基础上产生的。③

《姑妄言》的语言研究也有了成果。王长友注意到《姑妄言》运用的语言，并不是中国古代通俗小说中常见的文白相杂的语言，而是两种不同的语言：一种是文言或文言气息颇重的书面语言，另一种是几乎可称纯粹的口语

① 〔美〕黄卫总：《"情""欲"之间——清代艳情小说〈姑妄言〉初探》，《明清小说研究》1999 年第 1 期。
② 张蕊青：《会聚津门，解读红楼——首届"全国中青年红楼梦学术研讨会"综述》《明清小说研究》1999 年第 1 期。
③ 何天杰：《姑妄言的启示》，《华南师范大学学报》（社科版）1997 年第 6 期。

化的白话语言，这两种语言在《姑妄言》中是交互并存的。什么时候用什么样的语言，是由人物性格和叙事功能决定的。描写景物、夸饰某些事物和描写文人或有较高文化素养的人物的活动或心理、语言时，描写神仙鬼怪时，《姑妄言》运用的是文言或半文言的叙述描写，其他地方运用的则是流利准确而简洁的白话。《姑妄言》的人物语言更是多彩多姿，各具个性，比如钟情出言稳重诚挚，钱贵雅洁深沉，贾文物咬文嚼字，邬合敏捷圆滑，等等。另外，《姑妄言》大量运用谚语、古语、俗语、歇后语，使作品的语言更加简明活脱，也使运用这些语言的下层人物的性格跃然纸上。① 在中国古代小说史上，《姑妄言》的语言风格是特异的，曹去晶在语言艺术的运用方面做了有益的探索，成就显而易见。

陈益源对《姑妄言》中的荤笑话进行了考察，统计了《姑妄言》中荤笑话的数量，考察了这些荤笑话的来源，指出《姑妄言》正文笑话数量是《金瓶梅》中笑话数量的三、四倍，荤的色彩也更浓厚，很能切中"不亵不笑"和"对景发笑"的笑话原理，体现了曹去晶运用口语素材的写作技巧。荤笑话的运用和保存，也是《姑妄言》的重要价值之一。②

就《姑妄言》的研究现状来说，成绩是可喜的，已经涉猎的范围比较广泛，覆盖了版本研究、作者研究、横向比较研究、纵向流变研究、语言研究、文本研究等多个领域。但总的来说数量还很有限这与《姑妄言》全刊本出现较晚、阅读人数有限、研究时间较短等因素都有关系。从研究前景来看，还有广阔的研究领域等待开辟和耕耘。关于《姑妄言》作者的研究，目前还仅仅处于举步的阶段；关于《姑妄言》与其他小说之间的比较研究，还远远没有全面展开；关于《姑妄言》在古代小说史上地位的研究，实际上还未真正着手；关于《姑妄言》的文本研究也还远远不够。另外，《姑妄言》中含有丰富的社会历史信息，可以为社会学、民俗学、历史经济学等相关领域的研究提供案例，这些方面的研究工作还鲜有涉猎。随着《姑妄言》版本的不断增多，阅读人数的不断

① 王长友：《〈姑妄言〉的语言特色》，《明清小说研究》1999 年第 4 期。
② 陈益源：《〈姑妄言〉的荤笑话》，陈益源《小说与艳情》，学林出版社 2000 年版。

增加，研究领域的不断加深和拓展，《姑妄言》多方面的重要价值，一定会获得深入而广泛的探究。《姑妄言》这部几乎消失于历史之中的巨著，也一定会和《金瓶梅》《红楼梦》等优秀之作一样，重现耀眼的光辉。

（原载《江淮论坛》2002 年第 6 期。中国人民大学复印资料《中国古代近代文学研究》2003 年第 4 期全文复印）

《歧路灯》发现与研究述评

　　清代乾隆年间，一部与《红楼梦》大致同时完成创作的长篇小说，却与问世后即造成轰动效应、天下闻名的《红楼梦》有着截然不同的命运，问世后的百余年间，一直以抄本形式流传于作者家乡一带，外界知者甚少，有幸阅读的更是寥寥无几。是这部作品的思想内容和艺术成就都有限才导致这样的结果吗？并不是这样。这部作品在 20 世纪前期被慧眼识珠者挖掘整理公开出版之后，引起学界重视，先后经历了几个研究高潮时期，在中国小说史和中国文学史上获得了应有的地位。这部几乎被埋没又幸运地得见天日并获得充分承认的作品，就是河南宝丰人李绿园创作的《歧路灯》。

　　早在 1918 年，商务印书馆出版的蒋瑞藻《小说考证》卷八《歧路灯》中引《阙名笔记》云："吾乡前辈李绿园先生所撰《歧路灯》120 回，虽纯从《红楼梦》脱胎，然描写人情，千态毕露，亦绝世奇文也。惜其后代零落，同时亲旧，又无轻财好义之人为之刊行，遂使有益世道之大文章，仅留三五部抄本于穷乡僻壤间，此亦一大憾事也。"

　　这条记载在当时刚刚兴起的古典小说研究领域引起重视。1924 年和 1927 年，在洛阳和北京两地出现了两种《歧路灯》的版本。虽然洛阳石印本流传不广，北京的标点本仅出版了第一册 26 回，但当时知名学者郭绍虞、朱自清、孙楷第等都撰文高度评价它的价值。孙楷第把《歧路灯》收录在自己的《中国通俗小说书目》中，孔另境《中国小说史料》也转录了蒋瑞藻《小说考证》的材料。

　　1980 年，栾星先生倾数十年心力、集 11 部底本校注而成的中州书画社版

《歧路灯》出版之后，这部著作顷刻间便实现了它埋没已久的价值，在海内外研究界形成一个研究小高潮。大陆、香港、台湾的媒体都刊登了《歧路灯》发行的消息和专家学者们的相关研究文章，形成一个研究热点。

20世纪80年代以来，有关《歧路灯》的研究论文多达百余篇，为《歧路灯》专门召开的学术讨论会就有三次，中州古籍出版社还在1982年和1984年编辑出版了两部《〈歧路灯〉论丛》。《歧路灯》的潜在价值逐渐被充分挖掘出来。

目前《歧路灯》版本不少，重要的有三种：洛阳石印本、北京残刊本、栾星校注本。

洛阳石印本是《歧路灯》最早的印本。洛阳清义堂于1924年依据新安传抄本刊行，共105回，有杨懋生的序和张青莲的跋，介绍并高度评价了《歧路灯》及其作者李绿园。但这个本子印数很少，流传不广。①

北京残刊本于1927年北京朴社（景山书社）出版排印本《歧路灯》，冯友兰、冯沅君标点。前有冯友兰的长序，全面评价了《歧路灯》的思想内容及艺术上的得失。但朴社只排印了第一册仅26回，未能窥其全豹。②

栾星校注本由中州书画社1980年出版，108回。以清乾隆末年抄本为原本，参照清代钞本、民国过录本及清义堂石印本、朴社排印本共11种版本，有千余条注，对俚语、方言、称谓、名物制度及古人、古籍、历史事件、三教九流等，详加精审考订。首期印行40万册，后又追加印刷12万册。在当时首次出版印刷数量如此之多比较罕见。加速了《歧路灯》的流传，扩大了影响。

篇幅达到一百余回的《歧路灯》，讲述了河南祥符县（今河南开封）大族青年公子谭绍闻在严父去世、慈母娇纵的情况下结交匪人以致家败人亡、幡然悔悟之后又重振家声的故事。李绿园通过详细讲述这个故事的前因后果，认为可使浪子回头的"歧路明灯"只有一个，即谭绍闻父亲谭孝移遗言中所说："用心读书，亲近正人。"这里的"书"指四书五经等儒家经典，"正人"指恪守儒

---

① 张青莲跋："冗务匆匆，未及校勘，仅依原本，未免以讹传讹。"转引自栾星《〈歧路灯〉研究资料》，中州书画社1982年版。
② 冯友兰《序》，李绿园《歧路灯》，朴社出版经理部1927年版。

家精神的人。作者表达出的对教育极度重视的态度，使很多现代读者和研究者认为《歧路灯》就是一部通过生动事例探讨教育思想的教育小说。

《歧路灯》还是一部探讨家庭兴衰原因的作品。① 谭孝移去世之后，谭家家中只有挥霍的人、没有守成的人，谭绍闻结识的帮闲夏逢若等人又如蛀虫一样蚕食着谭绍闻家的财产，家业逐渐入不敷出、濒临破产；谭绍闻立志改过之后，重新"用心读书，亲近正人"，还完外债，又用王中在菜园里撅出的银两赎回家产，家道开始复兴起来。

李绿园在《歧路灯》中开出的救世良方是回归儒教："用心读书，亲近正人"。他创作《歧路灯》的意图，就在于以谭绍闻为例，说明以儒家正统思想教育青年的重要性。在他的世界观和创作意图的指导下，作品前半部描写主人公的失足，及由此而引起家庭生活的艰难坎坷，后半部则描写主人公回头后家庭的重新兴盛。至于这种安排的得失，杜贵晨先生的一段评论当是公论：

> 作者这样一种卫道的创作意图，极大地限制和损害了作品的思想和艺术。一、促使作者虚构了一个"败子回头"的故事，从大的社会环境看，不真实，不典型。归因于个人和家庭、亲友，掩盖了社会根源。二、这样一种创作意图，这样一种对地主阶级前途的强烈希望和信心，也使作者不能专心于生活图画的描绘，不时用抽象说教代替生动的叙述，影响了艺术形象的完整、鲜明与和谐，使作品带有封建修身教科书的气味。②

《歧路灯》创作于乾隆年间，直到清末及民国初年才有印本，而差不多创作于同时的《红楼梦》于乾隆五十六年（1791年）就已刊印，此前的80回抄本也在社会上广泛流传。《歧路灯》不如《红楼梦》受欢迎，与作品体现出的迂腐思想有着密切关系。

《歧路灯》在20世纪以来的研究情况，大致和《醒世姻缘传》《西游补》等小说作品一样，经历了民国年间被发现并引起学界重视、20世纪80年代之后进入研究高潮期这样一个过程。其中作者、版本、思想、艺术、语言学研究等

---

① 朱萍：《悲凉之雾　遍被华林——明清小说家庭兴衰题材研究》，《学术研究》2000年第8期。

② 杜贵晨：《〈歧路灯〉简论》，收入《歧路灯论丛（二）》，中州古籍出版社1984年版。

领域都已经有开拓，思想内容和语言学研究更是蔚为大观。

作者研究方面最早的记载当是 1918 年蒋瑞藻《小说考证》中引《阙名笔记》之语，稍一涉及而已。1924 年洛阳石印本序跋中也提及作者，但也未深入研究。1927 年朴社排印本前有董作宾写的《李绿园传略》，对李绿园的生卒年及年谱作了初步考证与整理。朴社排印本还附录了冯友兰辑成的《李绿园公诗钞》，加深了人们对李绿园的认识。1982 年中州书画社出版了栾星先生辑录的《〈歧路灯〉研究资料》，有《李绿园传》《李绿园诗文辑佚》《〈歧路灯〉旧闻抄》和《附录：李绿园〈家训谆言〉81 条》，对李绿园的家世生平、交游、著述等方面都详加考订，辑录了不少宝贵资料。对《歧路灯》作者李绿园的研究走向规模化。1996 年台北的台湾师大书苑有限公司出版了吴秀玉的《李绿园与其〈歧路灯〉研究》，其中《李绿园评传》在广泛调查的基础上，披露了很多资料。比如讲到李绿园还有一部探讨教育问题的作品——戏曲脚本《四谈集》，以问答体的形式讲述教师王修己、学生林士敏和书童谈《大学》、谈《中庸》、谈文、谈诗的内容，有一万余字。寓教于乐，与《歧路灯》中倡导的教育方法一致。但这部著作在中国大陆很难见到。

从逐渐深入的作者研究中我们得知，《歧路灯》的写作先后用了三十多年时间。大约在乾隆九年前后，42 岁的李绿园在家乡为父亲守孝时，开始动笔，十年间写出了前半部，之后离开家乡四处奔波、"舟车海内"，因而辍笔二十年时间，乾隆三十九年辞官归乡之后，重新续写，于乾隆四十二年八月脱稿于新安。这部小说可以说全部在作者家乡创作完成。这也是后来学者把《歧路灯》当作研究中原语言典范作品的原因之一。作者完成书稿时已经 75 岁高龄，这当也是《歧路灯》劝世之意甚切的原因之一。除了《歧路灯》，李绿园还著有《绿园文集》《绿园诗钞》4 卷、《拾君录》12 卷和《家训谆言》等。

版本研究方面，吴秀玉的《李绿园与其〈歧路灯〉研究》专辟一章，对《歧路灯》传抄、流布和栾星校注本出版之前学术界的整理研究情况进行专门梳理。

关于《歧路灯》的思想倾向曾经引起过争论。持否定态度的人认为它思想平庸艺术平平，不能让人愉快地读下去。"欲使世人'在家为顺子，在国为良臣'便是李绿园写作小说的终极目标。《歧路灯》写了二百多个人物……但思想面貌却出奇地一致。开口'三纲五常',动辄伦理道德,毫无可爱之处","思想情趣是平庸和陈腐的"。① 而持肯定观点的人则认为《歧路灯》是"描写清代雍乾年间前后普通人民生活的百科全书式的作品。"② 还有不少学者认为《歧路灯》思想内容比较复杂,不能"因其宣扬了'封建正统思想'而一笔抹煞。"③"《歧路灯》整个思想主题是不高明的,人物塑造也不很成功,但记录了18世纪中国封建社会中下层人物的思想状况,涉及的生活面相当广阔……"。④ 这种态度是比较客观中允的。

《歧路灯》的结构艺术、心理描写艺术、人物形象塑造和方言口语的运用等,一直为人所称道。1928年郭绍虞《介绍〈歧路灯〉》文,就指出了《歧路灯》的结构艺术的独特性:"《儒林外史》……有一个极大的缺点,即是似乎是由许多短篇小说集缀而成,而不合乎长篇小说的组织。至《红楼梦》与《歧路灯》则异此矣! 书中都有一个中心人物,由此中心人物点缀铺排,大开大合,以组成有系统有线索的巨著,这实是一个进步。"⑤ 同年,朱自清的《歧路灯》一文也给予高度赞扬:"全书滴水不漏,圆如转环,无臃肿和断续的毛病。……所以单论结构,不独《儒林外史》不能和本书相比,就是《红楼梦》,也还较逊一筹;我们可以说在结构上它是中国旧来唯一的真正长篇小说。"⑥ 此后,关于《歧路灯》结构的探讨颇多。有人认为《歧路灯》的结构是"羽毛式的":"这种羽毛式的结构,是必要的,也是新颖的,是这部小说在艺术上的一大长处。"⑦ 还有人认为"以'一个中心人物'结构故事,则是《歧路灯》的首

---

① 杨海中:《论〈歧路灯〉的创作失误》,《学习与思考》1984第4期。
② 刘中赢:《〈歧路灯〉在中国文学史上的地位初探》,《辽宁商业专科学报》1986年第1期。
③ 孙逊:《明清小说论稿》,上海古籍出版社1986年版,第253页。
④ 范宁:《〈歧路灯〉读后感》,《歧路灯论丛》(一),中州书画社1982年版。
⑤ 郭绍虞:《介绍〈歧路灯〉》,初发表于《文学周报》1928年初5卷25号;后收入《〈歧路灯〉论丛》,中州书画社1982年版。
⑥ 朱自清:《歧路灯》,初发表于《一般》1928年第6卷第4号;后收入《歧路灯》论丛,中州书画社1982年版。
⑦ 石磷:《羽状结构,不落窠臼——〈歧路灯〉》,《黄石师范学院学报》1982年第4期。

创"；"《金瓶梅》《红楼梦》乃侧重于在'一家之盛衰'中写人的命运，而《歧路灯》却主要是以一人之成败写'一家之盛衰'并进而表现时代"；"这种一线贯串的结构方式和《儒林外史》的链状结构、《红楼梦》的网状结构基本上概括了长篇小说的主要结构样式，这从一个方面说明了清中叶我国长篇小说艺术成熟的状况"。①

《歧路灯》的心理描写被认为是"古典小说趋于成熟的标志"。李绿园"不仅有着致力于心理描写的自觉意识，而且在创作实践中取得了杰出的成就"，"这种心理描写已经突破了通过语言行动、梦境幻觉乃至内心独白的水平，使小说对于人物精神面貌的丰富性和独特性的细腻描绘，几乎达到了与心理学完全契合的程度"；"理与欲的矛盾和冲突，构成了谭绍闻一生的大的心理过程的主线，谭绍闻的'败子回头'之所以写得比较令人信服，就在于小说在写他误入歧途时，时时没有忘记通过他的个性心理特征、心理状态和心理过程的描写，突出他'心无主张'、'不能自克'、'随风倒邪'、'把持不来'的心理特征"。②

《歧路灯》的人物形象系列，受关注较多的是官吏形象、女性形象和市井小人物尤其是帮闲夏逢若等形象。《歧路灯》浮浪子弟形象，人物如此众多，个性如此鲜明，在中国文学史上是罕见的更有人认为对引诱青少年堕落的浮浪子弟形象的描绘"是《歧路灯》精华集中的所在，是李绿园在中国文学史上所做出的独特贡献"。③ 作者都能以简洁准确的笔触描摹这些人物形象的微妙心理活动，使之栩栩如生，如在目前。

《歧路灯》的语言运用也为人称道："十分注意人物的不同身份和特点"，"凡儒林人物多运用书面语言，凡市井中人则运用活的口语"；"因而使他的小说在语言上具有一种简练精当，俗而不伤其雅，雅而不碍其俗的特点"。④ 在为1927 年北京朴社排印本《歧路灯》所写的序中，冯友兰就高度赞扬了《歧路

---

① 杜贵晨：《〈歧路灯〉的结构》，《齐鲁学刊》1987 年 4 期。
② 欧阳健：《古典小说艺术趋于成熟的标志——略谈〈歧路灯〉的心理描写》，《安徽大学学报》1986 第 3 期。
③ 田璞：《〈歧路灯〉三探》，《安阳师范专科学校学报》1982 年第 4 期。
④ 孙逊：《明清小说论稿》，上海古籍出版社 1986 年版，第 268 页。

灯》中对河南方言的运用。姚雪垠为中州书画社 1980 年版《歧路灯》所写序中
也说：李绿园"用带有河南地方色彩的语言写清初的河南社会生活"使"我常
感到这部小说的语言值得我学习的地方很多"。① 更有学者认为"中州方言经过
作者加工提炼成为文学语言，产生了优秀的长篇小说，这在我国文学史上还是
第一次"。②

20 世纪后半叶，《歧路灯》研究领域出现了专门针对书中方言而进行的语
言学研究。据本文统计，1979 年至 2006 年研究《歧路灯》的二百多篇专题论文
中，近四分之一是与文学研究相对无关的语言学研究。如《〈歧路灯〉中的
"把"字句》③、《从〈歧路灯〉看十八世纪河南方言词汇》等。④

由于《歧路灯》"以书香门第的公子谭绍闻近墨而黑的堕落过程，展示出封
建社会的肮脏和窳败，拉开了从官场到市井的帷幕，把号称太平盛世的乾隆王
朝的世态人情、风习流俗客观地再现在我们眼前"，⑤ 所以关于《歧路灯》的社
会学研究也是一片可为之地。相关作品有《文学视界下的社会病——谈〈歧路
灯〉反映的清代赌博问题》⑥、《试论明清堂会演剧中的赏玩性欣赏》等。⑦

关于《歧路灯》在文学史上的地位，1928 年 4 月 23 日《大公报·文艺副
刊》发表长篇未署名专论《评〈歧路灯〉》，说它"比《石头记》固不足，比
《儒林外史》则有余。"似乎有些评价过高。朱自清的观点是"只逊于《红楼
梦》一筹，与《儒林外史》是可以并驾齐驱的。"⑧ 比较公允的看法是：《红楼
梦》《儒林外史》《歧路灯》"这三部书综合起来，才算是十八世纪中国封建社

---

① 姚雪垠：《〈歧路灯〉序》，《歧路灯》，中州书画社 1980 年版。
② 牛庸懋：《漫谈〈歧路灯〉》，《武汉师范学院孝感分院学报》1982 年第 1 期。
③ 傅书灵：《〈歧路灯〉中的"把"字句》，《平顶山师专学报》2004 年第 6 期。
④ 张生汉：《从〈歧路灯〉看十八世纪河南方言词汇》，《河南广播电视大学学报》2001
   年第 4 期。
⑤ 蔡国梁：《世情小说之一派———〈歧路灯〉漫评》，《河北大学学报》1985 年第 1 期。
⑥ 王守亮：《文学视界下的社会病——谈〈歧路灯〉反映的清代赌博问题》，《广西社会科
   学》2004 年第 10 期。
⑦ 李静：《试论明清堂会演剧中的赏玩性欣赏》，《华南师范大学学报》（社会科学版）
   2004 年第 4 期。
⑧ 朱自清：《歧路灯》，初发表于《一般》1928 年第 6 卷第 4 号。后收入《〈歧路灯〉论
   丛》，中州书画社 1982 年版。

会芸芸众生思想和生活情状全貌的反映……从这个意义上讲,《儒林外史》《红楼梦》和《歧路灯》堪称鼎足而三的作品"。①

　　20 世纪以来,《歧路灯》研究曾有过两次高潮, 即 20 世纪 20 年代的小高潮和 20 世纪 80 年代的大高潮。20 世纪 90 年代以后, 又陆续出版 5 部研究专著。除大陆本土学者外, 新加坡、韩国、美国、加拿大和捷克以及中国的台湾等地的学者也对《歧路灯》表现出很大的研究兴趣。但与"金学"、"红学"等相比,《歧路灯》的研究相对不够深入, 还有许多可待挖掘的研究领域。比如《歧路灯》蕴涵的教育思想、在家庭小说中的地位、河南民俗（尤其是开封地方文化）的研究等, 虽都已有学者涉及, 但还远远没有深入展开。《歧路灯》研究仍然还有充分发展的余地。希望有更多的人投入到李绿园与《歧路灯》的研究中来, 对这部优秀的小说作品和它的作者做深入研究, 推动中国古代小说研究的全面深入与发展。

　　　　　　　（本文收入《中国小说戏曲的发现》, 人民文学出版社 2009 年版）

---

① 牛庸懋:《漫谈〈歧路灯〉》,《武汉师范学院孝感分院学报》1982 年第 1 期。

后　记

文字中凝固的不仅有学术探索，还有流逝的过往岁月。谨以此书献给我敬爱的亲人们。

感谢我的硕士导师叶君远老师！叶老师把我领进清代文学研究领域，我至今乐此不疲。叶老师和师母董老师多年以来一直关心着我的生活和工作。师恩如山，难以为报，惟愿叶老师和师母幸福安康、青春永驻！

自从考上张俊老师的博士研究生，我就在张老师的指导下沉迷于清代小说尤其是《红楼梦》的阅读与研究中。多年来张老师和师母付老师就像慈父慈母一样关注着我每一点滴的进步和成长。两位老人伉俪情深，现在都已进入耄耋之年。愿张老师和师母福如东海、寿比南山！

最后，感谢人民日报出版社董伟社长热心关注，促成本书的出版。责任编辑翟福军、赵佳木为全书的校订付出了辛勤劳动，在此一并表示诚挚的谢意！

朱萍　于 2017 年 1 月 18 日